重庆市委宣传部　重庆市作家协会

文艺创作资助项目

一条河能流多远

叶子 著

黄河出版传媒集团

阳光出版社

图书在版编目（CIP）数据

　　一条河能流多远 / 叶子著. -- 银川 : 阳光出版社，
2022.12
　　ISBN 978-7-5525-6653-6

　　Ⅰ. ①一… Ⅱ. ①叶… Ⅲ. ①中篇小说—小说集—中
国—当代②短篇小说—小说集—中国—当代 Ⅳ. ①I247.7

　　中国版本图书馆CIP数据核字（2022）第258581号

一条河能流多远　　　　　　　　　　　　　　　叶 子 著

责任编辑　李少敏
封面设计　圣立文化
责任印制　岳建宁

黄河出版传媒集团
阳 光 出 版 社　出版发行

出 版 人　薛文斌
地　　址　宁夏银川市北京东路139号出版大厦（750001）
网　　址　http://www.ygchbs.com
网上书店　http://shop129132959.taobao.com
电子信箱　yangguangchubanshe@163.com
邮购电话　0951-5047283
经　　销　全国新华书店
印刷装订　四川金邦印务有限公司
印刷委托书号　（宁）0025148

开　　本　710 mm×1000 mm　1/16
印　　张　13.75
字　　数　220千字
版　　次　2022年12月第1版
印　　次　2023年2月第1次印刷
书　　号　ISBN 978-7-5525-6653-6
定　　价　62.00元

序　一

　　至今和重庆小说家叶世桦没见过面，也没去过重庆。人、城与我皆是神交也。重庆是山城、江城，同时还是雾都、桥都，这给了我无限遐思。听说在重庆，你永远不知道一楼在哪里，因为你的一楼可能是别人的房顶，可见其山重水复。少年时就知道重庆的白帝城，李白"朝辞白帝彩云间"，到我们江苏来，"千里江陵一日还"。至于李商隐在渝州时写的《夜雨寄北》更是烂熟于心，据史家考证，义山先生写此诗的地方就在今天的重庆北碚。所有这些，让我对重庆心向往之。

　　世桦也不是重庆土著，我不用看他资料，从他的小说里就能洞晓。他应该是某年某月因为某种机缘落脚重庆的。因为他写的多为重庆城外之事，对重庆这座城市虽有涉猎，但往往是作为小说的"倒叙"起笔，最终还是写他的童年、少年，写故乡的人世沧桑。我要说，这是写更大的"重庆"，更大的巴山蜀水……

　　山有余脉，水有支流。文学上所谓书写"邮票大的地方"，更多的是指我们立足于某个地理位置，放眼四方，书写世界。他写瑞河，也是写长江；写瀼渡乡和云嘴乡，也是写重庆。反之，他写重庆的缙云山、棒棒军、当下的酒店茶楼，也是写重庆的文化之源、乡土之根。二者相互佐证、映照。

　　因为我们当下的所有人，无不拖着乡土的根须；因为我们的文学传统，根植于乡土社会、乡土文化。研究乡土的费孝通先生，干脆将他的著作命名为《乡土中国》，大概就是这个原因。在中国，"乡土"的含义很宽泛，包括乡村、农业文明、农耕社会、故乡、家园等。而在赋予情感意义的"乡土"里，同样包含着现代文明的城市：当一个远走他乡的人回看他所生活过的地方，哪怕是大都市，同样可以说那是桑梓之地、父母之邦，是生命中的乡土。所以，我们应该以更阔大的胸襟来包容乡土题材，要用更开放的眼光书写乡土题材。

如此，乡土方能不土；如此，乡土方能绵延。文学史上，我们没有看到谁将鲁迅定位为乡土作家，也没有谁将福克纳定位为乡土巨匠。他们的小说书写的可都是地地道道的、不折不扣的乡土！因为他们将乡土与人性、与大时代、与人类命运联系到了一起。

对于乡土，对于乡土文学，我们应该重新思考、认识，重新调整书写姿态。是时候了。

读世桦的这部短篇小说集《一条河能流多远》，让我体会到了他创作的自觉性。他对乡土题材的处理是有前瞻性的。无论是故园的守望者，还是异乡的回眸者，乡土于他们既是文化的、情感的根脉，也是反思的、叛逆的驿站。乡土的价值被拓宽了、放大了。历经各种动荡、变革，吃尽苦头的父亲，从"人上人"到乡野农夫，始终没有放弃对生活的爱，"我们在整理父亲的遗物时意外发现父亲留的纸条，上面详细说明了紫苏黄辣丁的做法及配料，最后父亲写道，让老大开家鲜鱼馆，记住，要野生黄辣丁，紫苏也要野生的。后面是两个模糊的感叹号。我把纸翻过来，空白"（《河水汤汤》）。在重庆以挑棒棒为生的细爸，"当年春节没有回瑞河场，他带着几个棒棒在美术馆布置美展。美术馆在元宵节要搞一场'巴山蜀水'美术展。把关考免培班的几个评委，他早烂熟于心。美展结束那天，是一场义卖。他对照着评委的名字，购买了几幅画作，花掉了他十几年的积蓄。然后他将画作拍了照，发给王教授，说女儿非常喜欢大师们的画，买回去临摹学习"（《天上人间》）。此类小说中的乡土人物都有了新意，在传统的烙印上闪现着动人的时代之光。他们认识到，乡土虽小，但世界很大；乡土虽土，但梦想绚丽。这样的价值观和梦想并不是作家强加给他们的、有意拔高的，是时代使然，亦是人性使然。你不能不承认，近几十年，中国人的思想发生了很大变化，人们的生存方式也有了多种选择和各种可能、机遇。

乡土，对于叶世桦先生来说，我想只是作为一个比较"顺手"的切入视角，因为作家们总是挑选自己熟悉的生活为题材。以乡土为背景，他将文学的思考融入了时代风云。他有现代意识，有艺术自觉，有思想准备，有思辨色彩，这种乡土是清新的，毫无陈腐之气的。理解乡土方能理解中国，理解我们所处的时代。世桦写苦难，也写苦难中的精神，写卑微人生，也写日常诗意。可以说是乡村姿态，人文书写，相得益彰。这种探索、创新的精神尤其可贵。

他笔下的乡土或写实或写意，都能原汁原味地生动呈现，驾驭文字的才情非常了得。

两旁高高低低的门楼夹一条青石板路，几十级石梯，连接码头。瀼渡乡和云嘴乡的富足刺激着瑞河场的神经，人们在河水中打桩立柱，离水面三尺高修起了吊脚楼，在吊脚楼临水一面设一露台，钓鱼、摆席两不误，再从瀼渡码头买来跑马灯，绕了露台。一入夜，灯闪成一条河，河水默默，河倒映成一条街，人影幢幢。

……

有人从大船上下来，寻了班船，沿河而上，抵达云嘴乡。码头早停满了铁驳子。老远有人在河边的木楼上招手，或取下窗前一条雪白的手帕舞动。木楼参差排列，自成一街，但又各自独立。远近的人都叫它"母猪街"，名字粗俗，竟闻名整条水路。

——《一条河能流多远》

世桦的小说叙事控制力很好，从容不迫。如同他笔下经常描摹的河流，带着故乡独有的气息，易于辨识。

当然写地域文化，不能仅仅停留在对方言俚语的运用，对起居饮食的呈现，对山川风物的咏叹，这只是表层的传达；只有展示出所在地域人们的精神风貌、心灵境界才是高手。《花好月圆》中，"拿骨灰的时候……女人差点被挤到一边。还是狗子人小，从缝隙里钻进去，提出了秉德老汉的布袋。女人说，得找个盒子，怕是还没回瑞河场都抖搂完了"。要知道，女人只是死者生前的陪夜人，并非至亲。但是她捍卫着孤老而死的老人最后的尊严。这是一种有精神质地和心灵境界的书写，这就是作家人文精神的体现。

传统与现代的交汇，必将催生出新的事物、新的理念。这不仅仅反映在时代的变迁上，也反映在文学本身的技术性书写上。世桦能够将现代小说的一些写法融入他的乡土题材。他的叙事信息密集，语言与情节往往同步推进。"父亲打电话给我的那个下午，我在万福堂给他选骨灰盒。推销骨灰盒的女人听出了与我通话的是父亲，说，尽最后一次孝，让老人体面点儿。……我是个实用主义者，米兰也这么定义过我。……有时我真的不理解米兰，人过中年，照说早过了烂漫的时段，老把我想成施瓦辛格，这不是我的错。"（《柏树里的刀子》）为什么父亲还没离世就选骨灰盒？米兰与"我"是什么关系？为何定义"我"是实用主义者？但又把"我"想成施瓦辛格？一个个悬念在眼前的情境中推进，让人猜想、玩味。这是现代小说与传统小说叙事不一样的地方，不是"一一道来"，而是不断隐藏又不断释放的过程。

在小说的整体架构上，世桦还不断地吸收一些现代小说的表现形式，如意识流，如魔幻现实主义。《天上人间》等作品就将意识流运用得很自如。《白雾茫茫》《树也是一条路》则有强烈的魔幻现实主义味道。《树也是一条路》开头就抛出一个非常态情节：年逾七旬的老太太要上树。当她爬上树后，"……麻雀们慌了，围着自己的窝，在枝丫间跳过来跳过去。柱子娘向它们挥挥手，耸耸肩，学着电视里外国人的样子，'多有打扰'"。老人为什么要上树呢？因为树上可以看见码头。可是"孩子们真回来了，围着柱子娘问长问短。柱子娘笑着，想，可惜哟，没有在树上看着孩子们下船"。作者将亲情放在如诗如画的自然状态中展现，内在却是苦涩的、忧伤的。如果不运用这种手法，只是单纯地写思念，此作恐怕要黯然失色了。

我之所以从各个角度赞许世桦的小说，是因为他从事短篇小说写作的时间并不长，能够取得这么好的成绩，我除了心情激动之外，还希望他进一步努力，将小说这门技艺做得更加出色。没有完美无缺的小说，我们要努力在最大层面上经得起读者挑剌。

行文到此，我想起了此集中首篇的一段对话：

你说，瑞河外面是什么？我问。

长江啊。

长江以外呢？

大海啊。

大海以外呢？

是啊，大海以外是什么？这近乎哲学式的终极追问，让人沉思。

也许有答案，也许没有答案。但这并不重要，对于一个写作者来说，就是奋力接近星辰和大海，保持梦想的澎湃，保持对大海以外的神往，对星辰的守望与仰望。

愿与世桦共勉。

是为序。

王　往

2022年8月15日

（王往，专业作家、江苏省淮安市作家协会副主席）

序　二

　　《一条河能流多远》是一部风格独特的短篇小说集。十五篇小说既独立，又密切联系。所有小说都是以家乡瑞河为背景，要么是故事主要发生地在瑞河，要么主人公来自瑞河。

　　很多作者最重要的作品往往是对童年、少年和青年时期的追忆，沧海桑田、世事变迁、物是人非，让追忆变得伤感。叶子的十五篇小说同样如此，他对故乡的山山水水、男男女女有着爱恨交织的深情，他的身体多年前已经进入大都市，灵魂却时常逡巡在故乡的天空之上。

　　瑞河是条河，也是临河的场镇。在叶子笔下，瑞河特产是黄辣丁，而且固执地认为千丈滩的野生黄辣丁最好，固执地认为要用野生紫苏来做野生黄辣丁才是上品。作者如此描写，"紫苏的恬淡刚好盖住黄辣丁的泥腥气，金黄乳白淡紫于一钵，风味十足"。读到此处，紫苏黄辣丁的浓郁香味力透纸背，四处弥漫，让人垂涎。

　　瑞河场、千丈滩、铁驳子、黄辣丁、紫苏、云嘴母猪街的女人，作者回忆的这一切本质上是隐喻，是指远去不能回归的一切。时间流逝，带走了诸多信息，只留下具有象征意义的典型事物。

　　作者笔端流淌出来的浓得化不开的乡愁，把我带入一个虚幻却又真实的瑞河。

　　十五篇小说是十五个家庭在时代大潮下的沉浮故事，单独篇章是个体的命运，集合在一起就是瑞河的命运。

　　作者年少时，瑞河仍然处于农业社会，贫穷是其主要特征，也有着农业社会较好的自然环境。工业社会以不可阻挡之势到来，有两个重要事件永远地改变了瑞河的生产方式。第一个重要事件的标志是一百七十五米水位线，渔民上岸，瑞河不准打鱼，原有生产方式的转变导致渔民的固有生存技能被废掉，没有了用武之地，转行带来了诸多痛苦。这是瑞河故事中普遍存在的迷茫和痛苦。另一个重要事件是在瑞河上游建了一座水泥厂，水泥厂的污水严重污染了瑞河，河面漂浮着一绺一绺黑绿色的油渍，鱼街仿佛是在一夜之间消失的。

从理论上讲，这是农业社会进入工业社会必然要经历的阵痛，诸多乡镇都有类似经历，并非瑞河独有。转型过程中带来的阵痛落到个体身上就不是阵痛，而是要痛一辈子，痛不欲生。作者感受或经历了剧烈疼痛，心理底层有着说不清道不明的悲剧色彩，在其笔下，多数篇章都涉及死亡。死亡本就是每个人无法逃避的结局，在竹筏上自沉的"父亲"、救人时左手死死插在裤兜的肖德贵、在床上等死时大喊"李雪琴"的秉德老汉，死亡在此时赤裸裸地展现出来，仿佛在用重锤敲打心灵。

故乡的瑞河哪怕曾经开过许多鱼馆，总体上还是贫穷和封闭的。淳朴的另一面是愚昧和偏见。瑞河男人们对云嘴母猪街的女人暗自充满向往，这是真实的人性表达。明面上又对母猪街的女人们充满鄙视，多起悲剧与之有关。秀秀为瑞河男人生了孩子，仍然无法立足，被泼了粪便，自杀而亡。李雪琴来自云嘴，幸福的母亲也来自母猪街，她们为了孩子的脸面离开了瑞河。幸福发现丽丽理发屋一位有月牙形胎记的女人酷似妈妈，时常用望远镜偷窥，最终带来一场悲剧。作者对故乡的思念和反思融合在一起，爱之深，责之切。

时代大幕拉开以后，瑞河人必然会被裹挟着往前。瑞河的老一辈很难适应时代，一路走来，踉踉跄跄。中年一代，往南方去是必然选择。南方对于内陆居民来说同样是一个隐喻，可以是广东，可以是南方的其他地区。南方代表开放、现代、财富，给了瑞河人改变命运的梦想和机遇。瑞河真正的衰败不在于弃渔上岸，而在于没有发展机会，导致人口流失。柱子娘只能爬到树上，望着日益衰败的瑞河，怀念曾经的热闹。

青年一代产生了分化，一部分青年跟随父母到了南方，偶尔回来，对瑞河没有感情，算不得瑞河人。留在瑞河的儿童主体上是留守儿童，天生就存在种种难题。与发达城市相比，瑞河少年的教育相对更弱。作者在多部小说中都以一个漂泊青年的角度叙事。漂泊青年来自瑞河，在城市艰难求生，是城市边缘人。他们思念故乡，却不愿回去，准确说是不能回去。青年一代的命运与祖辈、父辈又不一样，唐朝白居易遇到的"居，大不易"故事，穿越千年时空，又发生在年轻一代身上。

作者对悲剧和死亡的特殊偏好继续笼罩在年轻一代身上。肖晓走出乡村到大城市参加艺术培训，充满梦想，善良且有朝气。谁知天降横祸，瀼渡乡年轻人从天而降，将肖晓的身体和梦想一起砸碎。这一起偶然事件是深沉的悲剧。紫米则相对矫情，年轻时还不懂生活的艰难，不懂父亲深沉的爱，本有美术天赋，父亲又为其铺出一条"金光大道"，却因为得知父亲是裸模而离家出走。与此相对的是，父亲为了抢救女儿的录取通知书而死于危房倒塌。

快速变迁的社会必然产生剧烈碰撞，喜剧和悲剧就此产生。无数草根人物为了改变命运而挣扎，汇聚在一起，最终形成改变社会的力量。《一条河能流多远》给故乡瑞河写下传记，以小见大，记录了一个时代。

小桥老树

2022年8月30日于重庆

（小桥老树，本名张兵，重庆文学院副院长，重庆市作家协会副主席，《侯大利刑侦笔记》系列畅销书作家）

目　录

一条河能流多远

1

又上船了。天杀的又住到船上去了。不用说，只有母亲才跟我用这种语气说父亲。母亲在电话那头喘气。她有哮喘，一到冬天，气息就像被从凹凸不平的石槽里刮出来，跌跌撞撞的，让人有一口气能否接得上的担心。母亲接着说，天寒地冻住船上，那糟心货，天杀的又住上去了，罪还没受够？天杀的。你们当子女的得出面。在母亲的语境里，"你们"一词应该只包含我和狗剩。我和黄册还在恋爱阶段，母亲不可能把他包括进来。这让我心里吹着一丝冷飕飕的风。

母亲说的糟心货指的是我家的铁驳子。我不明白，母亲有大半生都住在糟心货上，为何又那么不待见这个糟心货呢？

我踩着矮矮的影子，穿过逼仄的青石板街，绕过岔街子小环岛，再下台阶到码头，向西至标有一百七十五米水位线的巨大石碑，船泊在石碑巨大的阴影里。

说是船，其实是一艘三米长、两米宽的铁驳子。铁驳子尾部曾经安装过一台柴油发动机，现在已经拆除。铁驳子中间用竹篾席隆起一块容身之处。竹篾席覆盖在一层厚厚的泡沫上，夹一层秫秸编就的垫席，再用米汤浆了，粘一层花布。花布是母亲拆的旧床单。篷下的船板上铺几块厚实的木板。母亲和我打扮着这个狭小的空间，铺上十斤重的棉被，篷口挂上蓝底白花的帘子，这算有了卧室。船头搁着网、灯和一个蜂窝煤炉子，一篮子海碗、锅铲吊在一根细铁丝上，被风弄得叮当响。一坛酸菜蹲在帘子左边，被三块砖围住，几根铁丝拄在砖上。父亲的创新是在船头焊一根高高耸起的钢管，在我的旧红领巾中间写上一个"叶"字，学着天安门升国旗的样子，把红领巾升到钢管顶端。红领巾在风中展开，父亲说，这就是叶家军。

通常出现这种情况，父亲肯定是网到了黄辣丁，书上叫黄颡鱼。黄辣丁喜温，通身黄澄澄，鱼鳍坚硬，类刺。长江雪水与瑞河支流相遇，形成温暖的回流。黄颡鱼便逆流而上，在瑞河场一段形成大面积的繁殖区。因为肉细，瑞河沿岸大人小孩都喜欢吃黄辣丁，特别是哺乳期的女人，每餐必备，两个奶子被鲜鱼汤催得翘翘的。

瑞河人家家都有一手做鲜鱼的本事。

母亲从坛子里捞出酸菜，舀半碗浆水。船头炊烟袅袅，河面水汽迷蒙，酸菜鱼的香气弥漫在瑞河的波纹里。一钵炖鱼上桌，酸菜的绿、鱼的金黄、汤的雪白，我和狗剩早泛起了半腔口水，父亲已就着花生米下了半盅酒。

这些物事恍惚还在眼前。

我抓起套在石碑上的缆绳，使劲晃动绳子。绳子打在水面上，发出"啪啪啪"的声响。父亲睡眼惺忪穿出船舱。住上船的父亲胡须不剃，脸不洗，头发不剪，我问，你怎么活下来的？

小……我瞪了父亲一眼，他赶紧说，小闺女，你有文化，我问你，一条河能流多远？问完使劲儿眨那双混沌的眼睛。

我递过去一张纸，父亲擦掉眼角蒙着的眼屎。

我知道这个问题困扰了父亲很久。我非常不解的是，随着年龄的增长，父亲越来越受一些常识性问题的困扰。

父亲见我没有理睬，用手抹了一把脸，说，跟你回去。

待他走到跟前，我扳过他的身子，面对那条船，问，你还要我们回到船上？我的声音很大，瑞河都抖起了波纹。那还是船吗？

不是。父亲每次都老老实实回答。

父亲像鼓鼓的气球挂到了刺丛，蔫了，成了风中的一块橡胶皮。我突然想哭，我扳父亲身子的时候，感觉手里轻飘飘的。父亲壮实黧黑的肌肉疙瘩被岁月的烟火弄得不成样子，我无法接受。

但现实耸在这里，仿佛现实自产生那天起，就是拿来让人承认的。铁驳子锈迹斑驳，像长满老年斑的父亲。发动机和桨轮在街道办事处的监督下早已被拆除，拆除的地方用鲜红的油漆画了一个圈，表示禁止安装发动机。篷子开始漏风，一到下暴雨，雨水连线往舱里流。这些都是现实。父亲却不理会现实，甚至半夜赶到船上，一瓢一瓢往外舀水，边舀边骂鬼天气。

父亲的腿患上了风湿，天气一变，双脚就不敢下地，膝和踝疼得他张嘴抽冷气。但下次依然如故。

第二天冬至，天刚亮，母亲又打电话来说，天杀的不见了。我一骨碌坐起来，寒冷像蛇吐着信子咬了我一口，我又溜回被窝里。母亲在电话里说半夜她和黑子给父亲送被子去，抓住缆绳晃了半天，不见人应。黑子把船拉靠岸，钻进霉气浊浊的船舱，里面空无一人。

2

瑞河场摆着水柳腰身，两旁高高低低的门楼夹一条青石板路，几十级石梯，连接码头。瀼渡乡和云嘴乡的富足刺激着瑞河场的神经，人们在河水中打桩立柱，离水面三尺高修起了吊脚楼，在吊脚楼临水一面设一露台、钓鱼、摆席两不误，再从瀼渡码头买来跑马灯，绕了露台。一入夜，灯闪成一条河，河水默默，河倒映成一条街，人影幢幢。木楼要么自营，要么出租。瑞河边一夜时间林立起了鲜鱼馆招牌，鱼街的名号一时盖过了云嘴乡的母猪街。但瑞河人对此嗤之以鼻，母猪街，也能比鱼街？咱卖鱼不犯法……话到此处，撇撇嘴，意味深长一笑。

人们从四面八方挤过来，为的是吃一嘴野生黄辣丁。鲜鱼馆数量暴增，而黄辣丁不见增加，数量反在减少。渔民的网眼儿越织越小，要网到上等的黄辣丁，渔民就得到湍急的千丈滩下网。这多少考验一个渔民的胆识和力气。

父亲是瑞河场有名的"捕头"——捕黄辣丁的头儿。父亲每次"出海"都会说——出海是父亲的口头禅，切，去千丈滩活捉黄辣丁，不比出海捕秋刀鱼容易？！父亲对黑子说，把好橹，我死了你接任捕头。黑子慌忙向水里"呸呸呸"啐了三口，说，师傅，水鬼听得见呢。

黑子初中毕业没去上高中，把一包课本烧在了父母坟前，头也不回跟着父亲去了千丈滩。

父亲出海必有收获，羡煞了其他打鱼人。岸边鲜鱼馆的老板也对父亲客气起来，老远就会拿出好酒摇晃，在露台上"嗷嗷嗷"喊着黑子。父亲裸着上身，叉着腰立在船头，疙瘩肉在阳光下一闪一闪，头发在风中飞扬。黑子对那些叫喊无动于衷，他提着一桶黄辣丁上岸，交给一个叫"秀秀"的鲜鱼馆。父亲则提着鲫鱼、白鲢丢给招呼他喝酒的店家。

鱼街的人对父亲颇有微词。

不断有风言风语传到了母亲的耳朵。秀秀鲜鱼馆老板是一个外地女人，有人说是湖北的，有人说是上海的，从大船下来，乘班船而上，带着一个男孩儿和一只雪白的哈巴狗，经瀼渡乡、云嘴乡，来到瑞河场，就没离开，租了我们家的店铺，开起了鲜鱼馆。

母亲最初听到这些风言风语并不在意。当年母亲带着一个小男孩儿来到瑞河场，举目无亲，遂在青石板街尽头的一个破落小院的柴房住了一宿。用母亲的话说，他们住了一夜后发现院落似乎荒了很久，坝子里长满人高的蒿草，堂屋大开，屋里凌乱得像屋外的坝子。母亲开始收拾屋里屋外，洗干净了屋子里发酸的衣服、发臭的棉鞋、发霉的被褥、锅里长了绿毛的碗筷。小男孩用生锈的镰刀割了坝子中的蒿草。母亲又担来干燥的垒土，垫实了从堂屋通往院门的石板路。做完这些，母亲开始烧一锅水给男孩洗澡。擦黑，我爷爷从河边回来取旱烟，提了黄辣丁，走到院门口竟连滚带爬回到李贵田的驳子上。在李贵田的驳子上喝了半斤烧酒，喝到半酣，说了自己的想法。

李贵田摇摇头，指着爷爷的脸，说老东西，我就知道你这臭旱烟、黄辣丁不会白送，哎，这媒我来保。

奶奶去世得早。爷爷带着父亲在瑞河里谋生，风里来浪里去，起早摸黑，两个木头一样的男人，一早出船，擦黑收网，熬鱼煮汤，日子恓惶地过。岸上的老屋被搁置在那里，除非换衣取件或者休渔季节回来一下，院门也不锁，家当一眼看得穿。

李贵田开始奔跑于老屋和驳子之间。他带回来的消息是，女人是个白净的寡妇，嘴脸过得去眼。男孩儿六岁。孩子半哑半聋，顺风时能听见。

爷爷一撑篙，甩脸说你去叫女人明天搬窝。

李贵田一个趔趄，差点儿掉水里。他慌忙退到跳板上，喊：老东西，不要彩礼、不要媒钱，白捡个媳妇，还张狂上了？聋哑怕啥？一个劳力呢！再说，要孩子可以生一个。

上了几级台阶，李贵田又喊：把你爷俩卖了也给不起彩礼钱，不识抬举，没活醒个老东西。

听到彩礼钱，爷爷就像冬天的倭瓜，软不拉耷，人一下子矮下去了许多。老婆去世拉了一屁股债，自己平时又好喝几口，起早贪黑奔波在瑞河，换得几个锞子勉强够父子俩的开销用度。眼看儿子过了谈婚娶妻的年龄，但做父亲的不敢提半个字，现在的彩礼钱是随风涨啊。想着想着，爷爷竟哭了起来，闹得一旁的父亲手足无措。

第二天刚打亮影儿，爷爷提了一刀肉去了李贵田的驳子。李贵田笑了，我就知道你是明白人。

女人成为父亲的女人，我的母亲。

父亲结婚后，爷爷再也不住驳子了，他也要求儿子每天必须回家。但父亲不是借到云嘴乡就是借到瀼渡码头卖山货，经常不回家住。

女人带来的男孩儿小名叫狗剩。每天早晨，狗剩提着一篮子菜饭送到驳子上来。父亲吼他：再来打折你的腿。刚开始狗剩还怯生生的，日子一久，就大着胆子放篮子，收碗筷。周围驳子上的人笑父亲，全娃子你牛劲儿个锤子，孩子听得见不？父亲像被抽了脊髓，灰灰地坐下来。狗剩拿起头天的碗，风一样跑，叶片儿大小的阴影，起伏在石阶上。

还是你爷爷有办法。李贵田的女人说，有天你父亲在驳子中刚躺下，你爷爷带着你妈和狗剩上驳子来了。用牛车拉了酸菜坛子、锅碗瓢盆、铺盖棉絮，甩下一句话：分家过。说完拉着狗剩回了岸上的老屋。从那以后，没有看到你妈下过船。

你妈上船第三年有了你，你父亲垮了三年的脸才有了个笑影儿。李贵田的女人说，打的钉子回了头，又撞上个掌勺的。

3

我出生第二年爷爷就去世了。爷爷去世时是一个秋天的夜里。爷爷一早起来梳洗完毕，问狗剩：爷爷顺眼不？狗剩用右手画了一个圈，伸出大拇指，意思是说很好。然后爷爷对狗剩说：去把你爸妈叫回来。

狗剩去的时候父亲也在。这个时候是休渔期，所以父亲一早就开始煮酒。他在甲板下的水仓中摸出一条黄辣丁，剁了鱼脑袋，把鱼脑袋放到薄油中炒几下，掺水炖鱼，这几乎是我的专享食品。我直喊"哥哥"，父亲和母亲同时看见了跳板上的狗剩，像一件衣服在风里抖动。母亲和父亲都去了老屋，留下狗剩照顾我。狗剩用勺子喂了我一口鱼汤，然后小猪一样吭哧吭哧吃光了所有的鱼和鱼汤。

父亲和母亲从岸上回来，每个人手上多了一枚戒指。我知道那是爷爷交给他们的。父亲手里拿着一把拇指大的金锁，看了看狗剩，又看了看我，将金锁戴到了狗剩的颈子上。母亲看了父亲一眼，迅速掉过头，抹着眼睛。

爷爷就在那天夜里走的。

自那以后，狗剩白天留在驳子上，浆洗补网，吃完晚饭，回老屋睡觉。

稍大一点儿，我喜欢串到李贵田家的驳子上玩。李贵田女人每次摆完我家的故事，就捧着我的脸蛋夸：俊，啧啧啧，全娃子得谢我们家贵田，贵人啦——，边拖腔边睃秀秀鲜鱼馆的招牌，说供错了菩萨啰。

对父亲意见最大的要算"贵人"鲜鱼馆了，老板是李贵田。

但父亲有自己的说法。首先，女人租的是我家的店铺，自然要凑合生意，卖给谁家都一样。既然卖给谁家都一样，为什么不卖给自己的房客？生意好了自然会续租下去，这也是一笔收入，小丫不是马上到瀼渡上中学吗？其次，女人弄的黄辣丁加有紫苏叶。加了紫苏后的黄辣丁柔和醇厚，不像那些蠢笨的本地女人，只知道加辣子和花椒。更窝心的是加大量茴香，破坏了黄辣丁对这一方水土的眷顾。父亲说话声大，我看见李贵田的女人闪了一下头，缩进篷里去了。有几次闻着李贵田家的茴香煮鱼，想吐。

有天母亲从李贵田家的驳子下来，脸色黑得要下阵雨。刚好黑子提着一桶黄辣丁要下驳子。母亲拦住他，恨恨地叫：再提给那骚娘们，我把你卵子劁来喂狗。黑子划着筏子，躲开母亲，借助其他驳子的阴影，用竹竿敲了敲秀秀鲜鱼馆的栏杆。男孩儿出来，站在露台上，刚要喊"黑子"，黑子不断给他眨白眼，男孩噤了声。黑子把黄辣丁一条一条地甩到露台，男孩一条一条地接。有一刻男孩直起身子接鱼，露出一截不锈钢右腿，冰凉的光刺得黑子一愣。黑子赶快低下头，喊：眼里落灰尘了，转过身子泪水长流。突然黑子听见"鱼鱼鱼"的声音，转头看见男孩手里的一条鱼蹦了起来。男孩身子一跳，朝前一倾，右脚跟不上重心，身子一下子栽出了栏杆，头朝下落进河里。

河水不是很深。但当初修吊脚楼时为避免驳子撞到立柱，围起来一圈削尖的木头柱子。男孩头朝下，卡在了木头柱子缝中，肚脐到头埋在水里，两只脚伸到水面，右脚裤腿褪到了胯根，不锈钢在水面明晃晃刺眼。

黑子叫起来，跳下水游过去。估计女人听到露台这边的声响，扑出来，看到男孩儿明晃晃的腿，脸一下寡白，从露台一下子扑到水里，激起的水花溅起来，打湿了露台。

众人将男孩取出来时男孩的头胀得像个气球，喝饱了江水的女人被黑子救起，瘫软如泥。

秀秀鲜鱼馆关了。母亲每天熬了黄辣丁鱼汤送到秀秀的面前，给她喂半勺，喝多了女人会吐，肠肝肚肺都要吐出来。秀秀憔悴得一下子老了十岁，人虚成一根藤儿。母亲把鱼汤端着回到驳子上，倒在泔水里。父亲提着锯子，锯掉了那些围着露台的木桩。黑子和父亲换着班，划着筏子到露台下面值夜班，他们怕女人有什么三长两短。

第十六天早上，女人喝了母亲端来的鱼汤，狼吞虎咽吃完了三条黄辣丁，秀秀鲜鱼馆开门迎客。

男孩儿的骨灰用陶罐封了，沉到了露台下面的水里。

库区开始动员移民。凡在一百七十五米水位线下的居民都属于移民范围。瑞河场有两种移民方案：就地后靠和异地安置。乡里组织居民代表出去考察安置点。据出去考察的李贵田回来说：那是神仙居住的地方，瑞河场几辈人都没有去过的地方。父亲对李贵田代表的话不置可否。父亲说瑞河场只淹得了岔街子以下部分，剩余部分可以砌石坎保住不滑坡就行，渔民们出去靠什么为生？李贵田再次说神仙之类的话时父亲掉头就走。

瑞河上游要建一座水泥厂，在距离瑞河场三公里的盐井沟。这无疑引发了渔民们的抵触情绪。乡里来人由李贵田带着，家家户户做工作，说建水泥厂是为了解决就地后靠的移民的工作问题。之后是河运工作队，对家家户户的驳子进行登记，拆除发动机，瑞河里不再允许打鱼。鱼街的鲜鱼馆一下子倒了大片，剩下一两家苦苦支撑着，其他的鲜鱼馆彻底转行，改为洗脚铺，昼夜闪着暧昧的光。

水泥厂建起来了，建起来的还有一座"四季花城"安置小区，说是水泥厂资助建设的。

我们彻底上了岸，住进了"四季花城"小区。

父亲有些百无聊赖，整天和驳子上上岸的人喝酒，扯闲篇儿。周末我从学校回家，一下跳板，狗剩便抓住我，双手在空中乱舞，嘴里"啊啊啊"叫个不停，金锁在他胸前乱蹦。

我回到家，家里已围了一圈人，母亲正在抹泪。

父亲被抓了。

4

黑子上岸后开了家采石场——水泥厂需要大量的硅石。有几次黑子邀请父亲去管场子，父亲懒得搭理，说自己浪惯了，受不了场规场纪。再说在那里下力的都是乡里乡亲，管理上重了对不起乡邻，轻了得罪老板。父亲把"老板"二字咬得很重，听得黑子脸发黑，说师傅您埋汰黑子呢。

母亲在旁边说，黑子，别理他，他是猪尿包憋了气，胀恍（慌）了。

这天黑子买了五斤黄辣丁，在秀秀鲜鱼馆加工，请父亲喝酒。

喝到一半儿，父亲的牛脾气上来了，说黑子的黄辣丁有一股柴油味儿。黑子发誓说这是正宗的黄辣丁。父亲说怕是在李贵田女婿承包的鱼塘买的吧？黑子呵呵呵笑了，说看师傅憋得慌，特地买来孝敬师傅的。

父亲乜了黑子一眼，看了看在灶头忙碌的秀秀，高喊一声，秀秀，也来喝一杯。

秀秀开始不肯喝酒。自打儿子死了以后，秀秀愈加沉默。面对瑞河场的风言风语，秀秀选择了沉默，像一缕空气，来去无影儿，但又像黄辣丁的鳍，坚硬地哽在瑞河人的喉咙里。

见师徒话不投机，秀秀开了一瓶花雕，给三个杯子斟满。刚要开口，泪却先流。

父亲问，好好的，为啥哭上了？

先感谢大哥。秀秀喝了一杯。

再谢黑子小兄弟。秀秀又喝了一杯。

乱了乱了，乱了辈儿了。父亲嚷起来。

秀秀脸上漾起了红晕，说酒桌上无大小，又自罚了一杯。

黑子站起来，走到阳台，向河里倒了一杯酒。父亲和秀秀也跟过来倒了一杯酒。秀秀说，水要涨起来了。

也该涨起来了。父亲重复一句，转头对黑子说，黑子，敢闯一回千丈滩不？

黑子扬起黑黝黝的脸，说，敢啊，有发动机？

父亲就从秀秀鲜鱼馆的阁楼拖出了一个旧木箱，打开木箱，灰尘四散，里面是一台旧发动机。

秀秀望着暗暗的江面，喊，天爷，不要命啦？

黑子嘿嘿嘿笑，笑出了泪花，说，半夜黄辣丁开会呢。好久没吃野生的了，今晚开个荤。秀秀姐，你把紫苏熬透，等起。

父亲早把发动机安装到了驳子尾部的红圈处。开始他们用篙撑着走，到了江中心，一阵"突突突"的声响从雾中传来，一个亮点逐渐融化在苍茫的水域里。

秀秀泪下来了，自言自语，孩子，保佑你……叔。秀秀朝江中心合起了手掌。

第二天是星期六，学校周末放假。我每周回一次家。母亲说，早上天还未亮，派出所到秀秀鲜鱼馆带走了父亲、黑子和秀秀，并把发动机和半盆黄辣丁也带回了派出所。

派出所用相机拍了当时的情景。父亲躺在秀秀的床上，和衣而睡，鼾声如雷。秀秀躺在旁边，裹着一床棉被，睡得很沉。黑子在沙发上睡，口水流了一地。桌子上杯盘狼藉，三个空着的花雕瓶倒在地上，鱼骨摆了一桌一地，旁边的盆里还有半盆野生黄辣丁，活蹦乱跳，雪白的狗蹲在沙发上，盯着众人。

羞死先人啊，睡到床上去了。母亲眼睛都要爆出来了，泪水长流。

李贵田的女人在旁边劝着母亲，大声说，有贵田呢，派出所他熟。谁叫贵田是全娃子的媒人呢？

周围的人都唏嘘起来，纷纷说让贵田去把全娃子捞出来，至于那个女人，活该。

狗剩用眼瞪着李贵田的女人，女人的声音小了下去，瞥了狗剩一眼。

派出所来通知家属，母亲不愿去派出所，只有我和狗剩去，后跟一群看热闹的人。我们没见到父亲。办案的民警说，你父亲牛啊，又吵又跳，这会儿安静了。

我哭起来，喊，把我爸怎样了？你们把我爸怎样了？

民警大声说，这里不是操场，不允许哭闹。哭闹解决不了问题。

狗剩双手在民警面前画，急得"啊啊啊"叫。民警叹口气，说，全娃子个龟孙，跟云嘴的女人混，害了一对子女。民警说，罚款一万元，回家准备钱吧。

周围的人惊叫，一万元啊。

接着惊叫声又起，云嘴……母猪街啊？

人们像刚想起什么。母猪街是云嘴乡的招牌啊。有人从大船上下来，寻了班船，沿河而上，抵达云嘴乡。码头早停满了铁驳子。老远有人在河边的木楼上招手，或取下窗前一条雪白的手帕舞动。木楼参差排列，自成一街，但又各自独立，远近的人都叫它"母猪街"，名字粗俗，竟闻名整条水路。

算轻的了，偷安发动机，私自捕鱼，与陌生女人同宿……

再也没有人关心我父亲的问题，母猪街的女人像二号病毒传遍了瑞河场。我回家时母亲已经晕死在地上，旁边李贵田的女人在掐人中，看见狗剩要杀人的眼睛，搭着汕溜走了。

狗剩拉了我一下，指着李贵田的女人，指了指嘴，意思说是李贵田的女人向派出所透的风声。

下午，关于秀秀的信息传得更可摸可触。说秀秀是云嘴乡下街人，父母死得早。南下打工，跟男人怀了野胎，却不知孩子亲生父亲是谁。几年后带着孩子回来，竟没有去云嘴乡，径直上行到瑞河场，租了我家鱼街的门面开起了鲜鱼馆。

在场的女人群情激愤，她们要求母亲出面，赶走这个女人。她们撺掇狗剩担了一挑大粪，浩浩汤汤朝秀秀鲜鱼馆奔来。

我们跟着一担大粪抵达秀秀鲜鱼馆，秀秀也刚刚回来。民警说秀秀是上午十点放出来取钱的，她的罚款是五千元。邮政银行的工作人员讲，秀秀是上午十点半左右到银行取钱的，她的卡上大概有一万五千元，秀秀全部给取了。银行工作人员说这是秀秀几年陆续存的钱。光棍麻二说他在岔街子吃米线，看见秀秀急匆匆去了派出所，差点撞到了送煤球儿的板车。

民警说秀秀交了全娃子的一万元和自己的五千元，没有停留。我父亲下午才放出来，在派出所吵闹了半天才离开。

我们抵达秀秀鲜鱼馆时，秀秀一手拖着旅行箱，一手捧着长满青苔的陶罐，臂弯处卧一只雪白的哈巴狗，刚开门出来。

李贵田的女人尖叫了一声，要溜，骚货要溜。秀秀愣在门口，退也不是，进也不是。臂弯处的狗"汪汪汪"叫个不停，声响震得空气发颤。叫声一下一下撞击着女人们的耳朵，终于有女人等不及了，骂道，叫个锤子！撕烂死畜生的嘴。空气躁动起来，雨仿佛停了，也好像偶尔洒那么几滴。秀秀脸上露出一丝惊恐，五根手指紧紧抠着陶罐。

秀秀臂弯上的狗猛地蹿下地来，冲到狗剩面前，龇着牙"汪汪汪"地叫。狗剩抬起一脚，一道白色的弧线划过，狗落到水里。狗开始使劲向岸边游，昂起头龇着牙还在叫，只是叫声听起来像哭。秀秀瞪着大眼，脸扭曲变形。她甩掉旅行箱，奔到狗剩面前，喊，你凭什么踢我的狗？凭什么？狗剩退了一步，人群躁动起来。母亲在后面推搡狗剩，喊，怕她？泼她个臭婆娘。一瓢大粪"哗啦"泼向秀秀，秀秀从头到脚淌着粪水，手上的陶罐"叭"掉到地上，摔成块块儿，陶罐里的灰扬起来，形成一道雾嶂。臭气四面弥漫。秀秀胡乱擦了一把脸上的粪水，"啊啊"尖声叫着，转身进屋，摇着一把明晃晃的菜刀，追出门来。人们哄地散到台阶上，像迅疾的水波退去，留下秀秀沙滩一样空着，刚游上岸的小狗在旁边摇着尾巴。

第二天有人发现了秀秀的尸体。

派出所说是跳水自杀，被早起捡狗屎的麻二发现。麻二脸色寡白，抖抖簌簌拉着民警的衣袖，半天说不出一句囫囵话。

父亲是第二天知道秀秀死的。父亲从派出所出来就去了黑子的石场，喝了酒，蜷着身子睡到日上三竿。父亲听黑子说了秀秀的死，当即蹦了起来，跑到河边。河面水汽散尽，朗朗的一江水，默默流动。

5

父亲回家甩了母亲一耳光，头也不回地住到了船上。

库区的水涨上来，仿佛是一夜之间，淹没了鱼街。狗剩没有丝毫犹豫，在外迁江苏的名册上签了字。母亲则去了一趟船上，看见胡子拉碴、蓬头垢面的父亲，骂了一句"活该"，泪就下来了，把签字笔丢到水里，说，这辈子欠你的，回岸上睡吧。

我带狗剩去了一趟父亲停靠铁驳子的地方。狗剩呆呆地望着铁驳子。我问，哥，你哭了？狗剩甩了一下头，几根手指在空中抓了一把，抹向脸，我知道狗剩说的冷。

我们开始搜寻父亲在船上留下的蛛丝马迹。

父亲并不是什么都没有留下。破碎生锈的船舱到处是木屑。木屑我知道，父亲曾经一度买了很多拆迁户家的木料，日夜忙碌，砍、推、刨、挖，父亲一刻都没有停止对那些木头的折腾。

天杀的准备做一艘船。母亲补充着一些证据，说。

黄册对此嗤之以鼻。我已经到了直辖市读书，认识了黄册，与他谈起了恋爱。黄册对母亲的话嗤之以鼻，问我，你爸是不是和秀秀有一腿？

见我不作声，黄册又说，你父亲太孤独了。

你说，瑞河外面是什么？我问。

长江啊。

长江以外呢？

大海啊。

大海以外呢？

黄册愣了。也像我面对父亲的诘问一样，愣在那儿，好半天，说，是要找找你父亲。

以我、黄册、黑子为主力的搜寻队组成了。我们向河运处借了机动艇，我扳过狗剩的肩膀，连说带画，让他下船。狗剩迟疑了一下，双手合十，对着江面拜了拜，又朝黑子拱拱手，下了船。狗剩的背影依然像叶片大小，起伏在石阶上。

狗剩没走多远，跑回来，招手让我下去。我下船来，他从颈间取下金锁，挂到我脖子上，然后咧嘴一笑，指了指电话，朝我挥挥手。

我突然泪如雨下。

先找木筏子或者木头。黑子说。他这样说不无道理。如果父亲真的坐着木筏子顺瑞河而下，那么在某一些回水湾就会停歇，父亲会在木筏子上升起炊烟。木筏子需要用桐油刷筏体。从父亲留下的证据看，父亲走得有些仓促，并没有到云嘴乡买回上等的桐油刷筏体。那么问题来了，木筏子能够并列在水中，依靠的是卯榫结构和竹篾绑系，在水中泡的时间一久，边上的木头就会松散、脱落，离开筏体，会在某个回水湾打转转。

寻找的过程是非常费时费力的。我们在南岸找一段后，就要把机动艇开到北岸，沿着北岸寻找，不放过每一个褶皱地带和回水湾，再原路而下，找一段返到南岸，继续寻找。可想而知，在科技如此发达的今天，我们用着最原始的方式找着父亲。我不知道这种寻找是否只是一种仪式上的寻找。

每当夜幕降临，我们就把机动艇拴在一截树桩上。随着库区水位线的上行，原来瑞河两边很多葱葱郁郁的树木来不及挪身子，就淹没在水中。时间一久，树木褪尽绿色，风把枯朽的枝丫交给河水带走，黑褐色浸染了剩下的树桩。人上岸后，把随艇带着的两个帐篷支开，我一个帐篷，黄册和黑子挤另一个帐篷。

支帐篷时黄册偷偷摸了我的屁股一把，我看他时他盯着帐篷坏坏地笑。邀请我吗？黄册低声问。我涨红脸，还好有暮色的掩护。黑子正专心地弄着地钉和拉绳。我瞪了黄册一眼，没有理他。

男人们垒砌了灶——用几块卵石搭成一个三角形，铁锅就搁在卵石上。河滩上有的是枯枝和浮柴。

炊烟升起来了。有一瞬间我感觉我们又回到了铁驳子上，父亲、母亲、狗剩和我，一钵浆水和酸菜，一锅活蹦乱跳的黄辣丁，我的红领巾在空中飘，父亲在旗杆下滋滋抿酒。

父亲，你在哪儿？天地寂寂，江水默默。瑞河河面上升起水汽，半山腰的雾气包抄下来，与水汽混在一起，总是让人产生幻觉。

黑子抄起一碗面条，糊上母亲做的辣子酱，蹲到一边，呼哧呼哧开饭。黄册对黑子的农民习惯嗤之以鼻，没人时抱怨，说，宝器（重庆方言，贬义称呼），打鼾比雷响。吃饭比打鼾响，今个我跟你睡。

睡觉前黄册一个劲儿朝我眨眼，我装作没有看见。我和黄册即使是夫妻，也不可能当着黑子的面滚在一起。我不能在找父亲的过程中给人寻欢作乐的误觉。

黑子的鼾声响起来。

6

一直找到了云嘴乡，也没有父亲的踪迹。

江水漫上来，原来热闹的母猪街早沉入水下，河面也萧条起来，百舸争流的景象似乎也沉到了江底。泛起的沉渣臭烘烘的，整条瑞河仿佛是一夜之间发臭的。

到达云嘴乡时，黄册说他不能继续了。

黄册望着我，说，真的没有意思。

我正准备张口，黑子过来说，我们在云嘴下，去问问师傅的朋友们。我感觉有一股气顺着胸口爬到头顶。

有意思吗？黄册大声说。

黑子古怪地睃了黄册一眼，转脸看着我。

我朝黑子点点头。

黄册突然变得歇斯底里，你们找不到的。细细的声音从喉咙里憋出来。

我是不会跟傻子傻下去的。黄册补充一句。黑子没接黄册的话，从我们中间走过去下船。我看见黑子用肘揉了一下黄册。

我们在桐油店听到了父亲的消息。

卖桐油的掌柜是父亲的朋友，姓张。几天前一个早上，天刚打亮影儿，张掌柜就被父亲的喊声惊醒。

天爷，那哪是人。张掌柜说，不是黑黢黢的影子叫一声张哥，他还以为撞鬼。张掌柜把父亲让进店里，父亲浑身散发出一股腐烂的水草气味。父亲裹着一床棉被，整个人窝在烂棉被中。张掌柜伸手去取父亲身上的棉被，被父亲让开了。父亲说，张哥，赊两提桐油，刷船板。张掌柜问，全娃子，你还行船？

父亲点点头。

张掌柜打了一壶桐油给父亲。父亲伸出手时带出一股恶臭，手上的冻疮已经灌脓了。张掌柜问，全娃子，你没有去江苏？

父亲摇摇头。

张掌柜回过身给父亲拿碘酒，顺口说，全娃子啊，要翻得过心头的门槛哟。人死不能复生啊，大风大浪都过来了。待张掌柜转过身，哪里还有父亲的影子。

黄册问，你说的是秀秀？

张掌柜说，她家在下街，没被水淹，但院子破败得不成样子了。

我白了黄册一眼。

白什么白，你根本不懂你父亲，一群傻子跟一个聪明人较什么劲儿？黄册嘀咕道。

我和黑子上了船，黄册留在了岸上。黄册说他要赶回城市，那里的事儿很多很重要。雾气升起来，黄册的身影在岸边越来越小，越来越稀薄，最后竟然没有了。

我擦了擦眼睛。

黑子递过来一张纸巾，我捂住眼睛，满世界一片彤红。

船缓缓下行，搜索越来越缓慢、细致。我们知道父亲应该会出现在云嘴乡和瀼渡乡之间。黑子说师傅清晨买桐油，说明木船并没有坏，我们从瑞河乡到云嘴乡没有看见师傅是正常的，也是富有成效的，这样我们就不会担心师傅在这段水路上出事。桐油搪木板说明父亲思路清晰，防范意识很强。下一段路程，我们就要格外留意有没有散落的搪了桐油的木板。

船行到瀼渡码头，黑子下船问扛货包的老乡，有没有看见过往的木筏子？

扛货包的老乡怔了一下，问黑子，你说木筏子？

黑子说，搪了桐油的木筏子。

老乡哈哈一笑，说，你也是行过水路的行家，漫天大雾划木筏子？说着双手在空气中比画了几下。

黑子脸黑下来。转身上了船，说，雾天难不成就不划，老子半夜还下千丈滩呢。说完赶紧望了我一眼，脸上像套了个红色塑料袋。但，还真看不见……黑子说。

黑子问，还走吗？

面对茫茫的江水，周遭汹涌的江水，我不置可否，我在心底嘶喊，爸啊——

我对黑子说，我想到云嘴乡看看。

7

这是我第一次踏进这个破败的院子。院墙早已坍塌，豁出的口子任由猫狗出入。我推开院门，门板"嘎吱"一声后，竟然倒了。

我沿着长满蒿草和青苔的石板，走进院子，仿佛走进一个人的心脏。屋子里光线阴暗，见我进来，四周漫起窸窸窣窣的声响。我竟然没有半点恐惧，穿过弄堂，是后院。后院栽有一棵银杏树，地面铺一层厚实的枯叶，这个季节树光秃秃地站着。

后院的南边是一块地，地面一丛一丛委地的枯黄的茎，厚实绵密，茎上结着黄豆大小的籽。

这是紫苏。黑子说。

我捏了一颗，将籽搓开，里面含了满满的褐色小颗粒，放到鼻子底下闻，古旧的香味，像从很远很远的地方赶来，穿过我的身体，又散到阳光里。

我突然感到父亲一定在这气息里。

瑞河外面是长江，长江外面呢？我问黑子。

海啊。黑子说。

海外面呢？

黑子不作声，望着我，眼光虚无起来，缥缈起来。

铁驳子停的地方是以前的什么地方？

秀秀跳水的地方。黑子说。

（本文获《作品》杂志"大鹏生态文学奖"三等奖）

如果月上中天

　　机场在山上，我到的时候大理已经黑了。行到山脚，有小雨点打在玻璃上，一晃而过的灯光中，全是白亮亮的雨线。更深的黑暗里，有亮点在相互追逐，相互躲藏。

　　其实，于我而言，大理并不是非来不可。杨棉说，大理的下关风、上关花、苍山雪、洱海月是闻名于世的景致。说这话时，杨棉手上拿着一本名叫《人生就是个蛋》的书，腆着大肚子，瘫在沙发上，什么时候能去趟大理，人生就破茧成蝶啦。我没有回应，看着一只蚊子把自己舞成八字圈。自从杨棉回国，落进这个家，她的话我很少当话，听听而已。

　　我入住的客栈叫亲亲柠檬别院，挺腻歪的一个名字。匾牌上墨绿色的隶书，射灯的缘故，字的边缘反着光，有立体感。服务员带我进了左边的门，穿过一个小院。前台安置在后门的地方。服务员对登记的女子说，白姐，来客了。叫白姐的女子放下手机，伸手说身份证。我取出身份证，站到摄像头前，把一摞钱递过去，说，先交这些，什么时候想走，再结算。白姐怔了一下，然后一张一张点着钞票。我皱着眉头等她点完。她的手腕上有一串银镙子，做过旧，晃动着光点，银镙子上刻着类似甲骨文一样的符号。最后她抱歉地说，好久没用过纸钞了。我看见她鼻翼上有细密的汗珠。

　　躺下之后，天地安静，可以听见"啵啵啵"的细微声响。当初网上订这家民宿时，看到它的广告语很别致，说可以听见波浪的亲吻声，若是月上中天，亲吻声整个古城都听得见。记不完整，反正就这意思。言辞虽说夸张了点儿，细听还真有声音，像鱼在吐泡。我翻了个身，想，杨棉为什么想来大理？我又做了那个梦，梦见杨棉使劲摇着我的肩膀，嘴张得很大，但就是听不到她说什么。梦中我很着急，根据杨棉的口型猜了很多种可能，最后杨棉的口腔里流出了血，洪水一样淹没了我。我惊醒了。近一年老做这个梦，反反复复做，做完感觉很疲惫。醒了就睁着眼睛想杨棉临死时的样子，是不是也和梦里一样？

第二天醒来已经是半上午了。房间拉上厚重的窗帘，屋子里模糊，致使时光像一直停留在午夜时分。我醒来一下子不知身在何处，脑子锈得厉害，吱吱呀呀转了好半天，才想起"大理"两个字来。刚洗漱完毕，有人敲门。打开门，炫目的光一下子涌了进来。门口站着姓白的女子，着一身亚麻长裙，湿漉漉的头发随意绾在头顶，脖子像长着的一段葱白，耳垂和下巴被阳光照得透明。我想起翡翠术语中的"冰种"。她问，还没饿？没等我回答，她扭动两下身子，用下巴朝院子里抬了抬，说，如果想吃，我给你弄过桥米线。下楼到院子里等着。院子很小，但打扮精致。从左边的门进来，是一面白色的照壁，照壁四周画着祥云图案，中间竖着题有"苍洱敏秀"四字，墙基一带是一盆一盆的花木，四季桂、蜀葵、飘香藤、天竺葵……空气发甜，拉得起丝。照壁对面是典型的白族民居，三房两耳，黛瓦白墙，雕花栏杆。姓白的女子从右边耳房里出来，一碗米线上卧着两枚鸡蛋。她把米线放到茶桌上，说了声将就吃，顺势坐到对面的秋千上看手机，但可以感觉到她一直在用余光瞄我。我笑笑，确实是饿了，没吃出什么味道，米线就被我连汤带水倒进了肚子。她收拾碗筷时很满足的样子。你不是白族？我问她。她笑而不语，进了房间，身子一步一摇。服务员刚好买菜回来，惊乍乍地喊，从来不下厨的白姐，太阳打西边出了？白姐在屋里接话，练手啊。停了片刻又说，不能一辈子不会吧？我起身说出去走走，我听得她好像喊了句别把自己搞丢了的话，后半句我没听清，一头钻进了大理古城的巷子中。

刚下过雨，空气湿润，两边都是不超过三层的白族民居，墙基一律为粗粝石条，苔痕斑驳，时光旧旧地流淌。巷道隔几米一处花坛，鲜花恣意绽放，仰头即可望见苍山。不知是山顶还是山腰，停留着丝绒一般的云朵，天蓝得失真，像打翻的石青，一蓝到底。

事实上我真的迷路了，转来转去就是转不回客栈。杨棉曾说我是路盲，我在自己的城市生活了几十年，除了几个大型超市和农贸市场，那些巷子我真的陌生，以致外地来的朋友都怀疑我不是本地人。这跟我的懒惰有关。我属乌龟，杨棉评价过。不好动，不愿意面对喧嚣，每天出门坐499路公交抵达单位，下班坐499路公交回家，三位一体。杨棉说嫁给我不如嫁给499路公交司机。杨棉是我的前妻，她说，我动你静，互补。我心里骂了句屁。她劝我，有空出去走走。我说我一个路痴怎么走？杨棉说乔也是路痴，不是照样陪她走？据她说，乔是她的外籍男友。轮到我鄙夷了，望着她鼓鼓囊囊的肚子，说，有乔，还回来干什么？杨棉用左手拍着肚子，右手在屋子里画了一圈，说，我想让他拥有中国国籍。你不会认为我有什么企图吧？杨棉就这样子，两句话直达问题核心。我刚想说这样子算什么啊？但话未说出口就泄气了。我发现我和杨棉的谈话总是在轮回，死胡同。后来杨棉总结了我，说我的存在就是一个悖论，文章里面智慧满满，现实生活极度弱智。你不是路痴，是一个路盲。然后她加重语气说，看得见路的盲人。

我问路边的店家，都摇头，说不知这家店。打开电子地图，上面也没有亲亲柠檬别院的标注。刚要找地儿坐下来，白姐的电话就到了。她说你别离开，我这就过去。

她骑着电瓶车过来的，一到跟前就说，蒙圈了吧？我不置可否，她说她到大理时也一样。我坐到后座上。她笑笑说，可以扶着我的。她的腰很细。我先是叉着自己的腰，石板路抖动得厉害。风在耳边跑动，不利索。她的头发起起落落，有点像手指头，蘸着水摩挲我的脸颊，麻酥酥的感觉往全身浸。头发间有卡诗的气味。杨棉告诉过我这种洗发水叫卡诗，来自巴黎。我将手移到后座上，抠着尾翼，合金车骨凉凉的。

拐了几条巷道，她说，要不要去洱海？我带你去喝茶。我点点头。她像看见了我的点头，电瓶车一拐，向洱海的方向驶去。

我们选了一处茶楼，洱海就横卧在窗外。我要了壶滇红，她则要了杯咖啡。我静静看着洱海，云开始在洱海上空疾走，碧波滚动，上下相映成趣。

每一个到大理的人都带着故事。她敲了一下杯子，像提示我，说，叫我白梦。我也报了自己的名字。她哈哈笑起来，说，你不用报，身份证我看过，百度上有你的介绍，作家。我像偷了什么，脸上热起来，说，浮名浮名，别当真。你不是本地人，口音听的。

我也写过诗哟，话语中含着不好意思，高中那会儿，老想当作家。她抿了口咖啡，厉害，我不是本地人，上个月住进客栈的，有空帮着老板做点杂事。

你带着什么故事到的大理？我问她。

她用手捋了一把头发，说到大理主要想看看洱海的月亮。小学学过一篇关于洱海月的课文，太美。我这是第二次来看洱海，以前到海南看过海，但自己真正喜欢洱海，喜欢洱海独有的气质。以前老师问海为什么大？我们都说容纳千溪啊。老师对答案不满意，我们又齐声吼，因为低。老师赞许地说，为人要像海一样，谦虚。现在你看，洱海谦虚吗？我看有点豪横。

我"扑哧"一下笑出声来。我喜欢说话有趣的人。

第一次来洱海是来死的。她的双眼瞬间潮红，音调低沉。高三时我的同桌是个男孩，乡下来的，家里特穷，每天吃两顿，早餐不吃，半上午压着肚子听课。我就从家里带点心给他。刚开始他不要，后来挨不住饥饿，接了，第一次吃点心噎得他泪花花打转，还积食了几天。不知是同情还是什么，我竟然爱上了这个男孩，每天除了想方设法给他补充"粮草"，就是在日记本上给他写诗。嘿嘿，物质精神两不误。我的成绩自然稀里哗啦往下掉。父亲知道后差点没把我打死，逼着我将日记本烧掉。亲戚朋友清一色的绝望。好在母亲原谅我，说哪个女娃都会犯错，只是时间迟早。我读了中专，男孩考到了云南一所大学。我们几乎每天通信，不是打电话就是写信，那个时候手机还很稀奇。每年开学前我偷偷把压岁钱邮寄给他。他在信中说这辈子我是他的福星、贵人。我纠正他说是媳妇。他大四时我去云南找他，那时我已经在图书馆上班。我事先没有给他说，想给他个惊喜不是？说口渴了都。白梦猛喝了口咖啡，说这个故事结局你应该猜到了。我点点头。

和很多烂梗剧情一样，俗套到家。那个男孩在校外租了房子，他的同学把白梦带过去的时候他刚好午睡起来，床上还有个女孩。他用白梦的压岁钱租了房子，跟女孩同居有一年了。白梦没有吵，她说如果当时有刀，她真的想把自己给划了。她想到死，找个干净的地方死。"干净"二字让她想到了洱海，于是坐上了去大理的客车。

白梦说，那时我对死亡竟然没有恐惧，我想的就是尽快死。所以一到大理，就去了洱海。我是第一次看到海，静静的海，海上渔船往来。不像现在，洱海现在不允许打鱼。那天是阴历十五，记得如此清楚，因为那天是男孩的生日。我在洱海边上坐到半夜，一轮明月剔透地悬在当空，我从来没有看过那么大、那么透的月亮。天上一轮，海里一轮。我赤着脚往深水里走。水漫过我的头顶时我看到水里有两个月亮，像一对睁着的眸子。我醒来时在医院，医生说一个白族老渔民救了我。我问医生老渔民的名字和住址，医生摇摇头，说，每年像我这样的人多了去。然后有些不解，说，月亮那么好，怎么可以想到死呢？

白梦还沉浸在自己的故事里，双眼满是泪水。这次来洱海为什么？我用指节敲了一下桌子。

她回过神来。该说说你的故事啦，你说完我再说，我歇口气。

两年后我面对白梦，感觉我们的生活好复杂。但在大理，我对她说着最简单的故事。我说，我的前妻是一个教师，准确地说是在大学当辅导员。当然这是之前的事儿，之后碰到一个留学的机会。刚开始我的态度有些模糊，她就不分昼夜地劝我，说这一趟是她翻身的绝佳机会，要不跟上趟儿自己就废了。难道你一辈子愿意让我当辅导员，一辈子让那些龟孙低看？你知道当时很多留学生基本上是不会回国的。那段日子充满了忙碌和忧伤。我的前妻杨棉要填写很多表格，办理很多证件，每天风风火火，接受朋友们的问候和问候即将离别的朋友。我则帮不上任何忙，像一个路人甲，无所事事。出国三个月后我接到杨棉的电话，她在电话里说，真熬不住了，太孤独。我说离吧。杨棉在电话那头哭，说，下辈子吧，下辈子做夫妻。我说好。杨棉说圣诞节回来，你签个字，我什么都不要，包括每个月寄的生活费。我说好。过了五年，杨棉回来了，带着一张博士毕业证书和一个大肚子，住进了我们以前的家。

她怀的谁的孩子？

不知道。据她说是一个叫乔的。杨棉说住在外面不方便，所以打扰我几个月，孩子一生，立马走人。这个我信，杨棉的性格我知道。但直到临盆，我也没有看见那个叫乔的。那天一早杨棉喊肚子疼，我没在意，坐499路刚到单位，她就给我打电话，电话里她疼得直喊妈。我送她到半路，下面开始流血水。我不断下车问路人，儿童医院怎么走？杨棉在车上嗷嗷乱叫，什么难听嚷什么，一会儿骂乔这个天杀的，一会儿骂我笨得像头猪。送到医院后杨棉已经昏迷过去，医生问我救大人还是孩子时，我差点疯掉。我怎么知道救大人还是孩子？大人孩子都不是我的。我开始骂乔这个狗杂碎，把这么大的事儿推给我。我丢下一句我做不了主就离开了。走到广场我像疯子一样往回跑，边跑边扯自己的头发，喊，救大人救杨棉。事实上没等我跑回医院，杨棉和孩子都去了太平间。

哦，这件事我知道，原来与你有关。当时在报纸上讨论了半个多月吧。白梦"啧啧啧"说这个世界小，太小了。

我点点头，说其实当时不管选择大人还是孩子，结果都一样，怪我在路上耽搁得太久。后来我哆哆嗦嗦着在杨棉的电话里找到那个乔，请了个外国语大学的学生帮忙打越洋电话。学生和对方哈喽了半天，脸色难看，说对方只是认识杨女士而已，他们……学生字斟句酌地转告我，他们是在红灯区认识的。我一下子哭得像个孩子。后来我经常做噩梦，关键是很长一段时间我还处在舆论的风口浪尖。

于是你就来大理了。白梦叹了口气，可惜这几天没有月亮。她双手在我面前抱成一个圈，说，这么大的月亮，我保证你没看过，看了会好点儿。

我记住了她抱月亮的样子。她摆摆头，嘻嘻一笑说，说实话，真想抱抱你。估计当时我在她眼里，满脸的生无可恋。

我说，带我走走，看看"风花雪月"，边走边给我说说你的故事。白梦仿佛松了口气，拉着我站起来。

再次见到白梦是在两年以后。两年中有次经过她的城市，大概是夜里，十点钟的样子，列车广播里播报站名。我猛地想起她。我抬头望这座城市，灯火一层一层向上铺展，一直铺到了天幕上，天上挂一轮淡黄的月亮。后来才知道那些房屋阶梯状建在山上。长江蜿蜒在山脚下，从城市的腹地缓缓流过。我走到列车连接处，拨通了她的电话，接电话的是一个男人的声音，你好，哪位？

找白梦，我是她朋友。

电话中有用方言叫人的声音，我听不懂。喂，你好。是白梦的声音。

我正经过你的城市。

您是？

我报了姓名。对方想了一下，轻巧地笑出了声，呵，月亮看见了？

现在挂在天上。我摁灭烟蒂，说，你还差我一个故事。

我是说……糟，无法陪你多说话了，锅里煳了。回头联系。

手机"嘟嘟嘟"响。我愣在了车厢里。也难怪，我们本来就没什么关系，像两条鱼，不过是在水流里碰巧遇上，相互吐了个气泡而已。何况气泡里全是过去的气息，水还得照常流不是？想想后回到卧铺，眼睛明显闭着，脑子里却悬着一个又大又剔透的月亮，晃得我睡不着。我索性起来坐到过道的椅子上，看远远跑过来的亮点，又迅疾滑向黑暗的深处。白梦在电话里问我的应该是大理那个月亮。那个下午，白梦带我游览了大理的"风花雪"，她说"月"只能靠想象了，这段日子大理不是晚上下雨就是乌云在天，像和她有仇，半个月没看见月亮。第二天醒来就再也没看见白梦，服务员递给我一张面巾纸，上面写着白梦的电话，说白姐让你等。我接过纸巾，问，等什么？等月上中天，白姐说月光像《心经》。哥，什么是《心经》？

我解释不了，只好摇摇头。

这次经过时我直接下了车，也是临时起意。临时起意几乎成了我这几年的常态。我看见头顶有轮明月，当即下了车。列车员说先生您还没到。我说谢谢，就这儿下。我想看看那个怀抱月亮的女人。我在宾馆住了一夜，第二天轻易就找到了图书馆。我再也不是路盲了。两年前我等到了大理的月亮，回去就辞了职，499路公交还在499路上跑，我却开始东游西荡，几年下来，早练得我五毒不侵、眼观六路。我坐在门厅的椅子上，三三两两有人进进出出。图书馆修得气派，不失典雅。LED屏幕中反复滚动着"书籍是人类进步的阶梯"这句话。对面墙上是一面公示栏，贴着很多照片。我走过去，一张一张瞧，怎么没有白梦呢？我拦住一个出来的男人问，市里还有几个图书馆吗？男人问，你找谁？

白梦。

白梦啊，她怎么可能在这里呢？然后旋转身子，指着图书馆说，这里是清水衙门。我看见他转身时双脚竟然没有动，我担心他把瘦瘦的身子拧断。

她去了哪儿？我递过去一根烟。

这儿是不允许抽烟的。男人把烟接了过去，说，去了街道税务所。

我离开时瞄了一眼公示栏。男人是这里的副馆长。

很快就找到了副馆长说的街道税务所。税务所是一栋两层楼砖房。门上挂两块牌子，一个是抗战遗址，一个是税务所。抗战遗址这边被爬山虎包裹得严严实实。

我看了一下手表，这个点儿正是午休时间。于是坐在楼下的花园里等，坐了会儿去洗手间抽烟，边抽边想白梦变成了什么样子，我还能不能认出来。抽完烟出来，看见一个窈窕的女子在前边走，高跟鞋嗒嗒嗒的声响整栋楼跑，红色的紧身皮衣，黑色的紧身皮裤，屁股浑圆、结实，手里提着个纸袋，随屁股摆动的节奏晃。女子要进办公室的时候朝我望了一眼，隔了一会儿她又退了出来，盯着我看，好半天才说：

是——你啊？

我从对方的眼睛认出是白梦。

我说顺道来看看你。

白梦没有感到惊讶，转头朝办公室里的一个男人眨了下眼睛，说，下午去办事。里面的男人"哦"了一声。白梦朝我摆摆手，小声说，走，请你喝茶。

白梦带我去了江边一个叫雾都语的茶楼，要了一壶老班章。茶楼像飘在江上。

老盯着我看干吗？她问。

口红。粉底。香水。大波浪头发。有些不一样了。我尽量让自己轻松一些。

变老了。

看起来，你过得蛮好。

她笑笑，摸出一根女士烟，是五毫克的精品女士烟，抽烟时腕上露出那串银镙子。她吐了个烟圈，说，我还欠你一个故事呢。

我跟着嘿嘿两声，说，记得就好。感觉自己的声音轻飘飘的，有些言不由衷。

你还记得我给你说的那个男人吗？

应该是男孩吧。

晚饭时白梦打了个电话，问对方来不来吃饭。然后说好，我也有个应酬。说完关了手机。

我问，你丈夫？

白梦点点头，说一周七天都在应酬。

男人累就累在应酬上。我说。

白梦突然冒一句，谁知道在哪张床上应酬。大概感觉有些冒失，补充说，我们关系不好。

我不知道怎么劝她。于是夹着毛肚在火锅里涮，一边数数。白梦说数十八下就可以吃了。我数到第十下时，白梦说，我丈夫就是那个男孩。

我一下子忘记了数数，想，刚才数到第几了呢？

那个男孩大学毕业后分到了机关，给领导当秘书。白梦说，在街头碰到过两回，彼此没怎么说话，不咸不淡问几句。不知是哪门子窍开了，他竟然托人找我。有天下班他竟然捧着一束花站在大门外等我，见我出来就拦住我。我说干吗？他说恢复关系吧。我冷笑一声，问有关系吗？还把他递过来的花摔进了垃圾桶。从此每周一次，我办公桌上总有一束花。这样子过了几年。风雨无阻。

他没成家？

成了的，后来离了。他的领导进去了，因为一条公路。他也跟着进去了，那女的一脚就踹了他，据说是在看守所里签的离婚协议。白梦在口袋里摸，我递过去一根烟，帮她点燃。她举起面前的清酒，说，世事比你们写的小说还狗血。她一仰脖子，灌了一大口酒。有天警察找到我，说林凡让我去看看他。林凡就是男孩的名字。我当时就发了飙，林凡关我啥事啊！后来我还是去了，据说林凡做梦都在喊冤枉。我去后一下子没认出他。意气风发的那个人呢？头发蓬乱，胡子拉碴，浑身污浊，脸上有青紫的瘀痕。我当着他的面就哭了。

林凡交给我一个笔记本，让我一定转给纪委，再三拜托。

那段时间我开始奔波。我将笔记本复印了几份。纪委、公安、看守所、法院，我走的路加起来估计可以绕地球半圈儿，即便很疲惫，很憔悴，我还是跑。所有认识我的人都很惊讶，在他们的印象中，我不问世事，清心寡欲。特别是听说是在为林凡跑动，更觉得不可思议，看我的眼睛写满了"贱"字。林凡确实是冤枉的，一个小秘书能做什么？七个月后林凡出来了，因为检举有功，还被提拔当了个小领导。他向我求婚。我不知道答不答应，后来去了大理，想看看月亮。我在月光中能想清楚很多事儿。不是迷信，感觉特准。后来碰到了你。你的故事加速了我和林凡的结合。我们结婚了，很隆重，林凡乡下的父母勾腰驼背也来了。我的父亲住院没有来，母亲来了。

"曾经沧海。这应该不错。"我说。

刚开始不错。地位变了，人也变了。林凡当秘书时沉默寡言，现在总是滔滔不绝教育别人，边说边撩衣服，让对方看自己身上的伤痕。这些照说不是大事，但他总是愤愤不平，说凭什么老子受罪？他们吃肉老子咂嘴，他们睡女人老子放哨。我到工地上去，连两块钱的盒饭都是自己掏的腰包。林凡是公路指挥部的联络人。每次不平后，不管有人无人，他都使劲捧着我的脸，激动得声音发哑。幸好能出来，不然这辈子就耗里面了，废渣一个。梦，剩下半辈子得好好谢你。

他把我从图书馆调出来。我还高兴过一阵子，但高兴过了头。来，喝酒。

作为一个小领导，应酬是小事，关键是裤带子松了。白梦甩一下头，头发一下子去了脑后。有一缕卡诗的气味飘过来。她在头顶绾了个天线宝宝那样的髻子。外头开始有人，一个比一个腰细，一个比一个风骚。被发现后他供认不讳，说逢场作戏而已。说急了就说不过是玩玩而已，又不是要跟她们生孩子。

一团糟，是不是？白梦问我，我老吗？

我笑笑，很勉强。我突然很后悔这次的停留，不老。但粉底遮掩起来的苍凉，显而易见。

吃完饭，白梦执意要送我去宾馆。她说我喝了很多酒，她不放心。其实喝得最多的应该是她。于是我们相互扶着，摇摇晃晃沿着马路左边走，左边可以看见长江，高大的游船灯光炫目，船上发出嗷嗷的欢呼声，游客们使劲向岸边挥动帽子和手。白梦挥动手中的纸袋，也嗷嗷嗷地回应。

我以为她喝多了，让她在对面床上躺一会儿。她旋转了一圈，说，好看吗？

好看。

她把我拉起来，抓着我的双手圈住她，问，腰粗不粗？

我抽出手，说，不粗。

抱抱我。

我指着她手上的银镖子问，上面刻的什么字？

唵嘛呢叭咪吽。她笑了一下，笑得很空洞，像一座房子突然被搬空。对着月光默念，很灵的。可惜今晚没有。昨晚月亮大，我念了一整夜的经。她话多起来，我知道是酒精的作用。这不，你就来了。她大声笑，像我真的是她念来的。

她从纸袋里取出一个精致的盒子，打开，是一套内衣，她说，猜猜什么牌子？

我摇摇头。大——内——密——探。她一字一顿，要不要穿给你看看？

我看着她站起来，展开内衣，特工版的蕾丝绣边，纯黑的。她将内衣按部位和比例摆在床上，形如一个女人。摆完后，她将头顶绾着的发髻散开，将紧身皮衣的拉链慢慢拉开，有点像在剖一条鱼。

你们男人都喜欢女人穿性感的内衣吧？

我制止了她扯着拉链下行的手。你喝高了。

没高。

高了。

她推开我的手，说，你来难道不是为了这个？

我没说话，弯腰将"大内密探"塞进袋子里。我很难受，像鱼刺戳在喉咙中，吞吐困难。截至目前，所有事情都不是我想象的样子。我们之间变得异常复杂，却不知道为什么。我看不清白梦的脸，要是有一轮月亮，月上中天，就什么都能够看清楚。我重复一句，唵嘛呢叭咪吽。

她一屁股坐到床上，满脸模糊，仿佛真喝高了。你来就为了念句经文？

清酒的后劲上来了，我揉揉太阳穴。一口烟呛得我眼泪长流，怎么也停不下来。我想起多年前，杨棉腆着肚子说想去大理的话，记得也是晚上，月光从窗棂进来，刚好打在我和杨棉身上。

河水汤汤

1

也许是我离开瑞河以后改变了对父亲的看法，诗里说"只缘身在此山中"有道理。其实无所谓改不改变，父亲不会因为我的改变从河底走出来，将河水掀往两边，散着步，走出来。妹妹曾问我，信命不？我信。这一点是从母亲那儿传过来的。其他女人说"女儿家，菜籽命，肥瘦一把"时，她很认真地发呆。不知道发呆的过程历经了怎样的风云变幻，然后她使劲点头。特别是在父亲死后，她端起一瓢水，也会呆愣半天，好像水里写着她命运的暗示。

我新来的城市的新区讨人喜欢，新区不断变换着名字，大学城、高新区、科学城，我想这些名字互为因果。因为这些名字，即便生在城乡结合部，也显得贵气。高新区与老城区仅仅隔着一个隧洞，却是另外一个世界了。空气像刚刚从缙云山脉下来，带着树木、青草、河流、菜苗的气味。十几所高校围着步行街和偌大一个公园。我喜欢在夜里独自穿过公园的草坪，脚底下的软和像踩在五星级宾馆的地毯上。在草坪拐弯的地方，建有一排园林建筑，白墙黛瓦。有一家小餐馆，挂着"瑞河黄辣丁"的牌子，生意相当好。有一次，我饿了，进去要了半斤黄辣丁，竟然排了半天队。

小食店的老板是个大学生，毕业有几年了，整天生机勃勃的样子。每次我过去吃饭，不等我开口，她便对厨房喊一声，半斤黄辣丁，聂哥。女孩把"聂"念"叶"。其实是没有必要喊的，一点餐，厨房终端就可以接收到信息。我觉得女孩有意思，就问了店名的来历。她晃着脑袋说，好吃啊，有次旅游去瑞河场，吃了紫苏黄辣丁，发誓要开家黄辣丁餐馆。就这么简单？我问。就这么简单。女孩叹口气，说，可惜了，瑞河黄辣丁差不多绝迹了。女孩说着讪讪地笑，拉过我憋着嗓眼儿说，你吃的绝对正宗。

瑞河！瑞河！

黄辣丁吃到一半，我越想越不对头，竟然一点胃口都没了，推开盘子走了出去。我自己也觉得奇怪，为什么莫名其妙地生气。也许是生那个女孩的，也许是生自己的。反正是气鼓鼓地走了。我以为自己离开瑞河后，可以忘记什么。到底要忘记什么，我一时也说不清楚。父亲不在后，我的情绪在慢慢平复，开始学会往焦躁、暴戾和善变上浇凉水。想起父亲在的时候，这个点他已经睡了，雷打不动。有一天傍晚，舅舅过来做客，母亲没来得及按时弄饭，他气恼得把锄头挖在门墩上，溅起火星子，脱了衣服上床，弄得舅舅手足无措，直到父亲去世，舅舅再没踏过我家的门槛。

过去他不这样啊！变得我都难认出来了。母亲老是跟我这样抱怨。过去他确实不这样。没退休之前，准确地说，是轮退之前，他是多么热情和气的一个人啊！每次下班夹着一个老式皮包，从街头问候到街尾，偶尔把买给我们的小白兔奶糖递给玩陀螺的孩子。他见人点头，不管认不认识。别人问候他下班啦，他马上站定，朝问候他的人道一声别忙坏了身子之类的话。话语中有一股感染人的韧劲儿。

某一天，一切都忽然起了变化。哦，对，开始时不是一切，只是有一些东西在起变化。轮退之后，他的生活变得沉默，特别是成为一个庄稼人之后，像一摊墨汁，风干，焦枯，硬化。他把平时夹在腋下的皮包递给弟弟，皮包边沿的漆皮剥落。弟弟往门背后一塞。后来母亲捡过来做了鞋样子，一下子把家里人的鞋样全部做了，口里"啧啧啧"，皮子做鞋样，不走样，怎么以前老捡笋壳子？

父亲有一块老上海牌手表，轮退之前，在厂子里吃完晚饭，下班回家，有人问父亲时间，父亲必定站住，把袖在腕上的表甩出来，仔细告诉对方几点几分。其实想来大可不必，父亲只说个大体时间即可。后来父亲回家做了庄稼人，他满身泥浆从田里回来，洗净手，甩着腕子，手表从衣袖里褪出来。他看手表一眼，又看母亲一眼，母亲就知道该弄晚饭了。

那家小餐馆今天好像客人并不多。一对情侣坐在靠门口的桌子上，嗑着嘴抿黄辣丁，红油把两张嘴涂得油亮亮的。他们吃的是麻辣味，但我不大喜欢吃这个，我喜欢吃店里的紫苏黄辣丁。

父亲过去爱吃黄辣丁，用豆腐乳加紫苏叶拌了吃。其实他更喜欢喝汤。黄辣丁焖出奶白的浓稠汤汁，趁汤汁的温度还在，把紫苏叶淹进汤里，然后捞出来叶片，切成丝，拌到豆腐乳里，备着下饭。他喝一大口汤汁，定要嗨一声。开始瑞河人对这种吃法不敢苟同。后来才知道这是一道名菜，于是家家丢掉茴香，改用紫苏。我估计大学生店老板就是这个时候去的瑞河场，被一碗紫苏鱼汤给勾了魂儿。

那段日子父亲很忙，瑞河边林立的鲜鱼馆自成一条鱼街，老板们纷纷请父亲喝酒，目的是请父亲指点紫苏黄辣丁的做法。父亲一下子成了瑞河场除书记、乡长以外炙手可热的人物，这连他自己都没有想到。他送船厂的订单去了趟广东，学会了这道菜。父亲依然谦卑恭敬地教每家餐馆做这道菜，偶尔尝一下，指点指点，但决然不会坐下来喝酒。他会说他在厂子里吃了饭。

他轮退后的第一个国庆节，弟弟回了瑞河场，那时船厂已经迁往城里。弟弟兴致勃勃要带全家去鱼街吃黄辣丁，征求父亲的意见。父亲摆摆头说就让你妈弄。这多少有些出乎我们的意料。以往过节，不用我们提，父亲就会带着我们去鱼街，黄辣丁管够。

父亲死后，有一次我和妹妹趁假期带着孩子们回瑞河场。路过鱼街，当她闻到钻进鼻子里的紫苏味儿，突然捂着嘴蹲在码头失声痛哭。我知道她想起了父亲，但我不知道该怎么劝慰她。其实，很长一段时间以来，我们都无法劝慰自己。父亲的死犹如丝裂的冰面，每个人都能感受到脚下那种脆响，谁劝慰谁？

2

妹妹来看我，总会努力回忆父亲沉水的那个下午的一些细节，尝试了几次，但不是很成功。那些细枝末节在她那里像熬煳了的粥。从内心出发，我希望她真的忘了。

在那之前，因为工作，更因为我想逃离瑞河，我已经搬到了现在居住的城市，这里离瑞河场有百多公里。这样，我算彻底摆脱了那一河水的压抑。瑞河上游修建了水泥厂，以解决库区移民就地安置问题。这样一来，河面浮着一绺一绺黑绿的油渍。瑞河场只有鱼街一线属于外迁移民，其他就地后靠。鲜鱼馆纷纷倒闭，鱼街仿佛是在一夜之间消失的。作为家里的老大，守了父亲一年多时间，我几乎抑郁了。夜里等父亲睡后，我一个人起床，沿着百步梯暴走。走得疲倦后回来，本以为可以睡着，却整夜整夜地大睁着眼。我大把大把服着安定性质的药，开药的医生反复对我说，你服药后不要到水边、崖边，哪怕是个石坎也不要去，最好的办法是躺在床上。但是这药对我几乎没一点用，一闭眼，脑子里像有一百只鸟在盘旋。即使浅睡片刻，稍微有一点声音，我也会猛地坐直身子，感觉随时会有意外发生，大汗淋漓地望着父亲的房门。

刚好有个兄弟让我帮他编撰一本描述本地文化的书籍。也刚好，离妹妹所在的城市不远。我毫不迟疑，答应下来。我觉得在一个密闭的屋子囚禁得太久，偶尔一丝风，会让人产生逃离的渴求。不知道逃离什么。有点儿像逃跑。

可是，当我面对妹妹，当她一遍一遍问我信不信命时，我才发现自己像一个青花瓷瓶，时光不断在我身上龟裂出难看的纹路。我宁愿相信有命中注定一说，我说，我信。说完大脑一片空白。

那个下午，瑞河在阳光下整块整块移动。那个下午到底发生了什么？按照妹妹的不完全叙述，我仔细拼贴并努力还原那天的前因后果。妹妹说，那天本来该弟弟过来替换她看守父亲。母亲一早就买好黄辣丁，给父亲和弟弟焖紫苏黄辣丁汤喝。焖好汤，给父亲切完紫苏丝，弟弟才进来。他过来刚刚坐下，电话就追了过来，是弟媳的电话。弟媳的声音像在划玻璃。妹妹说像在车间打的电话，里面轰隆隆的声响很大。弟弟下岗后，和弟媳去了广东，在一个模具厂工作。听说父亲的情况后，他请假赶回了瑞河场。母亲眉头打结，唉声叹气。妹妹朝弟弟打了个手势，意思是让他小声一点。弟弟气得摆了摆手，说，不吃了！说完甩上门出去了。

再打他电话，要么占线，要么无人接听。

妹妹和父母亲吃的黄辣丁，父亲没有忘记紫苏丝拌豆腐乳。父亲有午休的习惯，这应该是在轮退前就养成的。看守父亲的人中午回家吃饭。母亲中午不习惯午睡，由她来照看父亲。

妹妹去了里屋休息，但她好像听到了异常的响动，窸窸窣窣的，让她心惊肉跳。她不放心，起身来到父亲的房间，看到父亲和衣躺在床上，好像睡得很熟的样子。于是她便回自己房间睡下了。她睡了半个小时就起来了，屋子里无声无息，她突然有些害怕。她先走到母亲的房间。母亲像往常一样，安静地坐在那里，手里扎着袜底，一只鸳鸯绣了头部，像刚从袜底钻出来。她问，爸呢？母亲愣了一下，指了指父亲的房间。

妹妹正要往父亲的房间里走，家里的座机铃声大作，把她和母亲吓得回不过神。最后还是妹妹抓起电话。电话里说，父亲从百步梯下去，径直上了滩涂边停着的木筏子。他还嘀咕这么热去船上干吗呢？正要打个招呼，父亲已经摇着木筏子朝瑞河中心划去。不久，船停在中间。他好像觉得船在下沉，就打了这个电话。

妹妹甩下电话，就往河边跑，母亲跟在后面，跑。一会儿，瑞河场石梯上响起了踢踏声，一群人跟在妹妹后面涌下来，穿短裤的、背心的、拖鞋的，像瑞河中一绺一绺的黑，绵延数十米。

妹妹迅速往滩涂那边跑，一个石块绊倒了她。她一头抢到地上，啃了满嘴泥。她一边跑一边吐泥土，跑到回水湾边上，木筏子下沉得只见橹把子和父亲的头。她觉得嘴里的泥怎么也吐不净，一低头，哇哇地吐起来，先吐黄辣丁再吐紫苏丝，实在没东西可吐了，感觉身子轻得要飞。她用尽力气对着午后的瑞河喊：

爸爸！

瑞河像一面墙，声音硬邦邦地反弹回来，将她弹倒在地。母亲什么时候跑到了她身后，乱舞着双手，"啊啊啊"说不出话。

雾气起来了，像从整条瑞河生长起来一样。妹妹看见父亲转过头，脸色沉静，似乎还笑了一下，他还把手举到半空。先是头，接着手臂，最后手指，融化在水里。

父亲一定听见了妹妹的喊声。

3

父亲沉水那天，我正在参加新书的发行仪式。这本书费了我太多心血。整个仪式热烈而隆重，对本土文化颇有研究的专家学者，本区四大班子的当家领导，济济一堂。仪式完毕，我看到几十通未接来电，主要是弟弟和妹妹打来的。我预感不祥，想着家里肯定出了什么事儿，就给我妹妹打过去。妹妹说，你得赶紧回来，父亲沉水了！

当时我听见身体里有断裂的声响，人恍了一下，竟半天拿着电话说不出半个字。我无法表述当时的心境，说是震惊或者悲恸吧，还真不是。说是释然，也不完全是，反正整个人像百米冲刺之后的那种虚无和虚脱。

莫名其妙地想起五代时期的旧事，赵匡胤为娶花蕊夫人为妾，送酒给孟昶，花蕊夫人竟在酒中下了毒，听闻孟昶吐血而死，她反倒轻松下来，说，也许这是最好的结局。

对，就是这种感觉。

在此之前，很久很久，我把自己沉到烦琐中，我必须用烦琐或者艰辛之类的疼痛，代替另一种疼痛，或者说忘记另一种疼痛。这话听着拗口，其实就是那么回事儿。

刚好上面说到我的一个兄弟，从乡镇调往区文化与旅游委，用他的话说就是两眼一抓黑。有人出点子，结合本土优势，搞几本干部普及读本，搁在领导案头，政绩方面自不必说，关键是得到上下的认可，这可不容易。

管他呢，我需要的，无非就是烦琐，高强度劳动、高速运转就行。

我的这个兄弟，人家就是活得明白，按他的话说，你要喝一杯新茶，必须倒掉杯子里的陈水。他把这句话请人写了，裱起来，挂在办公室。每次我汇报编撰节点，他就会指着墙上的字，说上一通。

我虽然有些不以为然，但在一个新的地方，我需要一个工作。我要把自己沉在工作中，我必须逃离某些东西，达到某种新的平衡。对的，就是平衡。其实朋友的"新茶陈水"，不就是平衡的艺术吗？平衡，才能让我们所有人都轻松，包括我周围的朋友，包括我的家人。这样子看起来，一切安然无恙，还保留着生活原有的样子。

但是那天下午妹妹的电话，让这一切断裂了，我清楚地听见了断裂声。我没有参加晚宴和分论坛，同时推掉了围绕本土文化衍生出的一系列活动。直到上船，从长江拐进瑞河，我才感觉到我与父亲的各种联系，不是因为他的死而中断了，恰恰相反，像干裂的土地突然接通了水源，生活中的那些细节，咕噜咕噜冒着气泡，纷至沓来。但我知道，那已经于事无补，就像我们之间相互的淡忘、冷漠，直到耐心尽失，而后变得暴躁，继而逃跑。我们是什么时候开始这样对待对方的？一根刺，扎在心尖，拔不出来，融不进去。

4

父亲死后，有很长一段时间我们都不愿意提起父亲在世时的细节。但这无济于事，我们走过门槛，停留一下，这是父亲用青条石嵌过的。我们坐上桌子，很自然地留出上席的位置。特别是吃黄辣丁，母亲切着切着就哭了，泪水如线一样滴到紫苏丝上。

在我们很小的时候，那时候我八岁，我妹妹只有三岁多一点。父亲在船厂工作，这是一个军工性质的船厂。后来改制，变成了地方国有企业。这个阶段我们对父亲的印象基本上是模糊的。那时候，船厂家属区到处贴满了花花绿绿的标语，父亲被下放到离瑞河几十里地的七里沟养牛。后来，母亲也跟着过去了。他们就把我们兄妹三个寄养在我外公外婆那里。

那时候就感觉饿。加上我们三个，外公外婆带了差不多一般大小的六七个孩子。每天天亮，我们张嘴就想吃的。早上从床上醒来——现在才知道那是饿醒的，吃饱睡觉是可以睡到中午的——到处找吃的，几个表姐表弟早出门了，我们爬起来就往屋后的瓜地钻，黄瓜半大，我们就扯到嘴里啃。两根黄瓜下肚，早餐基本解决。外婆每天睁开眼睛就忙，但还是照顾不过来，等想到我们的时候，她已经累得话都说不出来了。有时候，她会把妹妹和弟弟揽在怀里，还没等她说话，他们已经睡着了，嘴还吧唧着。

外公为了贴补家用，时不时出去打鱼。长江的雪水赶到瑞河口，形成暖流，流到瑞河场，黄辣丁便逆流而上，在瑞河场一段繁衍生息。外公打鱼回来，一般我们都睡了。有一次他回来早了，就坐在门口抽烟。等到很晚很晚，其他的孩子都睡了，他从怀里拿出一个锡箔纸包，展开，是几条烤熟的黄辣丁，给我们三个每人一条，鱼还温温的。我们三个狼吞虎咽，连骨带渣，吞了。

后来外公也不去打鱼了，被戴着很高的帽子游街，人们像鱼一样声讨着他。有天夜里，外公蹲在院里呜呜呜哭，第二天人们从塘里捞起他，人已肿得面目全非。外婆说吃观音土，屙不出来，哪个人受得了？外婆草草料理了外公的后事，她忙得忘记了流泪。

即便这样，我们也从未见过父亲和母亲。外婆说他们比她还忙。

我们是有父亲的孩子，这一点在当时、当地非常重要。可是，父亲在哪儿呢？他就像一个意念存在我们脑子里，其实我们什么都抓不住。有一次妹妹跟我说，她觉得父亲肯定是被抓走了。我吓得立马哭了起来。妹妹见我哭，也跟着哭，弟弟在旁边啃着一个黄瓜蒂，苦得脸皱成一团。但是没人问我们一句为什么，可能大人都很忙。

其实这些东西，现在看来可能并没什么——事实上也没有什么。经历过那样的童年，我们都学会了沉默，沉默地面对周围的人和事，周围的人和事也沉默地面对我们。后来父亲轮退成为一个庄稼人之后的沉默，和我们童年的沉默，似乎通上了电，成为完整的回路。沉默，成了我们珍藏得最深的东西。

仔细想想，在那样的时代，又是那样的环境，父母忽略我们完全在情理之中，就像后来我们忽略父亲一样。除了自己的亲人，父亲必须对所有人、所有事情保持谨慎。哪怕后来父亲回来做了船厂的厂长，依然如此。生活在父亲那里和我们这里，似乎展开的是不同的样子，哪怕我们在同一个屋檐下生活。而作为他的孩子，因为忽略带来的小小的伤害，较之外部世界的伤害，其实真算不了什么。

后来，妹妹读了大学，我晃荡成一个自由职业者，弟弟轮换进了父亲的厂子，也没有听父亲提起过那段历史，仿佛我们没有经历过那段历史，或者说我们彼此都回避着那段历史。父亲也许想说，但好像已经晚了。我觉得，已经晚了的意思是，他说起来没意思，我们听起来更没意思了。时间似乎悄悄偷走一些东西，然后填满一些东西——在清理父亲房间的时候，这样的想法一次一次拍打着我。

也许，作为他的儿女，我们本不该追问给我们身体的父亲有无过失，但这里面好像包庇着什么，或者说绑架着什么。就这样，我们和父亲之间长着一丛蒺藜，谁也无法靠近。靠近就是伤害。连彼此遥望，目光都得穿过那些刺。

5

我和妹妹弟弟在一起时，总是说，想不到父亲会自杀，而且是以这种惨烈的方式。母亲一个人经营着家里的几亩田地，哪怕是累得坐在田边哭，也没有让作为厂长的父亲沾染一点农活儿。那个时候，半边户职工很多，船厂家属区里的女人大多是瑞河本地人，何况母亲又是厂长夫人。即便如此，母亲一直劳作在田地里。后来轮退下来的父亲拼命地劳动，我们认为那是他在用这种形式，安慰患有下肢静脉曲张的母亲。母亲和他朝夕相处，一直到他死。我们兄妹三个，虽然各自生活都有不如意的地方，但总的来说还算过得去，至少没有人成为他的负累。哪怕是后来父亲轮退下来，厂里还征求他的意见，让他按时检查一下空下的老厂。厂子搬走后，老厂租给了鱼街格格发廊的老板。因为建了新厂，这里不多久又会被淹没，所以发廊老板的租金几乎没有收起来过。倒是父亲去催过，被几个藕胳膊粉腿的女人拉着要进包房，吓得父亲再也没有去过老厂。曾几何时，他是那样受人尊敬。全厂几百号员工，加上瑞河场的左邻右舍，见面都叫一声"厂长早啊"，或者问一句"厂长几点啦"之类的话。但那是附着在他的工作上，脱离开工作，怎么说呢，他就像一只折翅的老鹰。他突然找不到翱翔的感觉，找不到那片天空，找不到俯视的感觉。除了死，他没有更好的解决办法。

父亲轮退，让弟弟接了班。为此，当时父亲纠结了一阵子。他对母亲说，老大不成气候，老幺没得气候可成。但厂子只能换一个，哎。父亲这么说不是没有道理。我喜欢写作，父亲说我错把爱好当成职业了。后来我的婚姻半途而废，多半与此有关。妹妹考取了大学，在县城里的一家医院工作，妹夫也是医生。弟弟高考落榜，整天混在鱼街。那时候鱼街已经衰落，取而代之的是洗头屋，成天晃着迷离的粉红。母亲让父亲找厂长说说，多个名额多份贡献。那时父亲已经退居二线。父亲刚开始迟疑，母亲说好钢用到刀刃上。在一个晚上，父亲去了一趟厂长家，回来脸白一块红一块的。厂长只用一句话，就把父亲给堵死了，厂长说轮换制度好像是父亲在位时定下来的。父亲这才想起他是过渡期临时小组组长。父亲最终让弟弟轮换，代替他成为工人。当时我有些想不开，不是说我没有正经职业养活自己吗？其实那段时间也没有多想，没有时间，刚刚和一个纯文学青年恋上，我得当成个事儿。女孩喜欢吃我妈弄的黄辣丁，紫苏味儿的。后来我问她为什么要离婚。她想了半天，说，瑞河没有黄辣丁了。

现在想来我不后悔。假如当初让我顶替，当个工人，现在混得不一定有弟弟好。弟弟虽然没有大富大贵，但在模具厂很受重用。我想象我下岗后的惨况，只会写豆腐块文章，没被饿死，算我走运。

但父亲没有因为弟弟下岗而解开心结。相反，父亲觉得既对不起我，也对不起弟弟。他觉得本来应该是他承受的痛苦，却压到了子女身上。有几次吃饭，父亲就想表达类似的意思，被我挡了回去。既然在此之前我们的历史是空白，我不希望父亲用自责来填充。像灌着的香肠，里面充着一段空气，香肠不臭吗？

父亲开始沉默。我们都很习惯这种沉默，沉默是我们生命中的维生素。我们也沉默。有时候想想，这种心领神会真让人悲哀。

父亲变成庄稼人后，开始学着打鱼。外公传下来一条渔船和一个木筏子。但父亲根本不会水上的营生，于是拜师学艺。我记得没有人敢让父亲上船。他们忌惮父亲以前的身份，但他们说出来的是"老厂长，别开我们庄稼人的玩笑"之类的话。那时父亲并不老，奔向五十。他从一个驳子上去，再从驳子上下来。最后一个驳子收了他，让他摇橹子，驳子老板撒网。驳子老板人称狗娃，原来是船厂的职工，因为偷船厂的铁卖，被父亲开除了。也不是父亲开除了他，是下面的车间开除了他，父亲只是在开除决定和公告上签上自己的名字。有天父亲歇息，狗娃问父亲，你还认识我不？父亲摇摇头。狗娃从褂兜里掏出一张公告，递给父亲。父亲看到自己"聂双全"三个字，每个字用钢笔打着叉。狗娃说，你开除了我。父亲讪讪地笑。狗娃说，从明天起，你不用来了。父亲还笑着问为什么。狗娃说他也过一次开除人的瘾。

父亲黑青着脸回的家，嘴里直骂"什么东西"，母亲问他骂谁，他也不说，把母亲弄得一惊一乍的。

后来瑞河禁渔，船厂搬迁。父亲开始学着赶牛犁田，栽秧打谷。几年下来，父亲皮肤鲦黑，手上脚上伤痕累累，完全是一个地地道道的庄稼人。如果不是按时上床睡觉和抬几下手腕子看时间的习惯，父亲和天桥底下等工做的人没什么区别。中午父亲喜欢把饭带出去，在田地里一干就是一天。有天中午我去送水，父亲躺在树下睡着了，旁边摆着刚刚吃过的饭碗，碗里爬满了蚂蚁。他的脸沉静得像个孩子，嘴角的胡须上挂着口水，欲滴未滴。

我流泪了，无声滴落。瑞河场几乎忘了他。

6

父亲大病一场是在我们阻止了他不要命的劳作后不久。父亲起床剥了两个松花皮蛋，吃了刚出门就倒在院坝的石阶上，嘴青面黑，把母亲吓得要死。我把父亲送到县城，妹夫给看的病，妹夫说营养严重缺乏，贫血顺带小腿骨折。活过来的父亲右腿不再利索，走路时右腿先画一个小圈，身子往前一耸，左腿跟上。今天我似乎懂了，父亲为什么不要命地劳作。我抓住工作不放，是想逃离某种东西。他呢，他想逃离什么？后来有次妹夫回来看父亲。以往父亲都是高高兴兴地去买几条黄辣丁，饭前总要把酒打开，先和女婿喝一阵子。可是那天父亲沉默寡言，一直到吃饭都没怎么说话。

妹夫说我们不该不让父亲干活儿，现在他连庄稼人都不是了。换句话说，父亲开始觉得自己是个废人。这种感觉我们无法顾及，也不能顾及，生活呼啦啦往前跑，没有人敢停在原地。我们开始商量父亲的去处，这个不得不商量。说起来悲哀，我们一家人聚在一起竟然是商量怎么安排父亲。母亲的膝盖一动就痛，妹妹在城里，弟弟在广东，我刚刚从一场疲于奔命的婚姻中突围出来。我们说，让父亲去养老院吧。母亲没有反对。

但是没有人敢去把这个决定告诉父亲。最后还是我去。面对父亲，像隔着一条河流，我竟不知道怎么靠岸。他一耸一耸在院子里转圈，摸摸犁耙，摸摸门框，甩手看表。我想去扶他，他竟推开我，狠狠瞪我。在此之前有几次，母亲给他喂饭，碗不是被打翻就是被摔碎。最后我说，爸，我陪你。

父亲终究没有去成养老院，但父亲精神的低迷是事实。他常常望着一个地方一愣半天。莫非他想自杀吗？我马上想到了"抑郁"这个词，我把看法跟母亲说了。还没说完，母亲就捂着脸哭了起来。母亲说，她早就知道这事儿，是因为她时时处处看得紧，父亲才没机会得手。

那你怎么不告诉我？

母亲说，你离婚之后，就没看见有过笑脸。你自己日子都过得够难的了，现在再把父亲的病告诉你，不把你逼疯才怪。

妹妹每次带来大把大把抗抑郁的药，告诫我，一定等父亲上床之后给他吃，不然走不到床边就会睡着。

看来，父亲想自杀这事儿，已经不是什么秘密了。

母亲最后决定三姊妹轮流照看父亲。母亲说，你们都是他的种，我是不行了，我得活命。这害苦了弟弟。弟弟的婚姻也朝不保夕，跟弟媳妇虽然在同一个地方，但一个白班，一个夜班，一个睡到被窝里，另一个刚走，被窝还是热的。两个人同在一个屋顶下，却形同陌路，很难说上一句话。只要一说话，双方就火力全开，闹得天昏地暗。何况弟弟还得请假回来照顾父亲。请假不是长久之计，弟弟似乎是在用这种方式减轻一些痛苦而已。

弟弟总觉得父亲的死跟他有关。每次他说起这个话题，当然我们尽可能避免谈这个话题，但一旦触碰，弟弟总是絮絮叨叨地说个没完：要是他那天没在家里撒气，要是他不在电话里吵，要是死女人不吵着要离婚，要是自己不顶替父亲的班……说得颠三倒四，泪流满面。

我能理解，他和父亲之间的感情，远远比我们复杂，但又是一笔糊涂账。当初父亲为使他浪子回头，让他顶替上了班，照说他应该是心存感激的；但后来厂子垮了，弟弟人到中年下了岗，房子车子票子什么都没有，搁谁谁心里都憋。弟媳妇怀上了，全家都高兴。记得知道消息的那天，父亲下千丈滩捞了黄辣丁，让母亲办了一桌子菜，和妹夫一起喝了半瓶西凤酒，脸红彤彤的。他从院子的东头走到西头，又从西头走到堂屋，整个院子仿佛都被他的脸照得红彤彤的。但弟媳妇回城后，却私自去打掉了胎儿，惹得弟弟要杀人。父亲也前所未有的激愤。被骂昏头的弟媳妇怼了父亲一句，拿什么喂孩子？一生下来就是个下岗职工子女？父亲满脸紫色，大口大口喘气，母亲赶紧捶父亲的背。父亲胸口起起落落，但终究没有说什么。

在打掉孩子这件事上，尽管弟弟从来没有原谅过妻子，但在父亲那儿意味着什么，不得而知。因为父亲选择了沉默。父亲死后，弟弟每次回家都坐在父亲的房间里，半天也不出来。他总是望着我们俩和父亲的一张合照出神。拍这张照片的时候，我大三，弟弟读小学。我和弟弟各自站在父亲的左右两边，弟弟抿着嘴，紧紧的。我那天像捡了个元宝，豁着嘴笑。父亲一脸严肃，双手抱在胸前，腕上的手表熠熠闪亮。

父亲沉水之后，我们租了河运处的巡逻艇，寻找父亲。几天几夜，我们沿着瑞河两岸搜寻，直到瑞河口，外面是长江，了无踪迹，父亲以一种决绝的方式彻底消失。巡逻艇往回开，总感觉父亲离我们越来越远。像一起出了一趟远门，而父亲没有如期归来。弟弟突然哭起来，指着我们说：

你们一个比一个冷漠！

说完之后，他突然抱着头，蹲在甲板上失声痛哭，说，是我杀死了父亲！是我们联手杀死了父亲！刚开始的时候我们爱父亲，心疼父亲，害怕他死。可是时间长了，我们还有耐心吗？我们每个人都关心自己，可是，父亲呢？谁管？谁管？

他哭得像一个丢了糖果的孩子。

我们每个人都觉得自己的事儿比父亲自杀这件事儿大。有一次跟媳妇生气，我就想赶在父亲之前自杀！那个时候我恨死父亲了，我就想，你怎么还不死啊！

你太过分了！妹妹怒不可遏，说完自己哭了，说，那天要是我警醒一点，父亲也不会走出去。那个木筏子留着干吗？

我们都在逃跑，一个无形的影子追得我们喘不过气。我们把父亲当敌人一样防范，为的什么？难道仅仅是不让父亲非正常死亡？

莫非，真的是我们杀死了父亲？

这句话，不过是借弟弟的口说出来罢了。我记得在寻找父亲的过程中，我们互相回避着，不敢看对方的眼睛。

7

即使没有找到父亲，葬礼还是如期举行。瑞河场搬迁的搬迁，进城的进城，打工的打工，留在家里的就一些老弱病残。父亲的骨灰盒里装有一套用父亲的衣服烧成的灰。没有遗体，就省略了很多程序，也不需要很多人手。但也给人一种幻觉，有点儿像拍戏时的摆设。

我们在整理父亲的遗物时意外发现父亲留的纸条，上面详细说明了紫苏黄辣丁的做法及配料，最后父亲写道，让老大开家鲜鱼馆，记住，要野生黄辣丁，紫苏也要野生的。后面是两个模糊的感叹号。我把纸翻过来，空白。

我们捧着父亲的骨灰盒，大理石的。大理石冰凉坚硬。船开到瑞河中间，其时河水汤汤。母亲没来，自父亲死后，她看见水就犯晕。按照妹妹的记忆，我们把骨灰盒沉到了水里。

柏树里的刀子

父亲打电话给我的那个下午，我在万福堂给他选骨灰盒。推销骨灰盒的女人听出了与我通话的是父亲，说，尽最后一次孝，让老人体面点儿。这话有点不捅饬捅饬，出门都不好见人的意思。对此我不以为然，目光一直游走在货架的那些盒子上，主要是瞄盒子上的价签。那些盒子各具情态，有山水园林的，有楼台亭阁的，价格不菲。我是个实用主义者，米兰也这么定义过我。我从她身上稀泥一样滑落下来，背向一边准备酣然大睡。米兰蹬了我一脚，说，只顾自己，精致的实用主义者。有时我真的不理解米兰，人过中年，照说早过了烂漫的时段，老把我想成施瓦辛格，这不是我的错。这有点像眼前这个女人，老想着我能够买上万的盒子，这不是我的错。

女人见我的目光始终盯着柏木盒子，撇撇嘴，到一边煲起了电话。

父亲在电话里说，柏树被偷了，你得回来看看。父亲的声响过大——老人机的声音本来就大，加上父亲的大嗓门，我赶紧让话筒远离耳朵。与他同室的是一个耳背的老人。他每次看着父亲张大嘴对着手机喊，就哈哈哈笑，他像看战争片里呼叫总部的镜头。父亲也笑，笑着骂一句，笑个锤子。老人见有人对他说话，又打了几个哈哈。

父亲时不时犯糊涂是近一年的事儿。一睡醒，他就对着耳背的室友或者养老院的工作人员说，柏树被偷了。耳背的室友只是打着哈哈，工作人员不懂父亲的话，认为他病糊涂了。但父亲着急的样子令他们认了真，转告我一定要去看看柏树。等我赶到养老院时，父亲又睡了，我得等他醒。

父亲侧躺着，靠窗。阳光从桂花树的罅隙叮叮当当落进来，父亲身上像是铺了一层金币。这是一棵四季桂，狭长的叶片遮了大半个窗子，因为是底楼，不敢开纱窗——飞虫多。有一缕暗香混合在来苏水的气息里，有点像米兰用着的某种香水。

　　一年前细爸进城来看父亲，细爸对我们子女的做法表示不理解。父亲那时候还清醒，说，弟娃，老屋基这些我都不挂记，柏树得帮我看好，我还指望它。父亲的弟弟我们喊细爸。细爸含着湿漉漉的旱烟，吭吭吭地咳一阵，胸膛扯得像起伏的浪。他含糊地点着头，说，长在屋后的，一个人都搂不过来。我说细爸，你可以砍树丫子熏腊肉，柏丫熏肉香，城里柏丫几块钱一斤呢。细爸感激地笑笑，指着脚边的一块肉，说，这就是用柏丫熏的。父亲就指挥着母亲回家炖肉。我送细爸去车站，细爸一路咳嗽。我问细爸，要不去医院检查一下？细爸整张脸憋得紫黑，摇着头。我向他解释说，细爸，在养老院按时吃饭、按时睡觉，比较有规律。细爸又一阵猛烈的咳嗽。我闭了声。

　　记得父亲第一次说柏树被偷了的那天，我刚出差回来。晚上等儿子睡后，我暗示米兰洗个澡。你家柏树被偷了。米兰说。

　　嗯?

　　你父亲打电话来说的。让你回家看看。

　　老远就看见了那棵柏树。

　　细爸曾经说过它愣头愣脑的粗壮，但那种笔直还是惊艳到了我。从天幕垂下钢丝一般的线条，硬朗干脆，像从玻璃上划过。树冠如云相依，蓬松葳蕤，树干直插而下，根部隐藏在瓦屋后面。我记得有次去黄山，看了岩柏，盘曲遒劲，枯墨顿挫，如得道枯叟。想来它们是两种气质。柏树给我最初和最后的印象是高中毕业那年，两握粗细。那年父亲两手空空回来，为筹措我上大学的费用，他将双眼熬得血红，看着屋子里的任何东西都像有仇。他抓一把斗里的谷子，掐一下猪的颈子，眼睛最终落在屋后的柏树上。柏树有两握粗，胸脯挺得像个新郎。午后就有几个人过来看树，都说太小了，做檩子得再续两年。父亲知道能做檩子才卖得上价钱，目前只能做锄把。要是做锄把，和香樟、梨木等杂木没有区别，那就一钱不值。

　　最后父亲向一个远房亲戚开口，让他三年后来砍这棵树，钱得现付。我们全家不得不叹服父亲头脑够使。我拿着钱，望着屋后的柏树。现在它长在那里，每一根枝丫都充满力量，充满向上的劲头。它蓬松地覆盖在明亮的瓦片上，看起来阴阴的，凉到心里来。未来却是人家屋梁上的檩子。这样想着鼻子有些酸。即便如此，柏树用未来置换出了我的未来。

我喜欢闻柏丫燃烧的香气。柏丫一干，着火即燃，噼里啪啦，火苗蹿起老高，枝丫里的柏油助长了火势，欢快的味道溢满房间。

父亲说他栽下这棵苗子，为的是纪念我的出生。父亲伸出小指，在我面前晃，说当初这么细。我说爸爸，柏树还在，谁也没偷。我说的是实话，现在的柏树是我记忆中两握粗的十好几倍，谁没事去偷无法拿走的东西呢？我还准备说什么，话到嘴边，突然像散气的馍，又吞了回去。我仔细地看着父亲，我才发现我从来没有这么细致地看过这张脸。这张脸是什么时候开始沧桑的，记忆里一片模糊。鬓角下的老年斑像几片光的阴影，似乎随时都有可能移走。骨骼和皮肤之间的肉少得可怜，病魔借时光的手夺走了他肌肤的润泽；血管不再平直地顺着经络运行，而是无序地蜿蜒着，有的地方鼓得像蚯蚓，有的地方盘曲如麻线。皮肤黯黑，像是覆盖在山石上的一层苍苔，麻麻点点的。手是不敢摸上去的，生怕惊醒了那层皮肤而使之逃逸了。壮起胆子捏了捏父亲的右手，竟冰凉浸骨，更像葡萄根一样枯硬。头发灰白，像把枯草，不经意散落在头皮上。倒是眼睛，看到我，显出惊喜、无助、探询的眼神来了。

我重复一句，没偷，好好的。我不知道说给谁听。

他望着我，忽然眼神黯然下来，显出一丝厌倦。这双眼睛收拢了一世的风雨沧桑，现在很累的样子，造物主展示给它的人生画卷已经到了尾声，仿佛烟雨尽散。父亲用这双眼睛示意我坐下。我就在父亲的病床边坐下来，近距离地看着父亲。看着父亲，我断不敢相信，一具血肉丰沛的肉体会被岁月的烟火弄成这副样子。

我也在镜子里照过自己，有天发现几根白发刺刺立着。触目惊心之后，我接受了时间的留痕，却将那些能够照见影子的镜片、玻璃全部撤去。父亲会不会也有这种想法？只是身子固定在轮椅上，无法实施。那么我所做的一切，会不会是在完成父亲的意愿？有次我说，米兰，你也有白头发了！米兰说，你自己照照。我到理发店一照，吓了一跳，镜子里是谁？鬓角竟灰白了。

就在我们变老的过程中，柏树粗得一个人都搂不住了。但我明显地意识到，父亲不仅仅是变老。因此我没有再往下说。有意义吗？

父亲还在电话里嘀咕，柏树被偷了都没人管。儿子不管。弟娃也不管。女儿更不得管。养老院的工作人员已经见惯不惊，他们都明白父亲嘴里的柏树的意思。于是他们大声地说，聂伯伯，你的柏树在，你儿子用绳子绑了，想跑都跑不掉。我听见父亲咯咯咯笑起来，说绑了好绑了对。

我终究让那个女人失望了，买了个柏木盒子。

女人给了我个袋子，找了钱又煲起了电话。柏木盒子的棱都打磨得溜圆，捧起来压手。周身上了清亮的秀油，这种桐油特别防虫蛀。面上黄亮亮的，显示出柏木的年轮。我数了一下，是一根二十三年生的柏树下的整料。二十三年？二十三岁那年我大学毕业，在父亲下散力的城市工作，母亲已经被接到了城里。父亲说，孩子，得找个媳妇。我答应着说，让人家多喂几天。父亲严肃地说，婚姻大事，非同儿戏，你只管找，爸爸送你一套柏木家具。我脑子里嗖的一声，闪出那棵两握粗的柏树。

才不止两握粗呢？父亲一脸神秘。

我环抱起盒子。柏树当年差不多一抱粗细，照此看来，父亲那年说送我一套柏木家具，还真不是夸海口。但我结婚时柏木家具似乎登不了大雅之堂，或者说父亲似乎忘记了自己的承诺。其实父亲没有忘记。米兰在成为我的女人后不久问过父亲。米兰问，听闻您有一棵柏树？父亲望了我一眼，并不看米兰，对着一个看不见的地方说，差不多两个人才能围得过来。米兰开着玩笑，就是这棵柏树把我骗到手的。我站起来，说，爸，你得赔我一套柏木家具。父亲涨红着脸，说，哎呀，我怎么把这茬儿给忘了？

全家哈哈哈笑起来。

父亲对着我说，柏树差点被人偷了。

哦？

远房亲戚，三年过了没来砍。

我才想起柏树被抵押的事儿。远房亲戚没有按照约定的时间来砍树，他们全家去了广东打工，也把这事儿给忘得干干净净。直到他家母亲过世，才想起有一棵柏树长在我家地里。他们一行六人过来砍树，被父亲拦下。各说各有理，谁都说服不了谁。最后他们强行要砍树，父亲一锄头挖在石板上，火星子四溅，然后一屁股坐到树下，说树在人在。这个口号我听起来怎么这样耳熟。父亲却认真地说，算是保住了。最后父亲把当年借的钱按银行利率连本带息还给了他，这事儿才算过去。但父亲有几个晚上听见屋后有拉锯子的声响，爬起来抓起锄头就往屋后跑，跑到树下又不见人影。父亲用手电筒查看柏树根部，是有新鲜的茬口，散着一股柏油香气。父亲不敢大意，搭建了窝棚，扯着呼噜，硬是和树过了大半个月。

父亲说，前人栽树，后人乘凉，反正留给你们后人。见我们没有应答，父亲拉过我，小声说，要不给你妹妹做陪奁？

连男朋友蒂蒂都没有，哪用得着考虑陪奁？

你当哥的也得考虑，迟早要考虑。

我点点头，不想再谈下去。每天单位上的事情都考虑不完，哪还有这份闲心？但父亲不一样，他逢人就说起自己的柏树，双臂尽量伸长，做出搂不住的样子，说可以打一套二十七件套的组合家具，纯柏木的。说得城里人惊羡不已。有几个邻居竟然上门问父亲价格，父亲好茶好烟待人家，给人家讲了一通柏树传奇，然后说这得留给我闺女。米兰的父亲也来问过，被父亲直接拒绝，米兰至少有三天没让我沾她的身子。

我敢说，那段日子，是父亲最惬意的时光。

细爸说万万没有想到，柏树会变成一棵神树。

父母搬到城里后，照看柏树的任务无疑落到了细爸身上。细爸子女多，需要扩宽房子，和父亲商量，问能不能把宅基地占用一部分。父亲叹口气，望着天，像是问自己，这辈子不回去了？语气凉薄。我说，你愿意回去随时可以的。父亲回去过一两次，回去后细爸家好酒好肉招待，招待完毕得上田地里忙乎。父亲背着手在老屋前后左右转圈，转一圈摸一下柏树，转一圈仰头看一下树冠。转着转着觉得无味。也是，人家忙，人家还得生活，哪有那么多需要诉说的过往？父亲后来再也不去老屋了。父亲对细爸说，老屋基你尽管用，柏树给我看好，我死了要回来的。

细爸用了我家的老屋基，就尽心尽责看柏树。他用木杆做了人字形支架，从四面稳住柏树的根部。每年腊月，给我们拿一块腊猪肉，一定说是用柏树丫枝熏烤的。一方面让我们记起是他在照看柏树；另一方面证明柏树好好的，还在。父亲这时候就会夸张地夹起一大片肉，吧嗒吧嗒的声音满嘴跑，一边嚼，一边往我碗里夹肉，说，咱的柏丫熏的，不一样。我嘴里嚼着，却一直在想，细爸是如何砍下柏丫的。

细爸家搬离了老屋基，是在养老院看了父亲之后。新农村建设，把散在四处的农户房屋修到一个居民点，家家户户开始住楼房。不过居民点离老屋基不是很远，晴朗的天可以看得见笔直的柏树，树冠在云里，像要随云飘走一样，细爸看的时候会产生这种错觉。有一天细爸回老屋，转到屋后，竟然看见树干上缠着一块红布。细爸反反复复看着这块红布，人竟有些不自在。又隔了一会儿，他双手合十，叽叽咕咕说些保佑的话。

细爸意识到，树已不是原来的树，它现在是神树。

缠红布的人越来越多，老屋基旁边竟踩出了一条小路。有求财的，有问平安的，有还愿的，一时柏树下烟雾缭绕。细爸怕伤了树，用铁丝绞成粗的栏杆，围住柏树。又用毛笔写上"严禁翻越"四个字。再有前来的人，就把红布搭在铁丝上。不到一年，铁丝上里三层外三层裹满了布条。细爸就解下这些布条，用来牵黄瓜藤、搭丝瓜架，菜园里一时"红肥绿瘦"。

树大了就成神，这没什么奇怪的。父亲说。

在树还没有成神之前，妹妹就找了男朋友。男朋友是外省的，全家都认为不怎么靠谱，父亲反对得尤为激烈，甚至哭上了。父亲哭着说，养这么大，一瓢水就泼了？水还有个印子，你倒好，走了，影子都不留。

我知道不管我们如何不情愿，但最终，我们的挽留微乎其微。父亲说，原打算把柏树给你的，你吃了秤砣铁了心，柏树就留给我做棺材板板。父亲的话如此决绝，也没能让妹妹回心转意。她选了一个晴朗的天气，拜别父母和我，前往了外省。

妹妹结婚不久，父亲就病倒了。具体地说，有人再次上门找父亲，问柏树的价格，父亲不答话。估计那人以前来问过，说，老聂，你女儿现在不用柏木家具了，是不是把它卖给我？父亲一听就黑了脸，猛地站起来，身子摇晃了一下，就倒了。我从公司赶到医院，父亲正在抢救。母亲在走廊的椅子上哭成泪人。

父亲是脑溢血，据医生说血块不大。我、米兰、母亲三人轮流照看父亲，有时候米兰的父母过来帮帮忙。米兰的父亲望着昏迷的父亲，长长叹气，说，倔，这下子倔到家了。一棵树值几个钱嘛。米兰就拉她父母的衣袖。

　　家里请了个阿姨，专门服侍父亲。天气好点，就把父亲推到小区转转，然后父亲扶着铁栏杆练习走路。母亲把饭弄好后，阿姨就把父亲推回来，下午再出去。父亲恢复得很快，医生叮嘱，不能摔倒第二次，因此父亲一再要求摆脱轮椅，但我们一致说平坦的地方可以不用，不平坦的地方还得坐轮椅。有天父亲说要回瑞河场看看柏树，米兰问你能去吗？父亲竟委屈得眼眶潮红。我说等稍微好点带你回去走走。

　　爸也太敏感了吧？米兰说。

　　我没有接话，米兰从小在城里长大，父母算是这座城市的高知。她很难理解一个人倒下之后心理上的细微变化。就连我，有时也有意无意会说一些限制父亲想法的话，比如吃干一点，避免经常上卫生间，注意随时转一下头，让颈动脉顺畅之类，在说出这些话后听见父亲的叹气，就想，我们是什么时候可以这样说话的呢？

　　记得父亲第一次说柏树遭偷了的那次，父亲拉着我的手，要我承诺柏树就给他和母亲做棺材，不能挪为他用。他说，打两口棺材绰绰有余。那语气只差要我签字画押了。父亲有些糊涂了。窗外的桂花树摇曳起来，满床的金币掉到地上。父亲说，你得点头，必须要罗麻子的手艺。桂花树停止摇晃，金币又跑到床上。你点头。我点点头，说，罗麻子的手艺。父亲眨了下小眼，说，有办法不烧就好了。父亲怕死后被烧，那样灵魂也跟着烧成了灰烬，投胎转世的可能性就大打折扣。父亲不止一次这样说过。

　　最开始我还真的替父亲操心过棺材的手艺的事儿。据说罗麻子的木活儿在瑞河场算得上老大，做的棺材连风都透不进。父亲说这话的时候，像过年吃到了包硬币的汤圆，满眼的憧憬。我让细爸打听一下罗麻子。细爸当着他哥的面说，瑞河场哪里还有罗麻子哟，随孩子们去了广东，好几年啦，在不在人世，难说。父亲满脸颓唐。我赶紧说，我让广东的乡亲打听打听。父亲乜了我一眼，嘀咕说，你哪来的乡亲。没过多久，细爸带信说找到罗麻子了，人老得像根铁钩，听说父亲指定要他打棺材，竟当众哗的一声哭了，哭完说，一定回瑞河场，给老聂打口棺材。我把原话转给父亲听，父亲很诧异地问，柏树没遭偷？罗麻子是个好人。原来罗麻子在瑞河场开棺材铺子，父亲的父亲过世，没钱置办棺材，罗麻子竟赊了一口棺材给父亲。这是很忌讳的事儿。罗麻子说，他不会赖账。即便赖账，我砍了他家那棵柏树。

我不知道父亲在柏树上下过多少赌注，按我的逻辑，似乎父亲一遇到坎儿，柏树就现身了。唯独在妹妹婚姻这件事儿上失了灵。有时想起我也叹气，父亲怎么可以将一棵柏树和一场爱情联系在一起？这应该不是妹妹的错。记得父亲能够说话时第一句话就问，你妹妹没回来？父亲是不是在昏迷的过程中想通了这个道理？我不敢对刚从死亡线上回来的老人说真话，我说，妹妹来过，哭得直不起腰。

我不敢告诉妹妹父亲脑溢血的事儿。我希望远方的她过得没有牵挂。米兰说，等爸恢复健康了再给她说也不迟。我也是这个意思。

罗麻子终究没有回来，也没有打成父亲的柏木棺材。这是后话。

儿子上高三。我硬着头皮跟父亲商量，让父亲去养老院过一年，等涛涛考完试，就把他接回来。父亲倒也知情达理，去了养老院。但细爸对此有另外的说法，人只要一进养老院，就一件事儿，等死。我赶紧带信给细爸，邀请他到家里做客，目的是让他见识一下现在养老院的条件，免得我在瑞河场落一个不孝的名儿。当初父母跟我进城，整个瑞河场都传遍了，说聂老汉靠儿子进城享福，啧啧啧。果然细爸回瑞河场，对养老院赞不绝口。还把我给他的整条整条的纸烟散发给乡邻，大声说着是侄儿孝敬的烟。细爸再去捡红布条，就会点燃一根纸烟敬在柏树下。

父亲在电话里说，带他回瑞河场看看。怕我拒绝，他接连说，只看一眼，马上就回。我说那也得给细爸说一声。父亲恳求道，别叨扰人家，他忙完田里忙地里，哪有空？我有种预感，这应该是父亲最后一次回瑞河场了。我说，下午回去。我请了半天假，让养老院的工作人员将父亲背上了车。

事后母亲说，人都是有预感的，临终了都得去收脚迹。

父亲自瑞河场回来后很少说话，一说话都是神神道道的事儿，让活着的人都感到汗毛竖立。

那天我带父亲去看柏树，父亲一路说得求求，自家的神树也得有礼数。我在路边的小店里买了香烛和鞭炮。但车子停到我们老屋基时我傻眼了，树呢？

父亲转着脑袋四处望，确认是自己的老屋基后，问我，树呢？

　　老屋后面只有一根巨大的树桩，立着，树桩上部黢黑如炭，黑色的边缘伶仃地吊着树皮。树皮巨大、灰白，像一块凝固的布，能够盖住一条大狗。遮不住的地方露出白花花的口子。

　　我下车，父亲只能在车上。一年前这里应该有一棵直插云霄的柏树的。我绕到屋后，铁丝栏杆已经散开，赭色的锈迹爬满了铁丝。树下四处是灰色和黑色的炭，四处散着柏树籽。不远的地方，横躺着柏树的上半身，从高空下来的时候，惊慌地朝后面的竹林倒去。竹子被打断一大片，如云的树冠还带着点青色，空气里弥漫着柏树油脂的香气。

　　只剩一截三四米高的树桩，立着。

　　我把香烛点燃，鞭炮噼里啪啦响起来。我抓起一把柏树籽，上了车。

　　我和父亲去了细爸家，父亲还是没有下车。细爸躺在床上，想挣扎着起来，试了试，没能成功，还是躺着。屋子里弥漫着一股臭味。最后还是我背起细爸，细妈把一把椅子放到车旁边。父亲在车里，细爸在车外。细爸说树是雷劈的。细爸说一个月前，天又下雨又下雷，天像对着地发怒，整个地都害怕得发抖。他刚检查完老屋往回赶，咔嚓一声，耳边炸了个响雷，细爸的耳朵嗡嗡嗡一下子听不见了声音。闪电连扯了四五次。细爸转过身子，看见柏树拦腰断裂，闪了个火苗，树身像慢镜头向后跌倒。细爸连滚带爬回家，第二天高烧不止，人软得像面条，吃拉都在床上。细妈抹了把眼泪，把我拉到一边说，细爸估计是这一两个月的事，都通知了孩子们。父亲说，雷怎么劈了神树？他像在问自己，也像在问周围的人。没有人应答，就对着我说，我说树遭偷了。你妹妹回来了。

　　父亲一脸平静。回到城里，妹妹果然在家，妹夫在厨房忙着展现手艺。我有些惶然。父亲再也没有提过回老家，也没有提过让罗麻子打棺材的事儿。我在背细爸回屋的时候问过细爸，罗麻子回来的事儿得行不？细爸说，罗麻子死了，差不多一个月前后。死在广东了。细爸补充说。

　　父亲还是时不时说柏树遭偷了，有时半夜把工作人员叫醒，说柏树遭偷了。工作人员不理父亲，后来干脆关掉了父亲的呼叫器。父亲就用老人机给我打电话。有时半夜把我吵醒。第二天我看见母亲的眼睛红肿，她说，得给你爸准备后事了。我吃惊地看着母亲，母亲嘤嘤嘤地哭了。

第二天我就去给父亲买了柏木盒子。

没隔多久，细妈给我带信，说细爸不行了。细妈憋着细细的嗓音说，剩下的那截树桩，想给你细爸做口棺材。

细爸坐夜那天，我赶到瑞河场。细爸的灵棚搭在居民点广场上，棺椁停在正中。我一看不是柏木，细妈说木匠一看剩下的木桩直摆头，说用不得用不得。村里人不明就里。木匠说你们仔细看。木匠把柏树皮脱下来，光溜溜的树干呈现出来，白亮亮的，晃人眼。村人这才敢凑近看，树桩从断裂处往下，布满了蜘蛛丝一样的网，像青花瓷丝裂的纹路。木匠将一把菜刀插进裂纹，一掰，树干哗啦一声，像石膏模块一样碎裂开来。

我吸了口冷气，柏树竟然从内部肢解了自己。细妈指了指墙角，那里堆满了白亮亮的柴块，我知道，不久它们都会成为灰烬。

（本文首发于《躬耕》）

水到底有多深

1

肖德贵死了。认识他的人不多，几个来补鞋的老主顾提着鞋，站在巷口摇头说不相信。那么小心的一个人，平时见着蚂蚁绕开走的一个人，怎么可能说死就死呢？但肖德贵的确死了，搭了灵棚，棚子整天响着哀乐，棚顶挂一张微笑着的脸。有人问秀芳，德贵不会水啊？秀芳嘴唇抖动几下，没出声。难不成真淹死会水的？秀芳半天接不上话，末了说，水深。

肖德贵是我舅，我去上香的时候他还在笑。我凑近看，发现肖德贵的像是画的，饱满的脸上刻意多了几条皱纹，有点儿失真。我想起昨天下午舅妈面前的照片，大概是请人照着画的。印象中舅舅永远土着一张脸，近乎泥巴随便被人捏了几下。他是那么高，人堆里容易找着，佝偻着腰的准是。他不喜欢人堆，见有人靠近，立马走开。我舅右手残疾，但不是小儿麻痹那种，而是臂膀从肱二头肌那个地方断掉，长成一个走着蓝色血管的肉瘤，动起来很奇怪。我见过一次，感觉那条断臂莫名其妙地低幼化。那天舅舅来幼儿园接我，平时都是我妈接，她把所有白班调成夜班，为的就是接我。那天我妈头疼去了医院。我喊了声舅，他伸出左手，手掌笔直竖着，后来我在过马路时看见交警用这个手势，停止的意思。舅舅站不直，腰以上部分向前栽着，加上一件宽大的上衣，看起来滑稽。舅舅将右手插在裤兜里，准确点说是将右边的衣袖插在裤兜里。一路上他在前边走，步子不大但急，我在后面小跑才能跟上。我喊，肖德贵你奔三根桩啊？这是我外婆的口头禅，三根桩是火葬场，刚好建在距国道三公里处。肖德贵刹住脚，竟然没有往前栽倒。他环视周边，说校门口全是你同学。他牵着我，不急着往家走，带我到和平路吃酸辣粉。我问，舅舅你真当过兵？他不置可否，仰着脸盘子望天。我顺着望天，傍晚时分的天空什么也没有。好半天他问，你知道天上的样子吗？不等我回答，他说绝不是在地上看天的样子，了解天得从天上看。那时候我们就像一朵云飘在空中，想在空中待着就待着，想飘哪里就飘哪里。说完递给我一个五角星。我没要，我盒子里的五角星满得装不下，偏偏我想要子弹壳，他又没有。显然舅舅有些失望，说，跟你舅妈一路货色。你是伞兵？我撇了撇嘴，表示不相信。他有些急，把我拉到僻静处，右臂使劲向上，袖子一下子褪到腋下，断臂露了出来。他说，证据。我看见的其实不是手臂，是一截短小丑陋的肉棒。我紧张得有些闭气，舅舅好像无所谓。我问过外婆，舅舅的手臂怎么断的？外婆拍我一巴掌，什么怎么断的，再乱说撕你的嘴我。

我们吃完酸辣粉往家走，一路上舅舅叽叽咕咕，他说是在背诵诗歌，关于天空的，我听不懂。回到家，舅妈堵在门口，正指责我妈，说你这个当妹妹的当到家了，你哥上得台面吗，啊？见舅舅和我，就指着墙上的石英钟，冲着舅舅喊，四个点了，一张脸兜得捡不起来了不是？舅舅摸了一下脸，嘿嘿着说，秀芳，声别太大，吓着军娃子。说完朝我眨眼，我赶紧躲开。舅妈挺着肚子，那里装着我表弟肖军。舅舅像我上课打瞌睡一样犯了错，低着头趔进屋子。

我问坐夜的肖军，舅的相片是画的？肖军眼里空空的，眼底血丝发散，点点头。我说舅舅也算是勇救落水老人，没啥遗憾的。肖军闭着嘴。看得出，婚礼上的酒精还未散尽，整个人蔫不拉唧的样儿。

2

就在舅舅接我后不久，肖军爬出了舅妈肚子。不得不说，肖军天生读书的料。我们班有个自诩为学神的家伙，有天背《出师表》，到"故五月渡泸"处断了片儿。肖军当时读小学三年级，在我家坝子里逗蚂蚁玩，接了句"深入不毛"，举座皆惊。学神拿出大白兔奶糖，说背完给你。肖军当即一字不漏背完。那以后，学神再也没有到过我家，也不再提学神的话。我妈似乎发现了肖军的天赋，拉着他就去找舅妈。舅妈翻来一本发黄的书，念给肖军听，是一个叫鲁迅的人写的《伤逝》，念完肖军竟然能够复述个大概。我妈让我复述，我支支吾吾连主人公都没有记住。舅妈抹了一把脸，满手的泪，颠几步拍着铁门喊，肖德贵，老天待你不薄啊！舅舅从二楼下来，扶在铁门柱上听舅妈颠三倒四地叙述。舅妈叙述时偶尔看我妈一眼，我妈跟着点头。舅舅木着脸，摇摇头，没有言语。舅妈拎了鸡毛掸子敲着桌子，说，从现在开始，肖军读书的事儿是头等大事。然后一挥手，佐着话语下决定。外婆当晚夹了捆黄表纸去了河边，给外公烧了点儿钱过去。不到一周，舅妈给肖军请来了家庭教师。我家院坝的蚂蚁，每天自顾自地来去。我问我妈，舅妈家哪来的钱请家教？我妈怜悯地看我一眼，说，老天爷匀给舅舅的保命钱呢。

舅妈那年怀身大肚，在朝天门码头接过舅舅的右手，准确说是衣袖，向送舅舅的两个工友鞠躬，勾不了腰，只得欠着身子说给老板添麻烦了。其中一个黑膛短脸的敦实个子给舅妈敬了个礼，说我是肖德贵同志的班头，他受伤我有责任，嫂子，先安心保胎，等段时间我去看老肖。然后递给舅妈一个信封，说这是老板的关怀，给德贵同志治病。肖德贵斜嘴吊眼一乐，右手刚要舞动起来，被舅妈撺贴住身子。肖德贵只得吐掉嘴里的烟蒂，用左手向工友敬了个礼，站在码头目送轮船离开，才跟着回了家。

舅舅一直没摆过断臂的原因，舅妈也是三缄其口。在此之前，全家得到消息是肖德贵受伤，但没有想到是缺了一条胳臂。外婆天天去华严寺吃斋念佛。肖军上学不远，两条马路过去的人民小学，舅妈每天接送，既不让外婆接送，也不让舅舅接送。舅舅对此有些看法，说无论如何得送送孩子，然后朝肖军挤眉弄眼。肖军不说话，只点头。舅舅拉着肖军准备出门，舅妈拦在门口，肖德贵，你跟我来。肖军就仃门外等。舅舅跟着舅妈进了卧室，舅妈问肖德贵，你觉得你送军军去上学方便吗？方便啊。我是说你用哪只手牵孩子？舅舅一时着急，扬起左手说不比正常人差。是，关键是肖军的同学怎么看？怎么看？舅妈坐到床沿上，像幼儿园的老师，耐着性子说，肖军是接受你的，是吗？是，不然他不会让我送。但是，肖军的同学接受你吗？同学的家长接受你吗？要他们接受干吗？就你瞎，肖军期期三好学生、优秀学生干部，好多人眼睛都红出血了，这下倒好，你帮着去出口气。舅舅绕不过来。舅舅的班头说他当时胳臂断了，醒来不认人，眼里是空的。后来医生会诊，轻微脑震荡，只要安心养，不受刺激，不会有太大的问题。经过舅妈这几问，舅舅脑子跟不上，短路，突然人往后仰，跌翻在地，全身僵直，脸青面玄，口吐白沫，蜷曲抽搐，把舅妈吓得半死，扯了张毯子盖住舅舅，蜡黄着脸喊外婆，让肖军喊我妈。等我妈赶到，舅舅早醒了，在毯子下拳成一团。外婆把舅舅搂到怀里，用勺子喂葡萄糖水。舅舅身子虚弱，像刚跑步登过一座山。他说，我头疼，军军你怎么不去上学？我睡地上干吗？翻着身子起来，地上渍一摊秽物。

舅舅从此吃卡马西平片儿，一日两次，一次两片。医生说这属于脑部异常放电，不能停药，脑子放电捉摸不定，保持好情绪，轻重断不了根儿。药瓶放在左边掩襟口袋里，一走动就能听见药粒喊喊喳喳的声响。

从此我很少看见肖军笑，每天捧着大部头的书，冷着脸看，跟全世界欠了他钱似的。有同学问肖军，你爸是伞兵？肖军不答，被问急了，怼一句：你爸才是伞兵，你全家是伞兵。把问的人弄得一愣一愣的。

3

舅舅的朋友不多，几个内亲内戚轮流坐夜。肖军白天睡会儿，晚上抱着火炉子当孝子。第三天下午，舅舅的灵棚来了一个陌生人，我和肖军都不认识。当时我正给长明灯续菜籽油，那人在棚口晃晃过去了，然后又退回来，望着照片上微笑的舅舅，嘴唇抖动，提着的黄布挎包落在脚下，问，是肖德贵？我偏着颈子问，找肖德贵？那人短黑的脸膛拼命挤了个笑，瞬间又消失了，有点儿像风吹了那么一下子，然后说，天杀的走了？他捡起挎包走进来，肖军递给他三炷香，他挡开了，在微笑的舅舅面前敬礼，鞠躬。然后从挎包里摸出个盒子，盒子黑油油起了包浆，并列放在舅舅的骨灰盒旁。

舅妈被肖军叫了过来，舅妈喊了声班头，便带着班头去了屋里。屋里红色的"囍"字全都撤了，贴上的"奠"字糨糊还未干，但堂屋中间的彩灯还没来得及撤，一开灯，跟着一闪一闪亮晶晶，气氛迷离。舅妈赶紧揿灭开关，让班头坐下。我将茶水递过去。班头喉结滚动，喉咙轰鸣，看来赶了很远的路。班头环视了一眼屋子，盯着楼梯口的铁门看了半天，脸色黯然，说，苦了老肖。班头说他早退休了，回贵州山区务农。班头说最近一睡觉准梦见肖德贵，大鸟一样悬在空中，觑着眼，头发飘拂。他大声喊肖德贵，肖德贵充耳不闻。天大的风，他哪能听见，你说？舅妈勉强笑笑，没有说。我上去就是几脚，吼他，为啥不戴安全帽，还把操作间的玻璃大开，嗯？他回头一看是我，吓得脸煞白，一收翅膀，直线坠到地上，还弹了几弹。龟儿子跟现实版差不离。班头喝了口茶，张合着漱几下，吞了，说现实版塔吊倒了。老肖醒来眼里发空，过后一个劲儿叫嚣自己是伞兵，喊哑了嗓子，还是老板上去一耳光，扇醒了，不喊了。班头说完嘿嘿两声，问，老肖想当兵娃子？舅妈"嗯"了一声，说从小就想。班头把茶缸递给我，盯着我的脸看了好久。老肖侄儿。舅妈说。我估计老肖念我，就摸着赶过来了。班头摸出旱烟，一小捆，用报纸卷的，抽出一支，伸出舌头准备舔封口，看到我和舅妈惊异的眼神，赧颜放下，说，嫂子，撤销德贵处分的决定在盒子里，从四建司退休时我想亲自送过来，回贵州后就没走开，牵牵扯扯过了二十多年，真对不住老肖。舅妈说，别，对德贵没大用处。班头停了一会儿，将手里的烟展开，排烟丝，挤着裹紧，然后问，怎么去的德贵？淹死的。德贵不会水？舅妈松了口气，像是最后一个人提这个问题，顺手把一包朝天门递过去，说，水深。大概班头觉得一会儿就把话说完了，屁股还没热乎，尬坐着，这时肖军进来上卫生间，班头逮到一个话题，侄儿在哪儿上班？上海。啧啧啧，这身板，随他爸，高，不开塔吊可惜了。说完讪讪地笑，盯着楼梯口的铁门。黑得发暗的铁门上，挂着把金色的铜锁，问，老肖乱跑？

有段时间舅妈严禁舅舅出门，舅妈家住一栋两层楼的老砖房，她在楼梯口安了铁门，该吃饭的时候拍一下锁，铁门"哐哐"响，我家住在隔壁，我妈就会说该弄饭了。那个时刻，舅舅寸着脚一阶阶下楼，从铁柱间接过饭盒，席地坐在台阶上，膝盖头并着搁饭盒，栽着头一顿猛吃，吃相腌臜。外婆有些不忍，说放娃子下楼，这样下去怕是胖得过不了铁门。舅舅确实胖了不少，白净了不少。舅妈背过脸去，把钥匙递给外婆。

我们家对舅妈的宽容让我吃惊，特别是外婆和我妈，舅舅是外婆的儿子，我妈是舅舅的亲妹妹。我说放舅舅出来，不然要憋死的。我妈竟然笑出声来，笑得泪水长流。我问妈，你是在哭还是在笑？我妈马上抢起手背抹了眼泪，说命，都是命。

舅舅下楼那天，我们像举行什么盛大的仪式，围一圈儿在一楼等他。事实上，肖军打开铁门，舅舅迟疑良久，脚没下地就反身上楼。我喊舅舅，舅舅背着我们扬了扬左手，说，你小子别喊，数学题一团糟。我立即闭了嘴。

4

有天我在家里写作业，突然铅笔下有个亮点跳动。顺着光源望，我发现舅舅在天楼拿镜子跟我打招呼。他朝我咧嘴，示意我把作业本竖起来。我竖起作业本，他架起望远镜，调着焦，大体看了有几分钟，然后摇摇头，左手在空中打了个大叉。毫无疑问，第二天，我的数学老师也给画了个大叉。从此，我做完作业，就用镜片晃天楼。舅舅从某个地方冒出来，架起望远镜，像扫视战场的将军，看完，他在天楼上来回奔跑，舞着左手，给我画钩或者画叉。

周末一个人无聊。作业做完，父母加班，肖军补课，我和舅舅玩了一会儿镜子对晃，抓起游泳圈，去了瑞河，游泳。水发黑，光斑像绸缎打上的高光，缓缓移动。以前游的人多，自从上游建了水泥厂，游的人少了，差不多只剩我这种无聊的学生娃。我一个猛子扎下去，触底，有些遗憾，站起来，水淹在我肚脐眼。我甩掉游泳圈，放平身子，躺在水上，朝天空滋尿，尿落到肚皮上，热热的发烫。天上东一块西一块的云朵，丝绒样，半天不动，云后面是深不见底的蓝。我突然想起舅舅望天空的样子，鼻子酸热。十五岁的我第一次想写诗，第一句是"瑞河掩不住一个少年的寂寞"，自己觉得还行，想第二句，半天挤不出来，作罢。现在想起来可惜，要是那时坚持想，说不定现在诗坛多了一个诗人。眯上眼，眼里红彤彤的，像淌血。因为想不出句子，闭气下沉，搬开水底的石头，右手一薅，一只螃蟹在手，正蜕壳，从脚到身子全软。我摆弄了阵子，放水里，螃蟹吐着泡子，旋一圈不见了。

没有我的日子舅舅也很无聊，每天在天楼嗨嗨嗨一阵，说是练气功。我爸妈双双下岗，我爸用买断工龄的钱买了辆建设125，跑摩的，昏天黑地跑。我妈一早推着稀饭白糕去人民小学门口卖，我妈说经常看见肖军进出，喊他吃白糕，他像没听见一样。

很少见到肖军，我妈也不允许我打扰他，我妈说肖军是肖家的根。那我是什么？我妈乜我一眼，说落叶。我不在乎根啊叶的，我只在乎一个人自由自在这样子。只是每次见到肖军，我竟无从开口，感觉怪怪的。

肖军不负众望，保送进了本市重点中学。小学毕业，学校要搞一次亲子活动，肖军皱着眉头把参赛表格带回家。那天舅妈不在，外婆在另一个小区打川牌。肖军过来找我时吓我一跳。他把表格放在我面前，问，我该不该填他？我瞅见亲子活动是家庭乒乓球友谊赛，下面有参赛成员表。我望了望天楼，空的。我问，为啥不跟舅舅商量？于是我陪着肖军喊舅舅。估计舅舅刚睡醒，眼珠在眵目糊中滑来滑去。我们隔着铁门，舅舅在台阶上坐着，用衣袖揩眼，老远我们闻到一股臭鸡蛋味儿。我说舅舅真臭。舅舅嘿嘿一笑，渥了两腋痱子，楼上热。肖军将表格递过去，舅舅看了半天，突然兴奋起来，说，老子从小霸台子，水泥台子哟，放心，准赢。

可是，乒乓球得双手。

舅舅猛地黯然，屋里跟着暗了。隔了一会儿，他说，我左手打他们。

肖军翻翻白眼。舅舅急了，摇得铁门哐哐响，说，我练的左手，左手发球，左手挥拍。这段时间再稍稍练练，就回来了技术。舅舅突然从衣兜里捏出一枚石子，一扔，飞进门边的靴子里。又摸出一张扑克牌，三根指头卡住，一弹，扑克在屋子里旋一圈儿，稳稳当当回到舅舅左手上。我和肖军被唬得一愣一愣的。

舅妈是晚上知道这事儿的，她在参赛表中看到了"肖德贵"三个字，像被烫着了样，打开铁门，上二楼，二楼没人，上天楼。舅舅正挥着拍子与墙对练，全身精湿。事实上，舅舅左手打乒乓球的动作说有多拙就有多拙，看起来有点儿像球在打他。舅妈问，肖德贵，孩子不懂事，你跟着不懂？不等舅舅反应过来，舅妈亮出那张表格，舅舅双眼亮晶晶地说，准赢。舅妈压低声音咆哮，军军好不容易保送。比赛关保送什么事儿？我左手一样打。打你个头啊。舅妈彻底生气，说脑壳真进电了。

舅舅醒过来已是第二天下午，他迷糊了好半天才想起今天有个友谊赛。于是赶紧下楼，铁门锁着。他用镜片照我，那天偏偏没有阳光。他在天楼急得团团转，估计跟饿狼找不着鸡的感觉差不多。我看到时，他竟然撑起太阳伞，从天楼跳了下来。刚开始人在空中悠悠地旋了一圈儿，突然加速下落，卡在人高的花椒树上，像只大鸟悬着，刺得号娘，动弹不得。

外婆戴了老花眼镜，给舅舅取了半天毛刺，抹了明矾收水，再上紫药水，舅舅斑斑点点，像动物园恹恹的豹子。

5

我们送舅舅去三根桩火化，外婆没去，她说白发人送黑发人不忍心。肖军一路扔着纸钱。给舅舅化妆时，我仰头望高高的烟囱，冰冰凉耸入蓝天。我想，舅舅不是常常念叨天上吗？舅妈花钱掐了个时辰，我们坐在石栏杆边等着喊号。

殡仪馆人多，一潮一潮像赶集，生死都匆匆。喊到我们时已接近中午，我们好像没有来时那般忧戚。我们为舅舅准备了全套送别仪式，好多人投来赞许的目光，工作人员举着拇指说善终善终。我们跟在乐队后面，先是礼炮九响，绕着花坛进大厅告别，舅舅躺在白菊环绕的棺内，整个人容光焕发。乐队将太平棺送到过道中间，工作人员说最后告个别，我竟一下没有认出舅舅，估计其他人也有这种感觉，舅舅胖胖的脸上浮着一层红晕。舅妈试探着问，可不可以将舅舅擦皮鞋的家什一起烧？工作人员摇着头说那样得付两个人的钱。我妈上前想说点什么，没等开口，工作人员过来喊时间到，仰着脖子吼：极乐世界九千九，通天大路莫回头。

舅妈说的家什是舅舅亲手做的。那时肖军读高三，住读，舅妈一分钱掰成两半使，一个人掰成两个人用，里里外外一把手。我流落江湖，靠卖文为生，美其名曰作家，每周借看望我妈为由，狂蹭两顿大餐。有天我去看外婆，她躺在一楼的大床上，见我进去竟然喊了一声军军，我知道老人家的脑子不好使。我嗯嗯。舅舅坐在楼梯口，突然说他得学着打棺材，听得人起鸡皮疙瘩。舅妈给肖军送鸡汤去了，食堂有很多高三父母拎着保温桶等孩子下课。我爸已经卖掉了建设125，买了木工家什，学了半年，跟工程队跑。家什搁在外婆家天楼。建筑业一路高歌猛进，木工工资水涨船高。我顺口说舅舅你可以的。没想到以后的每天，他在自家天楼，将木棒锯成木板，木板割成木条，木条截成四方小块。他挥汗如雨，刨花飞溅，左手越来越灵巧。不到一个月，棺材没有做出来，倒做了个擦鞋的工具箱。他问我怎么样，我说爱因斯坦小时候还做过小板凳，这个比小板凳复杂。然后他缠着舅妈要出去自力更生。舅妈不能分心，她目前心里只放得下肖军。她说把药带上，不要在近处摆摊，走远点儿。那段时光我敢说是舅舅最快乐的时光，他找到我，问远点儿的地方有哪些。我想起公司楼下巷子里有人擦皮鞋，于是带着他坐了两站轻轨。舅舅非得要感谢我，按住我，擦我的皮鞋。每天我都会加班，为的是等舅舅擦完最后一双鞋。有天舅舅让我拍张肖军的照片给他，我进不了学校，在围墙的围栏缝隙拍了张肖军课间跑步的照片，侧面，舅舅说随他，不当伞兵可惜了。我皱着眉头说，舅舅，你是开塔吊的，工地上。舅舅摆着头，让我把照片洗出来过个塑，然后肯定地说，都一样，都在天上。

　　舅舅的骨灰很少，肖军捧着骨灰出来，乐队来送。我妈将擦皮鞋的家什扔进了花圈焚烧坑。舅妈赶紧对着坑子念叨几句。不知什么时候开始，好像是肖军毕业后，舅妈一下子无事可做，好比马拉松跑完后的慢走，没了目的。舅舅也似乎比同龄人老得快些，脸瘦成一溜腊肉，背佝得像焗虾。三个人像抽了筋，整天毫无生气。肖军是他们的筋。肖军在上海上完大学后留在了上海。舅妈开始信这信那，她不是专门信菩萨或者耶稣，而是对着一碗水一棵树，或者肖军的一件衬衣，也可以念叨半天。

6

　　肖军结婚的消息我是最后一个知道的。我妈不让人告诉我，怕我受刺激。最后隐瞒不住，外婆在床上嚷着要去上海，我问去干吗，她说参加军军的婚礼。我盯着老太太肃穆的脸，确定这话不是脑袋打滑的诳语，于是回家问我妈。我妈嗤一声，说还好意思问。我说，连舅舅都知道，为什么不让我知道？那得去问你舅妈。不过你也不用问，军军回来还要办次酒。

　　肖军带着新媳妇回来了，说是十里洋场的千金。但新娘子当天下午就得回上海，没假期。小两口住在酒店。酒席就在酒店办。舅妈给所有认识的人都递了帖子，连乡下几十年没走动的远房亲戚都通知到了，电话里聊着多少钱的酒席，有哪些硬菜。我妈撇撇嘴，对我爸说扎场子不是这个扎法，又不是打人命。我爸说上海的房价贵。

　　当天中午，非常热闹，肖军从小到大的老师都到了场。班主任们都发了言，当然，我妈也发了言。肖军挺着西装，挽着新娘子，优雅地敬着酒，低声说着话。我有些恍然，像在参加十八世纪巴黎上流社会的聚会。我环顾四周，找不着舅舅。肖军偶尔也环顾一眼，然后他望向我，我摇摇头。酒喝到半下午，肖军送新娘子去机场，我去找舅舅。还在院门外，老远就看见舅妈跪在堂屋。走近看见她面前搁着舅舅的照片，开塔吊时的，一张璀璨的笑脸悬挂在蓝得没有道理的天空下。舅妈没察觉我，我闪到一边，听舅妈叨些什么。舅妈说，德贵啊，我有罪啊。我感到好笑，有罪是上帝管，舅舅不管。舅妈继续念，我包容你、承认你，军军包容你、承认你，我们全家都承认你。但他们包容你吗？承认你吗？我看见铜锁挂在铁门上。舅妈继续念，我有罪，我忏悔，今生不够，来世来凑。我感觉自己笑了一下，却笑不出来。军军小学六年级，我怕你去打友谊赛，给你加了安定。给自己的男客下药。我毒啊，比潘金莲还毒，我有罪。我感觉胸口发堵，堵着团湿棉花。舅妈继续叨，德贵啊，今天是最后一次，军军回上海，我就向天下人宣布，你肖德贵是我男人，肖军的亲生父亲。我憋不住哭出了声，舅妈缓缓转过身来望着我，张着嘴好半天，才说，我有罪。

舅舅醒过来时已接近傍晚，看来舅妈放的剂量大。听说酒席办过了，舅舅呼了自己一耳刮子。舅妈上去抱住他，倒把他吓一跳。他推开舅妈，挎上工具箱走出院门。

我们是在晚饭时接到派出所电话的。中午吃的还未消化，晚饭没心思吃。电话遽然响起，全家人都没反应过来，肖军已经喝高了，沉沉睡着。还是舅妈去接了，接着人筛糠一样抖，然后顺着柜子滑了下去，瘫软在地。

后来我和肖军去派出所，查看了报警记录。舅舅没有去擦皮鞋，而是去了河边。报警人看见一个擦皮鞋的坐在岸边，有些奇怪，就多带了个眼睛，捡几块石头瞧他一下。恰巧有个老女人在河边捞浮财，捡垃圾，报警人经常看见。老女人捞着捞着人跟着河水跑了，他惊呼救人。鞋匠猛甩掉工具箱，顺着河岸跑了几十米，斜着冲进水中，扎猛子到处找。报警人赶紧报了警。

派出所的人对肖军说，你爸应该没找到那个老人，也许精力不济吧。我们捞上来时，你爸的左手死死插在裤兜里。奇了怪了。

我们来到医院太平间认尸，舅舅泡成了婴儿脸。

7

肖军回上海前来找我，让我带他去游泳。我看他不像开玩笑。想来也是，肖军对瑞河的记忆，大体止于那个背《出师表》的下午。我妈要阻止我，我说没事儿，淹不死人。话出口感觉不对，咳了几声，说好久了，我也想游游。我带他到瑞河，淹死舅舅的地方前几天还拉着警戒线，现在撤了。河水黑得发亮，大块大块移动。对岸的雾气还未散尽，山峦静卧，偶尔会有一只大鸟从水面飞过，不见倒影。这个时间还有点儿早，水凉凉的，漫过脚踝时像蚂蟥在爬。我和肖军往前走了一截，水始终没有淹过肚脐眼儿。脚下全是沙。沙子从趾缝中溜出来，又沉下去，水发浑，泛起刺鼻的气味。肖军嘀咕怎么这样子。我不知道他说的是水还是什么，没接话。他在头里往前蹿，水哗哗响。我说要不去河中央，那边深点儿。突然肖军停住身子，望着瑞河的双眼发空，他蹲下来。我以为他冷，说要不上岸，味太大。肖军蜡黄着脸，一下将整个人埋进水里，半天没有出来。我也将头浸入水里，将眼睛觑起。我看见一个老人瘦弱的身子，衣衫单薄，微笑凝视，脖子上勒着一双手，那双眼睛疲惫却闪着亮点。他用晃荡的衣袖跟我打招呼，左手紧紧插在裤兜里，任由身子匍匐在河底。我蒙住裆部，我认出老人是舅舅，想对舅舅喊抽出左手划动，却被呛了一口水。我站起来，肖军还在水中。刚要过去拉他，他像一只蓄势已久的大鹏，冲出水面，水流湍急，恍惚整条瑞河被他带离河床。他甩动身子，水珠四散，锐声喊：爸啊——

第一回，我听见肖军喊肖德贵爸爸。

（本文首发于《短篇小说》）

花好月圆

1

排号前，女人花了十块钱，给秉德老汉掐了个时间，安排完毕，拖着身子，坐到喷泉池边的石栏杆上。石头晒得发烫。周围蚂蚁般的人群，着急地穿梭。她有些恍惚，她从未想过火葬场也打拥堂。排完队已是半上午，遂感叹死人也不容易，为掐着点儿过奈河桥，挤成一团糟。生的人逃离死，死的人逃离生，各自寻找去处。女人甩甩头，有些想不清楚。死人要是看着亲人们这么忙迫地送走自己，又该咋想呢？恐怕连想死的心都有。这回遂了愿，哎，死人又哪能看到呢？女人对自己的想法自嘲了一番，脑子里突然闪过一张脸，那张脸还很模糊时她就认出来了。女人仰起头，朝烟囱口那儿望，除停着几朵慵懒的云外，什么都没有。难不成李雪琴变成云朵，在那儿等着？

女人记得去瑞河场的那天，恰好是大暑。在院门口等她的根生说渴死先人啦，就在里头带路。几个孩子从院外的椿树上溜下来，抹了汗水和鼻涕，跟在后面进了院子。一人高的苦蒿和芭茅，挤满院子。女人眼尖，发现院子西头摇着一片紫色的兰花草，脑子里浮起那句歌词，我从山中来，带着兰花草。就在心里笑了笑。几个老人在院门口探头探脑朝里望，问，来啦？根生说，来啦。

来了就好。几个老人朝女人笑笑，说，来了就好。

女人也回笑了一下，若有若无，脸上爬满黑黑的汗水。

孩子们模仿女人走路，右脚先向前画个小弧，回到原地，有点像探雷，左脚才往前迈一步。这导致女人整个身子骨有些倾斜，左高右低。孩子们也一颠一簸，根生在前面用棍子打着野草，使劲用脚蹚路，一时蚱蜢乱射。孩子们游入草丛，一会儿就抓了一把。走到屋前，根生说，屋里，床上。

　　这是一栋两层楼的砖瓦房，排着三间屋子，估计是长久无人打理，显得霉气浊浊，灰缝粗糙裸着，墙面有黑黑的流水印迹，自上而下蜿蜒到地基。对着院子开着一大一小两个门，女人正寻思进哪个门，根生从大门里端了瓢水出来，咕嘟咕嘟喝了半瓢，递给女人。女人接过来，喝了几口，剩的水往地上一泼，瞬间没了印迹。根生说，我老汉气味大，门板都挡不住，堵了堂屋里的侧门，单给他开了个门。女人就朝小门那边走。

　　小门虚合着，女人便去了窗外。她提着右脚，踮起左脚将窗户拉开，一股臭气海浪般扑腾出来，呛了女人一口。孩子们捏着鼻子散得远远的。气味成分复杂，像大便，又夹着霉味，像腐臭，又夹着尿臊气。女人朝里瞥了一眼，亮光正好从窗棂铺到床上，床上侧躺着一副骨架，皮包骨头。

　　女人进屋子时停顿了片刻，皱了皱眉。床上的老人在蠕动，大概是听到有声音进来，老人侧着身子喊，李雪琴。声音洪亮高亢，把女人吓得一哆嗦，像雪粒子落进颈子。老人一寸一寸翻过身子，觑着眼望女人好半天，扯过一件衣服抖抖簌簌搭在胸口上。女人对根生说，就在窗下搁块凉板，提桶水过来，我润下地，打扫打扫。见根生站着没动，女人说，今天不算钱。女人说，怎么安身这样子？老人像只敏感的耗子，眼睛浑浊，但眼珠随着女人移动的轨迹转动着。抹完窗台，女人去拿老人身上的衣服，衣服油腻腻粘手。老人拉着不放，差点就扯破了。女人说，不遮卵毛遮胸膛，你有奶子啊？老人手往下遮。女人轻轻就拿了衣服，顺手丢进了桶里。老人裸着身子，没有什么遮盖，就接二连三喊，李雪琴李雪琴。

　　根生听了女人的话，松了口气，说，李雪琴是我妈。饭你不用管，狗子每天会去镇上的馆子取。我老汉吃饭还行，抓住碗里的就往嘴里送。吃完就睡，晚上醒来就喊我妈，李雪琴李雪琴地喊，喊得整个村子人心惶惶。吃喝拉撒睡都在床上。不让人弄，也怕人弄，说反正要烧，衣服、木床、屎尿和着烧。要有什么不测，让狗子跑镇上给我电话，喏，号码都在门板后面。有时候打不通，是我在上班，或者加班，隔几个时辰继续打。接着大声喊狗子，一个男孩应了声，捏着鼻子跑进屋里，肋骨毕现，黑不溜秋的腿杆交叉搓着，全是泥壳子。根生说，狗子，爷爷吃饭的情况要告诉她，根生指着女人说，阿姨。然后虎着脸对狗子说，阿姨要是告你状，看我从深圳回来不打烂你的屁股，还得扣你的脚力钱。狗子朝女人点点头。女人说，人都快没了，哪来那么大的劲儿呢？

2

女人总是坐最晚一班船到瑞河场，大体晚上六点。坐最早一班船离开瑞河场，大体也是六点。女人白天得忙自家的事儿，地里的活儿、猪食牛草、老人和孩子的早饭。每天半下午，女人做好晚饭，焖在铁锅里，就去坐最后一班船上瑞河。这天狗子坐在檐下等她，女人刚到，他就大声说，死老汉又骂我，说我偷吃他的饭。委屈得下巴挂到了胸口。女人抿着嘴笑，狗子不会。说着去摸狗子的脑壳，头发黏黏的。女人问，多久没洗头了？没等狗子回答，说，今个累了，明天姨早点过来，带上皂角给你洗洗，记得放学就往这边走。狗子点点头。

根生说过狗子的情况。出生时死妈，三岁时死爹，靠吃百家饭养活。那会儿村子人多，喂奶的妇女也多，狗子东家一口奶西家一口粥活了下来。后来，狗子就帮着照看人家的祖屋，其实祖屋也搬不走。但给点零花钱，有个人看着，心安。村里人把狗子当大人看呢。秉德老汉摔倒后，根生就在镇里定了家馆子，让狗子帮着给老汉取饭，每月给狗子十五元钱跑路费。

根生当天就离开了瑞河场，深圳的工厂来电催了几次，再不回厂，工作就会丢掉。根生在厂子里管着一条流水线。厂子加班费高，碰上春节加班，几天当平时一个月的工资。

女人点了盘蚊香躺下来，门窗敞开，臭气外溢。突然梆梆声响起，秉德老汉醒过来，用力捶着床沿，响声震得地皮发抖，李雪琴——。他以为自己站在山峁上，扯着嗓子在喊山。女人问，李雪琴是哪个？显然老人被突如其来的问话噎住了，怔了好久，老人才缓过来，睁大眼睛问，你的脚，瘸了？女人藏了藏腿，"嗯"了声。李雪琴，腿也瘸。老人接着叹口气，说，外人都瞧不起她，背地里喊她瘸子货，天杀的。他们以为我不知道这三字的意思。女人问，啥意思？老人半天没说话。女人眼皮打架，模糊睡去。她做了个梦，梦见自己从瑞河中升起来，披着铠甲，四周簇拥着紫莹莹的浪，又大又透的月亮落到河水里，变成一艘船，金色的船，穿过紫气氤氲的浪，女人站在船头。不久船开始下沉，没有岸，岸被雾遮拦起来，她和船下沉得无声无息，紫色的浪淹没她的时候她被吓醒了。这段时间老做这个梦，反反复复，醒了就老想梦里的情景，自己怎么可能穿着铠甲呢？始终想不通。秉德老汉用竹竿捅她时她还在想铠甲的事儿。女人在床和凉板之间放了根竹竿，女人说有事就捅她。女人没作声，将身子侧过来。秉德老汉说，瘸子货，就是脏货，他们骂李雪琴脏呢。

3

就这样，女人和李雪琴在秉德老汉的讲述中相识了。看不见烟囱口冒烟，女人想人走的是魂儿，哪里是烟呢。烟囱像根定海神针，定着那几朵云。每次秉德老汉醒了，女人知道李雪琴要出场了，老人像说评书，听众就是女人。女人将目光从烟囱那儿收回来，烟囱伸进云朵里，无法看，也不用看，几十个日日夜夜，女人已经非常熟悉李雪琴了。秉德老汉没有说过那张脸，但女人早在脑子中拼凑出了李雪琴的样子——头发油亮，梳得有条不紊，一条独辫子在屁股上一跳一跳，胸脯翘得老高，一颤一颤，让瑞河的女人们脸红心跳。女人希望烟囱口真的等着李雪琴，就像李雪琴刚来瑞河那会儿，每天在百步梯口等打鱼的秉德老汉，从秉德老汉手里接过一串黄辣丁，回家。

李雪琴没走之前，也睡过窗子那儿呢。秉德老汉的话让女人起了鸡皮疙瘩。女人倒不是怕，是听着听着总感觉屋子里有个人在走。也是个女人，瘸着腿，一歪一歪在屋子里走动，毫无声息。秉德老汉说李雪琴一生气就睡窗子那儿，李雪琴很少生气，一生气我就逗她，她就背过身子，半夜过来给我盖被子，我就抱着她不让走了。

女人没接话，听得有些耳热心跳。女人想起那个离开她的男人。她有时想不起他的样子，有时又特别清晰。她把身子给了他的第二天，在踩轧机时右脚滑进了链条里，碎了。在医院躺了两个多月，自始至终没有看见男人的影子。她残了，厂子说她违反操作规程。她认了。本来是先开电闸，再踩踏板，当时她正回想着昨晚的事儿，刚好弄反了，脚碎成了渣。厂子象征性赔了点儿钱。她出院才知道，那个男人早离开了厂子。她怀着

065

他的骨肉摇摇晃晃回到云嘴，生下孩子的当天，母亲睁着眼上吊了。父亲历来有病，痨咳病，一干重活儿就喘，像在给篮球打气。她闭着眼，脑子里像过电影。秉德老汉还在说，她偶尔含糊地"嗯"一声，表明自己在听，这样老人就不会扯着喉咙喊李雪琴。巨大的喊声变成絮絮叨叨的倾诉，声响毕竟要小很多。女人惊讶于老人的记忆，有那么一刻，女人怀疑面对的是一个垂死的老人。洪亮的声音，有条理的思路，清晰的叙述，无法和死联系起来。连缀起老人的讲述，女人大概弄明白了李雪琴的来龙去脉。李雪琴是在一个冬天来的瑞河场，抱着碎花包裹在鱼街来回走，直到各家鲜鱼馆纷纷打烊，还在街上转悠。秉德老汉从"黄辣丁鲜鱼馆"喝完酒出来，串着戏词往船上走。刚走出鱼街，李雪琴就喊大哥。喊了两声，秉德老汉才回过头问，喊我？没等女人点头，他醉醺醺地说，干吗？李雪琴说，大哥，有可以安身的地儿不？秉德老汉想都没想，从裤腰上解下钥匙甩给她，说过老街一直走，肠子路到头，院门敞着，随便住。秉德老汉说这种事儿那年头很多，不少人来瑞河场吃黄辣丁，晚了没赶上班船，回不了，旅馆满员，就借宿在村民家里。所以给完钥匙秉德老汉就上船睡了。说到这里，秉德老汉嘿嘿笑起来，然后剧烈地咳嗽，喉咙像苫着一把鸡毛，气息呼啦啦吹过，吹得呜呜响。女人说，你慢点说，我也听慢点。女人住的云嘴乡也有渔民，打鱼人大部分时间与船在一起，吃喝拉撒睡，都在船上，岸上的屋子空着，也懒得打理。何况秉德老汉，那时不应该是老汉吧，当是三四十岁的壮年，只是属于一人吃饱全家不饿的主。女人来了兴致，刚刚还打架的眼皮睁开来，月光在墙上切割出一个四四方方的框。女人坐起来，头部沐浴在月光里，银白的框里嵌入女人头部的轮廓，像张黑白照片。李雪琴。老人又喊了一声，这一嗓子尖锐悠长，女人明显感受到是对着自己喊的。我才不是你的李雪琴。女人说。村子里家家户户的灯亮了，像在等什么，一会儿又次第灭了。

你是来看我断气的。老人突然说。他们没时间看我断气。老人躺声弱下去。女人想安慰老人几句话，又不知从何安慰起。只说了句胡说，又躺下来。看来老人知道女人的任务。老人说得没错，女人是专做陪夜的。几年下来，沿河两岸的村子她几乎都去过。很多村子人少得厉害，特别是库区蓄水，瑞河两岸居民大部分外迁，加上河水污染严重，原来的渔民无鱼可打，纷纷上岸，选择南下打工。没几年，很多人接了家小，一起南下，也有人在城里买了房，逢年过节回来，祖坟上炸几串鞭炮，青烟还未散尽，人早已去了瑞河码头。剩几个老弱病残，守着村子。很多病了的老人在半夜断气，子女几乎不在身边，于是就请陪夜人，为的是老人断气时身边有人，帮着抹身子穿寿衣，摆堂屋蒙黄纸，点油灯燃香蜡，通知远方的儿女回来奔丧。

当初根生找到女人，女人就说我只能陪夜，做不了陪护。女人毫不掩饰自己的残疾，指指脚对根生说，棉花机轧的。

女人起床时秉德老汉已经睡着了，睡着了喉咙还咕噜咕噜响，胸膛起起落落。今天她起得晚了些，秉德老汉说了一夜的话。她索性找来镰刀，将院坝里的苦蒿和芭茅收拾得干干净净。兰花草没割。秉德老汉说李雪琴喜欢兰花草。老人就匀出西角的菜地，撒上兰花籽，当年夏天就开了花，紫色的，一小朵一小朵，噙着露摇着风，俨然一片花海。就这样，不用播种，每年一到季节，开得热热闹闹。李雪琴喜欢盯着那片花海看，说像紫色的浪，她见天采一束挂在蚊帐里，说是又香又驱蚊。秉德老汉说兰花草香不香他没有闻过，苦蒿驱蚊倒听人说过。女人放下镰刀，坐下来，看着兰花草，想起自己在梦里淹在一片紫色的浪里，待了有半个时辰。几个村里的老人过来，围在院门口，有一搭无一搭和女人说话。

差点没了，秉德？昨儿个都听到了叫唤，像杀猪。

女人摇摇头。

村子的人都得谢你呢。

女人理解，除了那声惊叫，昨夜其余的时间比瑞河水还安静。村子里的人终于有了平静的夜晚，可以酣然入梦。以往，秉德老汉一声一声的李雪琴，穿透村子修建的墙壁、山上下来的雾气、天上落下的雨幕，直达村人心脏。凄厉悠长的呼喊搅得人心惶惶，人们躺在床上闭着眼等秉德老汉的声音消失，李雪琴成了村人的梦魇。秉德老汉喊得每个人心里都有了个李雪琴——屋子里一歪一歪走着李雪琴，冷不丁拐角处有个李雪琴提着猪食桶，白天做活儿，树影下似乎坐着个李雪琴，反正，李雪琴把村子搞得紧张兮兮的，大人孩子都厌倦了秉德老汉的呼叫。儿女们也不知道老汉何时断气，从洪亮的叫喊声里，看不出断气的迹象。直到根生回来，请了女人陪夜，终于有了来之不易的安宁。

为啥走了，李雪琴？女人问。

围着的老人面面相觑，撇撇嘴说没根儿的女人，说走就走。

秉德老汉说他早把李雪琴住进他家的事儿搞忘了。过去了差不多两个星期，他打鱼回来，正准备上岸喝酒，李雪琴提着篮子上船来了，一歪一歪的。秉德老汉一下子没能认出李雪琴，以为是买鱼的，吆喝一声明个请早。李雪琴继续往船上来，并掏出一串钥匙，这才让他想起她来。李雪琴说，我叫李雪琴，脚跛。李雪琴掏出篮子里的饭菜，一一摆到船头木板上。秉德老汉说，谁知这一借宿，就借了几十年呢。

4

女人看了一眼狗子，狗子显得很疲惫，灰头土脸抿着嘴。估计是给来来往往的人流吓住了，扯着女人的衣角，身子端直。人满为患，能插脚的地方都是人。狗子，放松点儿。

姨，秉德爷爷就从那根烟囱孔出去？

女人眼热了一下，没说话，伸出手，摩挲着狗子的脑袋。

女人想起第一次给狗子洗头。夏天的太阳落山还早，女人去院西头采了一大捧兰花草，从头上取下橡胶发圈，绾着，挂到秉德老汉的床头。然后到耳房烧点热水。水一上狗子的头，狗子叽里呱啦喊烫。女人说烫猪头哟，过年啦。水面上浮起一层油腻，还有虱子。女人就笑，狗子，生下来没洗过头吧？狗子又嚷，眼睛痛。女人赶紧擦了碱水，将几块皂角渥在狗子头上，用毛巾包了。狗子跑到穿衣镜面前照，龇牙咧嘴扮鬼脸，说自己像个阿拉伯人。

女人给狗子清头时问，狗子，想妈不？狗子说想。

狗子，今晚上给姨搭伴儿，好不？

姨你还怕啊？狗子笑女人，你是大人，秉德爷爷又不是鬼。狗子想了一会儿，红着脸说，陪你吧。

女人和狗子进屋时秉德老汉醒着，对着那束兰花草，碎碎念着什么。这让女人感到吃惊。通常情况下，老人醒过来先捶床沿，接着就是李雪琴李雪琴地喊。今天有些反常。女人和狗子进门他没反应，以往女人刚躺下，李雪琴就登场了。有次女人问老人，脑壳里装的就只有李雪琴吗？就没想过三个子女？秉德老汉停顿了好半天，才说他们住惯了大城市，不会回这个夯兄来了。红苕屎还没擦干净呢，不信瑞河场住不得人了！老人说着很生气，除非哪天断气了，看回来踩个脚迹不？

女人叹息一声。天暗了下来，黑色迅速覆盖了屋子。女人喜欢黑夜，黑夜什么都看不见。夜突然静得出奇，这让女人心下忐忑。摸了摸旁边蜷着身子的狗子，伸手将狗子搂进怀里，顺便拿起竹竿捅了捅老人。老人说李雪琴离开得突然，像来瑞河场时一样突然。女人舒了口气。

其实女人知道这个故事，只是时代久远，故事模糊成了一团雾气。那时女人还小，听父母讲瑞河上发生的故事，那些故事从父母嘴里说出来，几乎大同小异，听多了也显得老套，无非是后来瑞河人发现李雪琴来自云嘴的母猪街。女人没有再问。瀼渡的班船停靠在云嘴，老远有女子在河边的木楼上招手，或取下窗前一条雪白的手帕舞动。木楼参差排列，自成一街，但又各自独立，远近的人都叫它"母猪街"，名字粗俗，竟闻名整条水路。

不用问，母猪街的女人像二号病毒传遍了瑞河场。

秉德老汉说，瑞河场有人背着就喊她瘌子货，阴阳怪气说我捡到宝了。我就捡到宝了，咋啦？李雪琴给我生了三个宝贝，是两个，根生是带来的。我们还发誓生一窝呢。李雪琴在家里搞起了副业，搭棚喂鸡，被评为养鸡专业户呢。

夏花满岁她就离开了。那天打鱼回来百步梯口没有她，我就知道她走了。两天前她把扬尘打扫了一遍，我想过年还早，打扫什么扬尘。我急忙忙回去，没人了。根生那个时候刚上大班，春生带着夏花在玩泥，两张脸花不溜秋。我问春生妈妈呢？春生说不知道。我抱着两个孩子就哭了。

哎，孩子们的面子要了她的命哟。秉德老汉说。

女人扭过头望着窗外，大滴大滴的泪流到枕头上。这个角度看到的天，深得不见底，有几颗星星还亮着。

5

火葬场人满为患，能插脚的地方都是人。女人坐着想心思。狗子说，爷爷这回是真死。女人自言自语喊了声秉德叔，有些把控不住泪水，又怕周围的人瞧她，赶紧用衣袖擦眼。

离中秋节差不多还有一个月，有天夜里女人没有听到絮叨声。那些内容女人几乎可以背下来。老人的喉咙像扯风箱，一早起来还在扯，整个身子像块晒干的纸板，蜷成一团，脸青面黑，出的气多进的气少，双眼睁得像鸽蛋儿，手指树根一样抓着床沿。女人锐声喊狗子给根生打电话。接到狗子的电话，根生和媳妇，春生和媳妇，夏花和丈夫，还有各自的娃娃，都聚到了秉德老汉跟前。大小加起来一共九口人，全部钻到了堂屋，顿时又挤又闷热。三兄妹的娃，平时各在各家，这下子凑一搭，比蜜蜂分窝还热闹。根生嫌吵，把他们赶到院子里，大人们留在堂屋里。

秉德老汉穿着寿衣躺在堂屋的门板上。执事的人不断用手指试探秉德老汉的鼻息，有那么一刻执事的人喊，点鞭炮。几串鞭炮一响，秉德老汉哇地吐出一个鸡蛋，歇了口气，厉声喊，李雪琴李雪琴，把活着的人吓得寒毛倒竖。根生跪着说，爸啊，还有什么放不下的你？秉德老汉好像这才看见了自己的子女，眯缝着眼扫了一圈儿，说我还不能断气啊，断了李雪琴回来找不到人。

根生没有责怪女人，离开时说估计就是近段时间的事儿了，你多费心。不想真被根生说准了，中秋节刚过，秉德老汉就走了。

中秋节那天，女人带过来几个月饼，远远喊狗子吃。狗子竟然没理睬女人，一抹鼻涕，回到自己的屋子。女人撵过去，拦着狗子问，不理姨算哪回事儿？狗子抿着嘴不说话，女人说今晚陪姨说说话。狗子憋着紫红的脸说，她们说，她们说你是云嘴的女人。女人怔在原地，垂下拦着狗子的手说，姨是云嘴的啊。狗子说，她们说云嘴的瘸子女人都脏。女人浑身抖了一下，月饼掉在地上。好半天，女人才捡起月饼，吹了泥尘，回转身，进了秉德老汉的屋子。第二天女人没有去赶晚班船。女人走到瑞河边，河里的雾气像幕布铺展开来。她在石头上坐到月亮升到半空，又折回了家。父亲问她不去了，她搂着儿子说累了，歇一天。隔天女人再去瑞河场，院门口围着一圈人，七嘴八舌都没进门。见女人回来，都讪讪地笑，说，瞧秉德说的，哪个缺德的那么骂。秉德老汉还在骂，声音清晰入耳，天杀的再骂瘸子货，老子做鬼也不放过他。一圈一圈重复这句话，直到女人采来一束兰花草，挂到老人床前，才安静下来。女人潮红着眼坐到凉板上。后来听狗子说，女人没来的那个夜晚，秉德老汉指名道姓将村子里的人都数落了一遍，整个村子都能听见。

老人是当晚后半夜走的。女人心情低落，没有发觉。自从有了那束兰花草，女人就知道了让老人安静的法子。一早女人又回了云嘴，晚上来的时候老人侧身睡着，女人去挂兰花草的时候，老人没动。女人说李雪琴来了，老人还是没动。女人说明天我这个瘸子货就给你儿子说，不来了。老人依然没动。女人慌起来，摸了一下老人的手，凉浸浸的，大着胆子试探鼻息，了无生气，遂破着嗓子喊狗子狗子。狗子跑了过来，女人说，去，赶紧地，给根生叔打电话，秉德爷爷走了。

狗子刚要出远门，女人喊回来，狗子，扶着我把爷爷背到门板上去。女人就去搁了门板，好不容易将老人从屎尿里拽到背上。狗子往镇上跑，女人用水抹老人的身体，穿寿衣，点上长明灯。村里的人都过来了，满脸歉意，对女人说不容易啊。女人说都不容易。狗子回来说根生叔的电话打不通。女人说天明再打。然后给狗子一张钱说带点纸回来。第二天狗子从上午打到下午，电话无人接。回来带了挂鞭炮，说他给爷爷买的。女人说奇怪了，资本家也不能连轴加班吧？根生回电话时老人躺门板四天了，根生在电话里说拜托你，送到瀼渡镇火葬场，不然遗体都馊了。

6

女人翻看了手里的排号，对狗子说，还早。狗子，去买几个包子。女人留下回瑞河的船票钱，剩的都给了狗子，说买多少算多少，肉的。狗子抓起钱，两根麻秆腿七拐八拐，消失在人流中。现在是半上午，从瑞河场到瀼渡镇，接遗体的车开了两个多小时。瀼渡镇和瑞河乡在一条河上，中间夹着云嘴乡，坐快班船只需四十来分钟。火葬场的人说，坐船两头抬进抬出麻烦，开车翻山越岭绕一些，但方便。女人看着来人将秉德老汉抬上车，临走的时候喊狗子，说一起去送送秉德爷爷。遗体拖到火葬场，工作人员说没冰棺了，只能当天火化。女人想也行，不然真馊了。女人挪动一下身子，屁股下的石条烫得有些坐不住了，她站起来，将身子靠在石栏杆上。院子里全是人，别着青纱的，系着白色孝布的，还有头顶孝帕的，坐的、蹲的、站的，密密匝匝散在四周，脸上挂着没有表情的表情，低声交流，即便有哭声，也淹没在混乱、嘈杂之中，类瑞河场赶集的日子。不时有鞭炮炸响，所有脸齐齐地望过去。放礼炮的少，女人数过，后面进来了不下十几拨，只有一拨放礼炮的。鼓号倒是时不时响起，奏的什么女人听不懂，就从告别大厅到火化区的距离，几十米，几个穿着白色衣服的，男的在前面吹号，穿黑丝袜的女的在后面击鼓，腿缓缓抬起，缓慢放下。女人想起某国阅兵式的步伐。比鼓号声大的是喊号声。听到喊号，有人开始东张西望，低头仔细看自己的排号，然后惶惶然跑，一群人跟着站起来跑。有跑着去向遗体告别的，有跑着去领骨灰的。女人有些不安，走得急，臂膀上什么都忘了戴。她觉得有人把自己当成了看热闹的人。到火葬场看热闹脑壳有病。女人嘟哝一句，又望了望大门口。女人想起今天是农历二十二，刚过中秋，是个吉日，日历上应该写着"宜安葬"，才有这如潮水一般的人群。狗子提着一袋包子回来了，女人拿出两个包子放到栏杆上，念了一句秉德爷爷先吃，路远别饿着。狗子说爷爷吃，肉的。太饿的缘故，狗子嚼得山响。女人说别噎着，想起秉德老汉上个月差点没被一个鸡蛋噎死，眼里潮红了一阵，叹口气，说各人有命。女人说，狗子你原地别动，我解个手。女人回来时手里多了两块白布条。狗子脸一红没说话，白布狗子认得，平时围在女人胸上。女人将白布条系到狗子和自己臂膀上，松了口气。在女人的理解里，火葬场应该是一个偏僻冷落的地方，充满了告别的悲痛，鞭炮花圈充塞，气氛神秘，甚至有些吊诡。女人问狗子，像火葬场吗这里？狗子摇摇头，转了一圈脑袋说看不出来。院子里到处是绿植，桂香四溢，事实上撤掉黑白二色和那些门牌标语，倒像一处疗养院。

狗子，看。女人突然喊。狗子顺着女人指的方向望，在第三排房子的尽头，挨着火化炉的边上，开满了紫色的花。兰花草。狗子说，秉德爷爷院子里那种。

7

女人再次解完手回来，手里多了一大把兰花草。女人分给狗子一把，说等会儿给秉德爷爷化过去。

喊到女人的号时已是中午。人少了些。喇叭里一喊，女人抓着狗子的手就跑。女人几乎是一只脚蹦过去的。秉德老汉的太平棺已被拉到过道中。工作人员喊告个别，马上火化。女人一下子没认出秉德老汉，显然被化过妆。在来火葬场的车上，人家让选项目，女人看了看每个项目后面的标价，就犹豫了。虽然花费根生回来会给她，但她还是觉得每个项目太贵。原本想买个体体面面的告别项目，像电视里一样，老人躺在鲜花丛中，告别的人围着转圈，管弦乐队奏着乐曲，秉德老汉在乐声中袅袅升仙。女人说没带那么多钱。火葬场的人脸垮下来，冷冷地说难不成妆也不化？不把阎王吓死才怪。司机左右打着方向，车抖动得厉害，秉德老汉像是要蹦起来。女人迟疑了半天说那买个化妆。现在看来，秉德老汉像睡着了，脸颊上透着红晕，做着梦呢。过道上人来人往，喊爹喊妈地哭。女人把兰花草放在棺材旁边，狗子也跟着放。女人对秉德老汉说，秉德叔，安心上路，李雪琴在烟囱口等着呢。狗子说，爷爷，小时候老梦到你给我买冰棍。女人说，根生他们在路上了。狗子说，我还想吃冰棍。女人说，这次就根生回来了。狗子说，我长大了，不做梦了。女人说，带束花，代我问李雪琴好。狗子正准备说话，工作人员过来喊时间到，锐声喊极乐世界九千九，通天大路莫回头。女人满脸悲戚，牵着狗子回到喷泉池边，盯着烟囱口那儿看，边看边流泪。

拿骨灰的时候女人感到惊异，一个大活人最后被装在一个小白布口袋里，像变了个魔术，这让女人有些无法接受。布袋子和在众多的白袋子中，堆在窗口。不断有人挤过来翻标签，提布袋，一时灰尘腾腾。女人差点被挤到一边。还是狗子人小，从缝隙里钻进去，提出了秉德老汉的布袋。女人说，得找个盒子，怕是还没回瑞河场都抖搂完了。

女人一瘸一瘸往商务厅去。大厅有些暗，电工在墙边接电线。推销骨灰盒的操着打卷儿的普通话说，尽最后一次孝，让老人体面点儿。儿化音听起来别扭。这话有点不捎饬捎饬，出门都不好见人的意思。女人不以为然，目光一直游走在货架的那些盒子上，主要是瞄盒子上的价签。那些盒子各具情态，有山水园林的，有楼台亭阁的，价格不菲。女人对推销员笑了一下，笑得很生硬。推销员问，要哪种儿？女人低声说能不能打个商量，赊一个。推销员瞪了女人有一会儿，突然笑起来，笑得浑身乱颤。她朝另外几个推销员说见鬼儿了，赊骨灰儿盒儿的人儿，你们见儿过吗？其他几个推销员也笑起来。女人往大厅外走，隐约听到"瘸子货"三个字，猛转过身，扑到玻璃柜上喊，你骂谁是瘸子货？推销员们赶紧收了笑声，看着女人变形的脸，他们被吓住了，估计笑声收得潦草，凝固在脸上的神情显得不三不四，极其复杂。狗子突然拉女人，指着旁边杂物间。女人看见了拖把和扫帚，狗子兴奋地喊盒子盒子。女人微微下蹲，从清洁工具的间隙，看见地上躺着个月饼盒子，铁皮包装，棱上反着微光。还没等女人说话，狗子将口袋放到地上，蹿到了杂物间的门口。狗子拿起盒子准备离开。推销员跑过去，一手抓住狗子的领子往空中提，说这里的东西你也敢儿拿？女人看见狗子的脸憋得紫红，跳着奔到电工处，抓起地上的改锥，奔回来，手高高扬起，猛地扎到玻璃上，玻璃稀里哗啦碎了一地。女人手上全是血，沿着改锥往下滴。售货员张着嘴，脸上像打了层蜡，退到墙根处。狗子挣了出来，拎着盒子看着女人发愣。

8

女人用盒子装了老人的骨灰，刚要离开，一溜小车鱼贯而入，挤占了出门的道儿。女人拉着狗子躲到边上。估计是执事的人，大声喊未时已到未时已到，祈福升天。女人突然对狗子说，豪华，咱让爷爷搭个巴壁（顺带）吧。于是女人牵着狗子，跟在这群人后边，好多人也跟着看阵仗。礼炮响起来，女人说，秉德叔，礼炮送你啦。乐队奏响，女人说，仙乐送你啦，秉德叔。就这样，每到一处，女人牵着狗子，狗子捧着月饼盒子。盒子鲜红，盒子上月上中天，左下角摇曳着一朵硕大的牡丹，开得艳炸，横着是四个鎏金大字：花好月圆。女人边走边回忆刚到秉德老汉家的那个夜晚，自己做了个梦。现在女人觉得自己全身都是铠甲。

（本文首发于《红岩》）

白雾茫茫

1

幸福说实在不行就算了。他刚挨过揍，眼白夹红，黑绿的眼圈儿，像只饿着的狼崽。

我赶紧说行，望远镜又不是金镏子。我们蹲在黄桷树上，双手拢到嘴边哈气。白气像兔子的尾巴，刚冒出来，旋即没了。树下几丛狗尾巴草，穗还未掉，只是跟着干枯。眼前满河的雾，浓得化不开。

我说，让我谋划谋划。我的脑子里闪过刘小东那张油腻腻的脸。

又挨打了？我问幸福。这句话本来不该问，幸福几乎天天挨打。他父亲一沾酒，就往死里喝，又喝不醉，半醉半醒，摇着身子半夜从鱼街出来，爬完百步梯，绕过转盘，进入老街开始吼歌，从张学友串到刘德华。人们起先还有点同情幸福他爹，估计更多的是同情幸福，后来有人直接拉开窗子吼：狗娃子，喝点儿黄尿，姓猪姓狗都不晓得啰！幸福他爹劲杠杠地与人互怼。有女人接嘴，狗娃子，你好得行哟，拉个苦疙瘩还叫幸福，不晓得哪个的种哟？女人拖腔拉调，用尖利的爪子刨了狗娃子的心尖尖。他扶着老榆树，疼得龇牙咧嘴。他准备坐到街沿石上，使劲想词刨回去。幸福就从榆树背后出来，悄无声息，像只猫，扶起他爹，飞快穿过那些门楼。狗娃子还在唱，一进院门就揍东西。有时揍墙，有时揍树，有时揍幸福。我说，傻啊你，跑呗。

幸福顺势拧了一把鼻涕，抹到鞋边。他没穿袜子，脚面露一圈黑。腿蹭了蹭树干说，我不跑，我跑了他的手又折了。狗娃子揍树和墙，手折过几次。还是揍。幸福从屁股后面扯出一个草褥子，哎，这次他揍脸，说完竟耸了一下肩。

天，冷得发灰。

中午回家时，父亲在躺椅上摇，哼一些乱七八糟的戏，他面前是一个火盆，火盆里的炭冒出蓝色的火苗子。

我蹲到火盆边说，马上要考试了。

哦。父亲睁大眼睛，也太快了这时日，那句什么，父亲细细想了一会儿，对，日月如梭，梭。

母亲已经将菜饭摆上桌，父亲瞄着菜盘，问，今天没鱼？

狗娃子好久没出船了。

这个狗娃子。父亲对幸福他爹的评价好像永远只有这一句。我不知道是夸是骂，只能从他在"狗"和"娃子"之间的停顿上判断，当然，我几乎没有判断过。父亲用铁丝往火盆里一捅，一串乌黑如炭的土豆退出了火盆。父亲接连捅了几下，盆子旁边就堆积起一小堆烧熟的土豆。父亲抓一个在手里，来回颠，鼓起腮帮子吹气，然后掰开土豆，一股白气一闪，满屋子都是焦煳煳的香气。

我说，爸，这回我复习了的。父亲还在倒土豆，左手倒右手，右手倒左手，土豆黑着身子任他倒。

父亲"哦哦"了两声，认真嚼着喂到嘴里的土豆。

估计能超过刘小东。我知道他一直在等这句话。父亲这才停下来，眯起本来就小的眼睛，乜着我。我有些发怵。你是说你能超过刘小东？父亲问。

我明白父亲重复这话的意思。这与刘小东的爸爸有关。刘小东的爸爸刘大东，瑞河场电管站站长，瑞河场最显摆的就数他。刘大东在瑞河场吃黄辣丁堪称一绝。刘大东吃黄辣丁必有人围观，人们高高矮矮围一圈，我和幸福最矮，挤到人群前面看，像盯江湖艺人耍猴。刘大东从怀里摸出一管牙膏状的东西，挤出嫩绿色玉米糊状的膏体，反复在黄辣丁的身体上抹，像电视里沙滩上美女抹防晒油。有人开始打喷嚏。刘大东嘴一咧，带动脖子上的一条疤痕向上扯，牙齿烟熏火燎，说，没经见的。这时，刘小东扁着脑壳钻进来，坐到刘大东旁边。幸福用肘捣我，要离开。没想到刘小东喊，幸福，过来。幸福就没走，也没过去。当时刘大东正吃鱼，一条黄辣丁从嘴的左边钻进去，喉结一缩，咕噜一声响，黄辣丁拖着一副骨架，从嘴的右边游了出来。众人惊呼。刘小东夹着一条黄辣丁走到幸福面前，喊幸福张嘴。幸福使劲抿住嘴唇，样子滑稽，生怕两片嘴唇飞了似的。刘小东从兜里摸出一副不锈钢拳套，幸福一下子张开了嘴，嘴唇真像飞了起来。刘小东将芥末丢进幸福嘴里，幸福顿了片刻，接着眼泪长流，清亮亮的鼻涕也流了出来，和泪水汇合。他蹲下来，双膝抵在胸口，"叭叭叭"使劲吐。我骂刘小东缺德。刘小东笑得一俯一仰，呛一脸紫红，手里拿着不锈钢拳套在我面前晃了晃，说，没经见的。

刘小东靠一副不锈钢拳套在同学们面前耀武扬威。拳套是刘大东奖励给刘小东的。我对幸福说，你给他题抄，他得了奖励，就来欺负你。

幸福说，他带我去理发屋。

刘小东当着我和幸福的面说过，幸福他妈回来了，在丽丽理发屋。

2

刘大东吃完黄辣丁，人们散去。父亲说，站长，记账哈。刘大东点点头挥挥手。父亲不敢不记账。有次父亲撵到门口，说，刘总，您看能不能现结一次，娃下周开运动会。刘大东知道开运动会要统一服装，遂踅回来，走到我面前，弯下腰，鼻息抵近我耳边，麻酥酥的。那时我正做作业，父亲说，喊刘叔叔。我没喊，一股子芥末味冲得我想流泪，我怕一张嘴会吐出来。刘大东拍拍我的头，说，灯光蛮亮嘛，不伤眼睛的。说完将一百元拍到父亲手里，又准备摸我的头。我偏了一下。他的手落了空，在空气里缩回去。他笑笑，说，努力，争取超过刘小东。然后一晃一晃走了。

第二天我家开始停电，生意自然无法做。父亲去问刘大东。刘大东说，依次对拉专线的商家限电，正常，祖国的电力事业需要支持。

父亲憋了一肚子气回来，直骂龟孙生个儿子没屁眼的话。我说，刘小东有屁眼儿，坑子一蹲半天。父亲踢我屁股一脚，说，争口气，超过刘小东。

我说，刘小东考好得了奖励，不锈钢拳套。

父亲乜着我，往嘴里丢了一颗焦黑的土豆，说，超过刘小东，也有奖励。

我说我要副望远镜。

父亲说什么都行，只要你考过那个龟孙下的崽。

下午我找到幸福，说，幸福，有希望了，望远镜！

幸福眼里一亮，双眼皮里衔着一片光，锋利的光。

我们来到离鱼街几百米远的黄桷树下。一旦有大事发生，我和幸福就会爬到树上商量。黄桷树虬枝盘曲，枝丫肆意葳蕤。瑞河的雾气散尽。从码头下船的人，爬几十步石梯就到了鱼街，到鱼街吃完黄辣丁，喝完米酒，在瑞河潮湿腥气的水汽中，爬到百步梯的中间，横着走十几米，就到树下，寻找一处枝丫，系上红布条子，口里念念有词。我们盘踞在浓荫之中，望着树下虔诚的男男女女。幸福说，他们来还愿的。他从树叶的罅隙呆望着瑞河，此时河面寂寂，流水默默，驳子船三个月前就已经在码头东边的回水湾泊着，纹丝不动。冬天的瑞河一下子少了丰腴，宽阔的滩涂仿佛是一夜之间露出来的，一排一排的网将滩涂隔成一个迷离的世界，偶有低飞的鸟撞到网上，挣扎一天，断了气，也跟着网垂着，夕阳下像一朵枯荷。这个季节只有从瀼渡码头到瑞河场的班船，班船一到，码头热闹一阵，过后，剩几条短尾巴狗，乱追一气。

我也许过愿啊，幸福拍打着树干说，咋没灵过？我们喜欢看从班船上下来的人，有认识的，有不认识的，有胖得爬几步歇口气的，有瘦得健步如飞的。因为远，只能从他们走路的姿势，判断是去丽丽理发屋，还是到黄桷树下许愿还愿，或者直接爬完百步梯，去瑞河场。

幸福把目光收回来，又望向码头西面的鱼街。

我知道幸福在望丽丽理发屋，很大的招牌，亮晃晃的，反显得人影模糊，一根根黑棍在移动。倒是那些灯影，在早早包抄过来的水汽中，愈发恍惚。

期末考试不要给刘小东抄。我枕着一个枝丫，说出我的计划。

幸福眼里的光点倏地消失了，两条蚕眉往中间挤，直至纠缠到一起。浮上来的雾气早围住了黄桷树，从这个角度看丽丽理发屋，怎么看怎么不真实，像浮在雾气上。

他有不锈钢拳套，比我爸的拳头厉害。幸福说。

开学考他抄了你的，得了拳套，期中考又抄了你的，然后带你去发屋，这不两相抵消了？

3

我陪着幸福，在刘小东的带领下，去过一趟丽丽理发屋。刘小东说，带你去看看，考试得给我抄。幸福点点头。丽丽理发屋门前是一根巨大的灯柱，光粉粉的，我们三人的脸像打了层粉底。刘小东往门口一站，老板娘笑嘻嘻迎了过来，摇着又厚又粉的胸脯，说，刘少爷，找你爸？我和幸福低着头嗤了一声。刘小东倒稳得住，往沙发上一坐，说，我带俩朋友过来剃个头。

老板娘捧着肚子笑，朝坐在门口的两个女人喊，刘少爷要剃头，你们哪个来？说完弯下腰笑。我和幸福趁机瞄了坐在玻璃门后的女人，她们一律低胸短裙，身上那点布盖不住一只死猫。我趁着粉色的光，脸红到脖子根儿。燥热。幸福进门就一直低着头，我看不出幸福是否一样脸红。幸福突然盯着一个女人看。女人瓜子脸，头发挽到耳后，看起来清清凉凉。下巴左边的地方有个月牙形的胎记，衣服领口处缀一圈亮晶晶的珠子，点点光斑晃着胎记。月牙形的。

我们快速离开了丽丽理发屋。她们不剃头，只洗头。老板娘把"头"字咬得又浊又重，跟着一串邪乎的笑。不剃头去个卵子理发屋啊？刘小东学他爸骂脏话。

看清是你妈了吗？

幸福一口气跑到电影院门口的路灯下，我们拖着影子追上去。这个时候电影院早没了电影，但检票处上方的百瓦电灯还亮着。幸福在发抖，幸福投在墙上的影子摇晃不定。他从书包里掏出文具盒，又从文具盒的夹层中顺出一张四边有点磨损的黑白照片。照片上一个男人站得笔直，手搭在一个女人的肩上，女人怀里抱着一个孩子，孩子眼里有宝石一般的亮点。这是我。幸福指着女人怀里的孩子。我吃了一惊，照片上女人的模样竟和丽丽理发屋看到的女人模样没有差别——瓜子脸，头发挽到耳后，看起来清清凉凉。但我马上否认了自己的看法，说，幸福，你妈没有胎记，月牙形的胎记。幸福问，什么月牙形的胎记？幸福疑惑，弄得我也有些不确定。我嘟哝着说，左边下巴，月牙形的胎记。

刘小东也看了照片，说，瑞河场传疯了，都说是你妈。我怎么没注意胎记？

幸福捏着照片靠近墙根，蹲下来，墙上的影子瞬间缩进他的身体里，幸福小小的身体像一片颓然的黄桷树叶子，电灯光下，他脸色有些苍白。有猫头鹰的叫声，从黑暗中传来，长长短短。

管那么多，就当是你妈不就得了？刘小东说。

有空带我再去看看。幸福望着刘小东，声音像哭。

行，考试让我抄，什么都行。

4

瑞河场的大人们严禁我们小孩到鱼街，是在瑞河涨水之后的事儿。

瑞河过瑞河场，经云嘴乡、瀼渡乡，注入长江。瀼渡乡和云嘴乡的富足刺激着瑞河场的神经，人们在河水中打桩立柱，离水面三尺高修起了吊脚楼，在吊脚楼临水一面设一露台，将台阶延伸入水中。一入夜，灯闪成一条河，河水默默，河倒映成一条街，人影幢幢。木楼要么自营，要么出租。瑞河边一夜时间林立起了鲜鱼馆招牌，鱼街的名号盖过了云嘴乡的母猪街。但瑞河人对此嗤之以鼻，母猪街，也能比鱼街？咱卖鱼不犯法……话到此处，撇了嘴，意味深长一笑。

人们从四面八方挤过来，为的是吃一嘴野生黄辣丁。这是库区移民之前的瑞河场，瑞河场的鱼街。

瑞河水涨了起来，库区开始移民。为落实就地安置方案，瑞河场上游的盐井沟修建了大型水泥厂。仿佛一夜之间，整条瑞河暗了，以前绿亮亮的河面浮起一绺一绺的黑，绵延几里。瑞河像一个从不洗澡的老女人，身上有股臭烘烘的味儿。幸福抽着鼻翼，扒开黄桷树叶子，夸张地换气，说，高处不胜臭。

鱼街的鲜鱼馆呼啦啦倒下一片，它们纷纷改换门庭，变成了洗脚铺或者理发屋，门口整天旋转着暧昧的光。剩三两家鱼馆苦苦支撑，一到休渔季节，关门插锁。

大人们不允许我们去鱼街，说要剃头到转盘处张白毛的摊子上剃。张白毛头发胡须白得干净，据说是遗传。我们的学生头都出自张白毛之手。

我没有再去鱼街，幸福又去过一次，回来眼圈红红的。我问，刘小东欺负你了？幸福摇摇头，对我说，你是对的，月牙形胎记。

我突然感到有点儿对不起幸福。

但幸福从此喜欢到黄桷树上玩，一蹲就是半天，握着黑白照片，望着丽丽理发屋，发半天呆。直到天黑下来，才爬上石梯，到宋麻子的石磨豆花店喝碗豆花，然后圪蹴在老街的榆树背后，扶半醉半醒的狗娃子。

我朝幸福身边靠了一下。黄桷树丫枝摇晃起来，我稳了一下说，幸福，期末考你可以不用参加的。

我去哪儿？

你爸不是给了你个木筏子吗？

幸福突然兴奋起来，目光再次投向那片滩涂。滩涂上什么都看不见，但我们都感知到了停在滩涂外边的一条木船，准确地说是一个木筏子。木筏子已经刷了从瀼渡码头买回来的桐油。木筏子上新鲜的桐油味隔着时空传进我们的鼻孔。幸福他爹狗娃子是瑞河场为数不多的靠打鱼为生的渔民。狗娃子看着野生黄辣丁的价格日益暴涨，在幸福十二岁也就是小学五年级的时候，就不让幸福上学，要他跟着自己打鱼，害得班主任老师接二连三往河边跑，阻止幸福辍学。班主任说，苟兄弟，眼光一定要长点儿啊。幸福他爹姓苟，据幸福说，这个姓来自黄帝、舜帝的后人。狗娃子说，老师，您回吧，幸福每天跟着我，还挣二三十块钱呢。老师说，人生的高度不是用钱来丈量的。我当时也在河边，班主任教我们数学，竟然说得比语文老师还深奥，令我肃然起敬。但狗娃子愣怔片刻，似乎没听懂，就没理老师，对着幸福吼，出船！

幸福看看我，又看看老师，最后望着白雾苍苍的瑞河，摆起了橹。

老师有腿疾，人瘦，在岸上边跑边跳，像张被风吹得起落的纸片。我跟着跑，一群人围着看热闹，几只狗对着天空乱吠一通。老师喊，狗娃子，我要告你的，告你。我扶住老师，老师吼我，叫住幸福，他是个苗子啊。

我扯起喉咙喊，回来幸福，你是个苗子。声音脆生生的。幸福早已没入雾中。

没隔几天，镇上的干部就找到在酒馆喝酒的狗娃子，说，再阻碍"普九"，就没收狗娃子的渔船。狗娃子一下子蔫得像个雨水不足的倭瓜。第二天我又和幸福一起上学了。老师真告了我爸。幸福说，要是我妈在，肯定不让我辍学。木筏子就长期停在回水湾。寒暑假时，方才用得着，幸福带着我，出船打鱼。幸福教我用海绵球钓河蛙。幸福在麻绳端系上海绵球，橹把子不动声色地动，筏子悄无声息划入回水湾，湾里泡沫堆得像雪。幸福把海绵球丢进泡沫堆，不断抖动麻绳，突然麻绳一紧，抬手一甩，一只肥肥的河蛙在木筏子上摔了个四脚朝天，正待翻身，早被幸福按住。河蛙从虎口处钻出脑袋，凸凸的眼睛滴溜溜转，不明所以。

幸福剥河蛙也有一手。折断的钢锯被他磨成了尖而锋利的刀片，夹在一截木棍当中，一颗螺丝将刀片旋得瓷瓷的。木把磨起了一层包浆，光可鉴人。我非常喜欢幸福的这把刀，时不时借来把玩，在黄桷树的几根枝丫上都刻了我和幸福的名字。

刀尖若有若无划过河蛙的背部，幸福手一翻，河蛙像脱衣服一样，皮子完整褪下来。不到一分钟，一只河蛙腿是腿身子是身子，被腌在了木盆里。

幸福突然兴奋起来，说，这个主意好，我出船，考试就可以不参加了。丽丽理发屋门口有几个人在晃悠，模糊得像几个鬼魂。

我回家对父亲说，我肯定考得过刘小东。

父亲没有再次确认我说这话的真假，说，考过了奖望远镜，双筒的。

5

我把望远镜递给幸福。父亲没有食言。

哈哈，我的木筏子，鹭子蹲上面拉屎呢。幸福从未有过的兴奋，我顺着看回水湾滩涂外边的木筏子，淡得只有一抹影子。我抓过幸福手上的望远镜看，鹭子扇动翅膀，尖着喙朝我飞来，我头一歪，鹭子还远着呢。幸福笑得要岔气。

我把望远镜转向丽丽理发屋。玻璃门后有个女人，正低头纳鞋底，一绺头发垂在额前，挡了脸。白色的羽绒服裹着身子，黑色的丝袜把腿绷得像条青鱼。女人面前放着一个火盆，炭上覆着一层白灰。旁边空着一把沙滩椅，椅子上放着一只袜底，一只五颜六色的鸟儿刚绣完头部，还未点睛，空着眼从袜底板下面钻了出来。头上插着一根针，铜顶针闪着光。

没看见月牙形胎记的女人。

幸福掰掉挡着视线的枝丫，把望远镜紧紧按在眼睛上。幸福生病还未痊愈，我盯着他的脚，生怕他一脚踏空。

父亲说，他去电管站签字时，刘大东正拿手锤砸不锈钢拳套，桌子上摆着期末考试试卷，得分都是个位数，刘小东鼻青脸肿，站桌边发抖。见父亲进门，刘小东一下子躲到父亲背后，喊，叔叔救我，我爸要杀我。父亲把刘小东搂进怀里，说，刘总，生气伤肝，孩子小，别吓着，要不我让娃给辅导一下？刘大东叹口气，脸色青黄不接。他在我父亲递过去的条子上郑重地签上自己的名字，然后朝刘小东吼一句，龟儿子不好好学，签字都找不到地方。刘大东把"签字"咬得很重。父亲揽着刘小东往外走，刚到门口，刘大东对父亲说，明天把条子拿过来，把账全结了。

儿子，你可给爸出了口气。父亲把双筒望远镜放在我面前，我忍住激动，对他的褒奖不以为意，懒懒地抓起望远镜。出门时母亲叫住我，把一包旧衣服塞给我，说给幸福穿。我像只鸟穿越过狭窄的老街，青石板一块一块飞速往后跳，宋麻子豆花、老高裁缝铺、兰矮子米铺、黄四烤鸭店、乜眼相馆……这些平时让我逗留半天的店铺，模糊闪过。

我一口气奔到幸福家门口，全身已是汗津津的。我把望远镜挂到胸前，稳住气，锐声叫，幸福幸福。连叫五六声，没应声。我将包裹从窗户丢进去，转身往黄桷树跑去。

我有三天没有看见幸福了。这三天是期末考试、讲评试卷和家长会。够忙的。黄桷树上没有幸福。我把望远镜架到眼前，像某个将军一样搜索着瑞河两岸。对岸隔着雾气，但我还是郑重地望了一眼。滩涂处停着一个木筏子，是幸福的。丽丽理发屋是两层小楼，二楼的窗户遮得严严实实，玻璃门后面有两个女人，月牙形胎记的女人也在，手里的针挑着一个亮点，扎一只袜底，看样子与上次扎的是同一只，鸟儿翘起了尾巴。

我不得不往回走，回到家，沮丧地围着火盆烤火。

母亲正弄粉藕炖腊排。见我回来，问，幸福身体好点儿了？

怎么啦？幸福？

没见着人？

母亲说，三天前，半夜，狗娃子在木筏子上找到幸福，幸福烧得全身发烫，像个开水壶子。狗娃子拿不出住院的钱，还是社区出面跟医院交涉的，考试都没参加，请了病假。说着母亲的眼圈就红了。我鼻子发酸，三天前就是期末考试之时啊。

我来到新街。新街沿着一条硬化了的马路建了医院、学校、派出所、邮政所等。我找到幸福时，护士正给他换输液袋。几天不见，幸福的脸瘦得像刀片。我把枣子抓给幸福，给幸福摆了刘小东的遭遇，幸福苍白的脸瞬时红了。

我把望远镜递给他。他对着病房门外望，院坝中有几只麻雀，跳着捡食吃，步伐犹疑不定。

我看到月牙形胎记的女人了。我说，从黄桷树的位置。

幸福眼里闪着光，锋利的光。

6

其实幸福也不知道他妈的样子，幸福对他妈的印象，完全来自文具盒里的照片。倒是我妈在浆洗缝补之余，提起幸福，愣神一阵后对着父亲问，你说秀秀还回来不？

父亲不管在做什么，总会停下手中的活儿，细想一会儿，摇摇头，不说话。

直到幸福出了事儿，我才知道父母口中的秀秀是幸福他妈。

寒假，有天我刚过转盘，看见班主任老师边跑边喊我，去医院去医院，幸福……他跑得太快，后面的话让风刮得七零八落。我有种不祥的预感，跟着跑到医院。

果然，幸福全身裹着纱布条，像个雪人，只剩两只眼睛两个鼻孔一张嘴，空洞张着。听医生给班主任介绍病情，是小腿粉碎性骨折，全身软组织损伤，头部轻微脑震荡，右臂肱骨丝裂。最后医生说，从那么高的树上掉下来，望远镜竟然没有损伤。

狗娃子蹲在门口，凶着一张脸。医生的意见是送县里的医院，狗娃子说不学好，眼睛看不真还拿望远镜望。哪里去找钱？我会屙啊？医生说宜快不宜迟，不然要留后遗症。当下班主任就急了，说医生，劳烦用心，明天我送钱过来。班主任把我拉到一边，问，望远镜是你的？我点点头。班主任压着嗓子说，祸害。然后说，今晚我家访，你带路。我永远记得那个冬天的夜晚，我陪着班主任走了一个又一个同学的家，一家一家筹集着医疗费，但大部分家里留守的不是老人就是小孩，余钱不多，又碰上寒假，有的家里根本没人，筹到的钱远远不够。回到家时鸡已打鸣，狗娃子在我家堂屋蹲着，悬着白天的那张凶脸。母亲一边叹气一边说，秀秀走时就留了这个，但要我亲自交给幸福。我看见母亲摊开的手绢上有个翡翠镯，流动着丝丝绿气。

狗娃子佝偻着背，抹了一把清鼻涕，走了。

我有些困，眼睛却一直睁着。一放寒假，幸福就把望远镜拿去了，整天像只鸟，铸铁般蹲在黄桷树上。我一般上午在家做作业，午饭后就去黄桷树上与幸福会合。幸福一见我就报告月牙形胎记女人的情形。由此我知道了月牙形胎记女人每天九点起床，一手开卷闸门，一手端碗小汤圆；十点左右开始拖地板；十点半到吊脚楼后面的台阶上洗拖把；十一点在玻璃门后生火盆；十一点半开始弄中饭……幸福说，你就来了。

躺在床上，悲伤袭击了十三岁的我。

你说这孩子，真把那女的当自己妈了。我听着父母有一搭无一搭地说话。母亲说，你别说，我看过，一个巴掌拍下来的。

十几年过去，早脱相了。这样子是刚住我们家时的样子。

我爬起来，靠着门框问，为什么要住我们家？

父母对望了一眼。母亲给我披了件衣服说，她刚到鱼街，没处落脚，只好先住在我们家。小孩子别豁嘴乱说。

据母亲说，十几年前一个夜晚，将近半夜，母亲拖着笨拙的身子，刚收拾完碗筷，抬头见一个陌生女人在青石板街上走来走去。母亲伸出头问，来找亲戚的吧？哪家啊？女人走近来，很疲惫的样子，欲言又止。母亲这才看见女人抱着一个包裹。女人说，大姐，你身子不方便，你可以找个帮工。女人说她叫秀秀，优秀的秀。母亲说女人真的漂亮，瓜子脸，头发一丝一丝抿在耳后，整张脸清清亮亮的。母亲对女人的要求没有感到惊讶，常常有外地客来到鱼街，找工做。女人说，我可以做鱼，紫苏鱼。母亲还是第一次听说紫苏鱼，加上母亲怀着我，真需要帮手，就和父亲简单商量了一下，带着女人熟悉了楼上楼下，女人就住了我们家鱼馆。母亲坐月子的时间，父亲两头跑，无法打理鲜鱼馆，全靠秀秀，客流不减反增，特别是烧黄辣丁逗人吃。瑞河人做黄辣丁，喜欢放茴香，味太满，盖住了鱼香。秀秀带来的紫苏叶，加在黄辣丁里，紫苏的恬淡刚好盖住黄辣丁的泥腥气，金黄乳白淡紫于一钵，风味十足，我家鲜鱼馆门口的牌子上大大写着"紫苏黄辣丁"。母亲看秀秀能干灵巧，想来过日子也是一把好手。她认为好女人就得有个家，踏踏实实过日子。秀秀也赞同母亲的看法，不多久就嫁给了打鱼为生的狗娃子。

我听说，我憋了半天说了后半句，幸福不是狗娃子亲生的？

父亲掉过脸来，连声音都不一样了，小孩子不许瞎说！你从哪里听来的？

刘小东告诉我的。

刘大东这个瞎货。造孽哟。母亲把我拉到怀里，板着脸说，这话以后对谁都不能讲。

母亲把几百元钱压到我的手里。明天给幸福。

第二天，幸福被送到了县里。狗娃子把木驳子船卖了。剩个木筏子，停在回水湾。

<h1 style="text-align:center">7</h1>

三个月后，幸福一个人回到了瑞河场。春季开学几周了。狗娃子留在了城里，当棒棒。

幸福走路有点儿跛，说是腓神经出了点问题，右脚像短了点儿，每次迈步，右脚微微向前，迟疑地划一下，再走。脸上留了几处疤痕，一笑，肌肉被扯得紧紧的，像哭。我陪着幸福，不允许别人欺负他。幸福变得沉默寡言。我答应陪他去黄桷树时，他的脸亮一下。见我有些犹豫，他立马保证不会再出事，在我点头后，脸再亮。

天气一天天热起来，我和幸福常常溜下回水湾游泳。幸福一遇到水就像一条鱼，没有了在陆地上的嘲笑和难堪，欢喜得哇哇大叫。哪怕瑞河再臭，也能遮住幸福的忧伤。游完泳，我们就爬到黄桷树上。我们换着望月牙形胎记的女人，看她的一举一动。自从母亲说了幸福母亲的事儿，我就认为这个女人和幸福之间有着某种联系。

母亲说，秀秀嫁给狗娃子后，依然在我家鲜鱼馆帮工。狗娃子就把打来的黄辣丁卖给我家，鱼街的生意也数我家最火爆。这自然引来很多同行的嫉妒。这可以想象，一个陌生的漂亮女人，一道堪称"撒手锏"的紫苏黄辣丁，一个源源不断的供货渠道，足以在鱼街独领风骚。刘大东是最先向我家鲜鱼馆发难的，他当时是河运队队长。

刘大东找到狗娃子时，狗娃子正在我家鲜鱼馆喝酒。刘大东说狗娃子，赶明儿驳子船的柴油供应，停了。狗娃子蹦起来，一口酒还没咽下，呛得脸红脖子粗。狗娃子说你这是要我全家的命呢！刘大东"嗯"了一声。狗娃子旋即像漏气的球，声音都是瘪的，说，刘队，高抬贵手，要什么只管说。狗娃子从我家的柜台抽出一条烟递过去。刘大东未接，丢了张批条在桌子上，指了指条子，说，叫秀秀来批。

狗娃子说，秀秀病着，没来上工呢。

明儿，我把条子送你家去，顺便看看秀秀。刘大东掏出烟盒，用食指敲，烟真听话，一耸一耸先冒出滤嘴，再冒出身子。

刘大东喷出的一口浓烟挡住了视线，狗娃子把话咽了回去。母亲一脚踢在阿黄身上，骂四条腿的畜生，滚一边去。阿黄呜呜呜叫，蹦跳着跑开，站在远处朝这边望。

下面是根据派出所的笔录和旁人的叙述，连缀成的第二天的故事。

拉煤球的黄三说他送煤球过去时，狗娃子窝在门前的韭菜地里薅草。他记得地是刘大东家的，狗娃子帮着种上的。他问狗娃子包饺子啊，狗娃子没回答。

笔录上狗娃子说黄三刚拖着板车离开，刘大东就一摇一晃过来了。他在狗娃子面前停了停，喊天杀的狗娃子，你瞎啊。狗娃子才发现手里扯了满把的韭菜。他像丢蛇一样丢了那些韭菜，看着刘大东晃着厚厚的后脑勺，进了门。他拎着背篓，跟到院里，听到刘大东对秀秀说，跟着狗娃子，命瞎呢。连畦韭菜都侍弄不了，还男人。秀秀说我认。刘大东要秀秀随了他。秀秀不干，刘大东就说我批条子，今天吮一口。接着就听见啪一声脆响，把狗娃子吓一抖。狗娃子说他正准备冲进屋，听刘大东号得像头猪。屋子里传出桌椅倒地的声响。狗娃子说他赶紧跑到韭菜地里，蹲下，低头，认真薅草。从余光里他看见刘大东捂着脖子，猩红的血流进了手臂，在手肘处断断续续滴着。等老子收拾你，烂婆娘。刘大东吼。

狗娃子回到屋里，看见秀秀手里握着剪刀，刃口红映映的。狗娃子说，不该动手哟。见秀秀不搭理，狗娃子突然哭了，哭得稀里哗啦。

过午，狗娃子提着一篓黄辣丁去刘大东家，他得替秀秀赔个不是。远远看见派出所的民警，一前一后进了院子。狗娃子没敢进去。

狗娃子回家操起镰刀跑到韭菜地，连根刨起韭菜，一时韭菜叶子四处乱飞，空气中漫着一股冲鼻的韭菜味。直到秀秀喊他，他才停住手，喘着粗气，茫然四顾，又低头看了一眼镰刀，镰刀的齿口淌着绿色的汁液。他一用劲儿，镰刀飞出老远。他一屁股坐在畦畔，像一地颓丧的韭菜叶子。剩下的两行韭菜依然青翠欲滴，在风里摇得簌簌作响。狗娃子瞥了它们一眼，还是摇得簌簌作响，狗娃子狠狠盯着它们。他站起来，走到两行韭菜前，飞起一脚，却踢了个虚空，差点儿摔倒。狗娃子从裆里抓出一线尿，尿液冲得韭菜东倒西歪。

母亲说，秀秀是在我们家的阁楼被民警找到的。

经过调解，秀秀赔偿刘大东医药费和韭菜损失费，合计五千元，不起诉。这简直是要狗娃子的命。狗娃子找到民警，要求刘大东赔偿秀秀的名誉损失，因为刘大东的骚扰，秀秀丢失了名誉，哪怕骚扰未果，也是骚扰。刘大东指着狗娃子骂，云嘴的女人，也要名誉损失？

围观的人惊叫，五千啊。

惊叫声又起，云嘴……母猪街啊？

人们像刚想起什么。母猪街是云嘴乡的招牌啊。有人下了云嘴码头，老远有女子在河边的木楼上招手，或取下窗前一条雪白的手帕舞动。木楼参差排列，但又各自独立，自成一街，远近的人都叫它"母猪街"，名字粗俗，竟闻名整条水路。

再也没人关心赔偿的问题，母猪街的女人像二号病毒传遍了瑞河场。

没几天，关于秀秀的信息传得更可摸可触。说秀秀是云嘴乡下街人，父母死得早。南下打工，有了个男孩儿，却不知亲生父亲是谁。抱着孩子回来，竟没有去云嘴乡，径直上行到瑞河场，到我家的鲜鱼馆帮工。

包裹里就是幸福。母亲说，比你大几个月。

8

狗娃子卖掉了铁驳子，换成了木驳子，赔了刘大东的损失费。

狗娃子开始喝酒，喝酒回家就耍疯，揍秀秀。

有天秀秀来找母亲，说，姐啊，我恐怕活不下去了。说完掀起衣服，母亲看见秀秀身上青一块紫一块全是瘀痕，泪哗地下来了。

母亲找到正喝酒的狗娃子，说，苟兄弟，你都多大了，什么该打什么不该打，心里就没个数吗？

有数，我什么数都有我。狗娃子还没喝多，说，是你，你怎么做人？

你不是做得好好的吗？母亲生气了，开始训斥狗娃子，你连自己女人的话都不信，偏偏去相信谣言。别人随口说的当风吹过，你倒捡来当宝贝。我看你几十年的饭是白吃了！

从母亲的讲述中，我明白了刘小东说的是对的，幸福不是狗娃子亲生的。

幸福文具盒中的照片，是狗娃子和秀秀结婚时照的。

一进夏天的门槛，整条瑞河像被柴火烧过，发烫。中午，河懒懒地匍匐着，没有了船的河，一样寂寞。阳光一大块一大块移动，蝉声钢丝一样从浓荫里缠绕出来。我和幸福没下河，躺在黄桷树枝丫上养神。没多久，幸福说，望远镜呢，我看看那女人。

我眯着眼睛，把望远镜递过去。

突然，幸福叫起来。我睁开眼。

幸福脸红脖子粗，把望远镜扔给我，骂，畜生。

我从来没有听过幸福骂过谁，如此愤怒也还是第一次。我抓起望远镜，幸福喊，不许看！

我笑笑，只许你看，不许我看？丽丽理发屋二楼的窗户洞开，镜筒中刘大东晃着赤裸的上半身，月牙形胎记的女人侧身对着望远镜。刘大东的嘴一张一合，像是在数数，满脸油汗，女人光着身子在笑，月牙形胎记抖动着。刘大东手里抓着一把钞票，一张一张朝女人脸上扔，女人好像也在数数，像一场默剧。

幸福扑过来，抓起我的望远镜，扔到树下，望远镜磕在石头上，在空中蹦了一下，飞出了一块镜片。

我刚要吼幸福，幸福早溜下树去。幸福一歪一歪跑上石梯。正午的太阳把幸福缩成树叶大小的阴影，在石阶上急遽起伏。有一刻，幸福突然停下来，转过头，对着黄桷树喊，谁让你看的！静谧的中午声音怪异凄厉，他眼里闪着亮点。他伸出右手，插进堡坎的青苔里，然后继续跑。跑完石梯，瞬间没了他的身影，石壁上也没有了青苔，替代的是一条红红的印痕，像我们墙壁上喷"拆"字的那种红。

望远镜摔坏了，变成了单筒望远镜。我去找幸福，幸福总是冷着脸，对我不理不睬。夏天很快过去了，我去了瀼渡中学读初中，逢周末回家一次，更难碰上幸福了。有时百无聊赖，我一个人躺到黄桷树上，拿着只剩单筒的望远镜，索然地看着瑞河，看着瑞河渐渐瘦下去。我不知道这条河到底有多深，到底流多远，虽然我一直在它身边，甚至在它怀里畅游过，但我发现我对它一点儿都不了解。

镜筒中突然出现了一张脸，是幸福。幸福在木筏子上剖河蛙。他蹲着，汗水大颗大颗滑到下巴处，停了停，晃悠悠地落到水里。他侧着脸，我突然发现幸福的脸像他妈，瓜子形，只是黑很多。他身后是塑料瓶、薄膜、纸板、报纸堆成的垃圾山。

靠捡垃圾卖钱，孩子可怜。母亲对我说，你把幸福叫来，我把这个亲手交给他。

我知道母亲说的是翡翠镯，他妈留给幸福的。

母亲说，十几年前的夏夜，阵雨刚过，她正要关门，秀秀跌跌撞撞跑来，头发凌乱，眼圈青黑。母亲把她让进屋里，母亲问，怎么揍脸？打人不打脸，怎么揍脸？母亲大声喊父亲找红药水。

秀秀从手上褪下镯子，交给母亲，说，姐啊，你是我秀秀的贵人啊。我要走了。

母亲手足无措，拉起秀秀的手，要说些劝秀秀的话，一看手上的青痕，话淤在嗓眼儿里，泪水成串滴落。好半天，母亲才说，姐不劝你了，走了好走了好。母亲的双眼空空地望着瑞河，长叹口气，仿佛卸下了重担一样。

突然秀秀跪下来，吓得母亲也跪下来。母亲说，妹子，有什么只管说，我受不起哟。秀秀已是泪如雨下，说，本想到瑞河场活一辈子，安安静静，没有人认识，把幸福带到结婚生子，哪知……

母亲摇摇头，说，女人啊，菜籽命。

秀秀把镯子用手帕包了，说，姐，这个等幸福大了给他，给他讨媳妇。

过了这阵儿，你得回来，亲自给他。姐替你保管。

回不来了，还能回来吗？

瑞河还有回水湾呢。

姐啊，幸福的脸面要紧啊。

母亲号啕大哭。最晚的一班船到了，这是夏季增开的一班船。秀秀猛站起来，朝码头飞跑，一直没有回头。

9

一连几个周末都没碰上幸福，幸福像是在尽量躲着我。我有些生气，我爬上黄桷树，用指甲刮掉我和幸福的名字。我发誓不向回水湾望一眼。

我闭上左眼，把望远镜架到右眼上。我下意识朝丽丽理发屋望，吓了我一跳。幸福像只猫，趴在丽丽理发屋后面的石梯上，三角形的阴影遮住了他。我慌乱地扫了一下理发屋大门，发现月牙形胎记女人正站起身，刘大东硕大的身子堵住了整个镜筒。我又将望远镜往左移动，刚才还在阴影里的幸福不见了。我揉了揉眼睛，难道我看花了眼？我架起望远镜往回水湾望，木筏子上没有人，只有一堆垃圾，一根橹横放在筏子上，闪着油光。

时间很短，短到我没有想清楚幸福准备干什么，幸福就重新出现在阴影里。我看见了幸福的白牙，牙齿叼着那把刀子，刀子上分明是红光，鲜红艳丽，如同上次幸福留在堡坎石壁上的红。我觉得头脑转得很缓慢，我一时想不出那红的东西是什么。

幸福已经上了岸，他对着黄桷树咧了一下嘴，很真切地笑了一下，然后沿着河边，往回水湾狂奔。小小的影子起伏在沙滩上，一闪一闪的红。

不久，我听到一个女人的叫声，有点远，月牙形胎记女人裹块布在理发屋门前又蹦又跳，两只手抓在胸前，脸又红又急。她叫了一会儿就停住了，因为周围有了动静。午睡的鱼街翻了个身醒过来，一扇扇门被打开，男男女女趿着拖鞋往丽丽理发屋跑。紧接着出来的是刘大东，披一件衬衫，双手抱着肚子，从手开始一直到脚，都是红的。他不断弯腰，弯腰，如同正在焯水的大虾，头几乎要挨着了脚。

我听到瑞河场石梯上的踏踏声，石梯上涌下来一群人，穿短裤的、背心的、拖鞋的，像瑞河中一绺一绺的黑，绵延数十米。我突然想到幸福，赶紧将望远镜调到回水湾。回水湾一个人影没有。木筏子在走，我看见幸福低头弯腰，像背着一座垃圾山，摇着橹把子，脚边是那柄锋利的刀，包浆的木柄。

我迅速溜下黄桷树,石块绊倒了我,我一头抢到地上,啃了满嘴泥。我一边跑一边吐泥土,跑到回水湾边上,木筏子已经走远了。我觉得嘴里的泥怎么也吐不净,一低头,哇哇地吐起来,实在没东西可吐了,感觉身子飘飘的。我用尽力气对着瑞河喊:

幸福!

我听见了自己的声音,瑞河像一面墙,声音硬邦邦地反弹回来,将我弹倒在地。母亲什么时候跑到了我身后,举着镯子,"啊啊啊"说不出话。我蹲着喊,镯子,幸福!声音轻得像个气球。

入秋以来的第一场雾起来了,像从整条瑞河生长起来一样。我看见幸福转过头,嘴唇红艳艳的,如牡丹花开,他把手举到半空。先是头,接着是身子、手,最后是垃圾山,融化在雾里。

幸福一定听见了我在喊他。

(本文首发于《金沙文化》)

雾气充盈

1

瑞河场是有过一次命案的。童所说这话是退休那天的欢送会后。前几天他还拿了个奖，类似于"百日无事故"那种奖，在他任派出所所长期间瑞河场没有恶性事故发生，所以得了个奖，他说是个安慰奖。难道不是吗？他犟着颈子问一圈儿欢送的人，瑞河场与童所有过交集的大多到场了，有他的部下，更多的是同学，连那几个经过他手的小毛贼，都围在角落的餐桌上，笑着朝他点头。唯独不见我母亲。按常理说，我母亲应该到场。后来才知道，欢送会那天，母亲去了父亲的坟前坐了一天。欢送会前童所问我你妈呢？我说我没回家，下课就直接过来了。我已回到瑞河场小学教书。童所继续犟着颈子问，屁大点儿地方，闭着眼睛都能闻出赵钱孙李，你们说，有几个烟锅巴踩不熄？

吃过欢送饭，童所让我陪他到百步梯走走。百步梯人迹寥落，我们各自坐了一个石墩子，石墩子温润光滑，我恍惚了一下，仿佛回到十年前，小学五年级的两个学生并排坐着。

斜阳依山，淡紫的暮色停在河上游的半山腰，等待谁一声令下，包抄下来。童所的脸明暗分明，我们将目光抛得很远，目光从对岸的雾气里走出来，挂着丝丝缕缕的白，游走在瑞河身上。百步梯左边的滩涂上零星泊着几条驳子，右边鱼街鲜鱼馆的招牌寥寥无几，残破的招牌披一块搭一块，在女儿墙上摆动。吊脚楼苍苔点点，原先鲜鱼馆的门头换成了某某洗头屋，早早旋起了粉红的光柱。这时，童所说瑞河场是有过一次命案的。

发生命案的那年，你和卫东读初三。童所说的命案是指发生在瑞河的抛尸案。县局技术中队认为，根据河水的流速和死者肺容物推断，女子是从瑞河场落水而亡，顺流至云嘴回水湾。案子震动整条水路，那时我和童卫东在瀼渡中学读初中。我们每个月回一次瑞河场，对瑞河场发生的事只能从别人的嘴里知道个囫囵，囫囵都谈不上，东一嘴西一句的全是破碎信息。好多信息我都是从童卫东那儿得到的。他爸是派出所所长，人称童所。童所在瑞河场算是个人物，满脸坑坑洼洼，看着瘆人。据说他当兵那阵子帮老百姓去山里除熊害，不小心被受伤的熊瞎子扇了一耳光。童卫东有一副不锈钢拳套，他爸转业从部队带回来的。他时不时戴着拳套在我们面前晃拳头，我们就说再厉害也扇不过熊瞎子。童卫东就说刚娃子，总比你老汉戴绿帽子强。边说双手边在头顶交叉成帽子的样子。

我扑上去要咬童卫东，我知道用手打不赢。不锈钢拳套就磕在我门牙上，"嘎嘣"一声，我的门牙掉了一颗，和着血被我吐到童卫东脸上。估计童卫东没有想到会见血，吓得连滚带爬往童所办公室跑。

我妈拉着我去找童所，童所正在训斥童卫东。垃圾桶里丢着不锈钢拳套。我妈沉着脸刚要说话，童所就动手甩了童卫东，童卫东的左脸立即见效，像和了泡打粉的面团，胀得红彤彤的。我妈丢下我，赶紧拉过童卫东护着，说你们男人的手没轻没重的，莫打坏了孩子。然后拉着童卫东和我，出了派出所，穿过黄桷树下的人群。童所在背后吼，再他妈乱说，老子劁了你的卵子喂狗。童卫东像卡在石缝中的小羊，"咩"的一声哭了。围着的人收嘴嗫腮，我再也不敢说童卫东他爸爸的脸了，保住卵蛋儿要紧。

童卫东拉着我来到百步梯，坐在梯口的石墩子上看船，雾气在河中心聚散，有人匍匐上行，鱼街的招牌灯箱次第亮起来。瑞河场传你妈和莫树才有事呢。童卫东言辞恳切，像是给我通风报信。见我瞪他的右脸，双手慌忙捂住了左脸。

我的童年一直困扰在某种鬼扯的谣言中，至少我这样认为。我有记忆开始，莫树才就在我父亲的拆迁队打工，脸短嘴阔，跛脚抽肩。而我妈，曾经瀼渡中学一枝花，很多男生都因我妈看他一眼，像打了鸡血兴奋难抑。我妈说，高中毕业那年，她收到的情书可以装一个柜子。说莫树才和我妈有一腿，除了嚼舌根，没有其他解释。

树才死得不值，童所右手指了指河对岸，雾气已经包抄下来了，所以我顺着他指的方向，什么也没看见。我惊讶地发现，夕阳快要沉入瑞河上游的山后，还剩一块狼牙土豆的形状，光芒斜成一个巨大的平面，将我和童所劈为两半，我们一半浸在阴影中，一半露在明亮里。瑞河场也被一刀两断。你父亲更不值啊，童所说。

2

我一直对我父亲的死耿耿于怀，我看我父亲的一生犹如看现在的瑞河，雾气充盈。

瑞河场属于移民乡镇，175米水位线刚好淹过鱼街，也就在那几年，鱼街开始败落，回忆起来像是一夜之间败落的。瑞河人最大的异议，估计就是鱼街一夜之间变成了云嘴乡的母猪街。那几年，整个瑞河场都处在一种莫名其妙的亢奋状态中。移民款的到位，让瑞河场的每一寸土、每一棵树突然显示出自己的价值来，关键是这种价值正在以价格的形式兑现，所以发廊以迅雷之势取代了鲜鱼馆，每家发廊开业都搞得锣鼓喧天，粉胳臂粉腿的女子成排站着，鱼街的烟火气不再，脂粉气萦绕，瑞河场的下半身香气盈盈。

有天我值班，树才来找我。童所说大概是凌晨四点钟，他开门时，对街蓝豆花家的石磨"轰轰轰"刚响起。他看见莫树才蹲在黄桷树下，暗影中像坨石头，脚边隐约一地烟头。童所把他让进所里，不知道是腿不利索还是怎么的，莫树才进门时差点被绊倒，童所一把将他扶住，才发觉莫树才全身精湿，抖得厉害，牙齿磕得咯咯响。童所递给他一块干棉帕，点了支烟递过去，莫树才抖抖簌簌接了。童所问，发生了什么事儿？莫树才胡乱在头上擦，擦着擦着瘫在地上，带着哭音说，哥，我……我……我杀杀杀人了。

根据莫树才断断续续的叙述，童所听明白了莫树才所杀的人是丽丽发廊的女子。瑞河场流传至今的版本有点儿邪乎，说莫树才叫了几个女子，用的煤矿的赔偿金。莫树才把她们带到河中间，雾气很大，他煮了一盆野生黄辣丁。河中间旋起斗箕大的漩涡，把几个花花绿绿的女子吓得花容失色。漩涡中伸出铁链，直直向空中长，然后从半空罩下来，套住最张狂的女子，拖下了水。故事显然添了油加了醋，专门吓唬我们小孩，夏天，我们再也不敢到瑞河游泳了。

我记得派出所的门前有个逼仄的小院，硕大的黄桷树枝丫从狭长的天空突围出去，老街一下子就暗了，老了。瑞河场热闹的去处有二：一是鱼街，二是老街黄桷树。鱼街自不必说，当初家家户户在河边打桩修楼，二道檐的吊脚楼高瘦清癯，皆在女儿墙上竖一块鲜鱼馆的牌子，一时招牌林立。一到夜里，流水脉脉，倒映灯光人影，恍若仙境。禁渔期一过，四乡八邻的人都往这鱼街挤，为的是吃一嘴野生黄辣丁的鲜味。男人们酒足饭饱，搭最后一班船顺流而下，去了云嘴的母猪街，摸到一个女人的床上，云里雾里直到天亮。鱼街从中午一直喧腾到午夜，才能停下来喘口气，打个盹。老街黄桷树下就不同了，天刚打亮影儿树下就围着一圈人，几乎都是看热闹的主儿。一大早，县局重案大队两辆警车带走了莫树才，看热闹的主儿把这件事传得活色生香。他们学着莫树才的样子，提起瘸了的左脚，挺着腰杆，上身笔直，上警车时回望了一眼瑞河场，微笑着，像凯旋的将军。这让围观者嗤之以鼻，直呼演技拙劣，打赌说莫树才有这种气质，老子手板炒干豆子用屁眼儿吞。引发稀里哗啦一阵笑，表演者自然不服气，说不信你问童所。围观者这才哑了声，个个表现出对莫树才的崇敬神色。这样说不是没有根据，鱼街改朝换代，瑞河人因为鲜鱼而闻名的那点儿骄傲，一度降至冰点，换句话说，莫树才替他们做了他们想做却没胆儿做的事儿。表演者说，警车开出去一截，你们猜怎么着？表演者像说相声，围观者一脸严肃，生怕漏掉包袱。表演者说，三桂竟哭喊着去追警车，被童所拉了回来。

这下子轮到众人发呆了。他们脑补出来的故事就是莫树才和三桂有一腿。后来这个版本传到鱼街，又从鱼街传遍整条水路。但是，当初莫树才甩了三桂，又当何解？

我断断续续听到些议论，我背着父亲问三桂，妈，他们糟践你，是真的？

我妈当时正舀猪食，听我的问话后一下子没有拿稳食瓢，食瓢掉进大铁锅里，她去摸，手像弹簧样缩了回来，锅里咕噜咕噜冒泡，我妈赶紧将手浸在凉水里。狗嘴里吐不出象牙，真的假不了，假的真不了。她永远就这一句话。当时从我父亲的表现来看，基本可以判定这个"有一腿"属于谣言。莫树才被抓的那段时间，我妈以看得见的速度掉肉，瘦得一不小心就会断气的样子。我父亲让大药房按时送阿胶过来，碾成面儿，亲自熬煮。这是以前从未有过的事儿。

直到我上大一那年，我父亲在一个阴郁的中午，沉入了瑞河。毫无疑问，从我的角度眺望，父亲的大半辈子雾气重重。

3

你父亲的死，我有责任。童所还像当所长时有板有眼。

女人的尸体在云嘴地段被找到，警务室报告给了童所，离莫树才被带走已过了两天。童所赶到时，尸体已经被捞了上来，搁在滩涂边，白布覆盖，看稀奇的人在警戒线外围着。看来县局的技术中队和法医还没到。

童所跨过警戒线，揭开白布，细细看过，然后对旁边的民警说，和莫树才描述的一致，也和丽丽发廊失踪的一致，就是这个女的。说完拧着眉头望母猪街，现在是上午时分，一溜吊脚楼的窗子紧闭着。他知道，一到下午，那些窗子就会洞开，靠窗的女子舞着各色手帕，招呼从铁驳子上下来的人，这些人会寻着手帕的香气摸到某栋楼上。

云嘴的经济发展刺激着瑞河场。永久禁渔之后，鲜鱼馆偃旗息鼓。现在的男人们再也不夜赴云嘴了，他们来到发廊，给老板娘说驳子上准备了黄辣丁，雾气弥漫，有女子带着浊雾来到驳子上，船老板就"突突突"将驳子开到芦苇汊熄了火，自己划了木筏子离开，将女子和男人丢在驳子上。

地方小，执法难度大。童所摇着头，河上雾气充盈，那些曾经在风里浪里穿梭的驳子船，现今借着雾气分散到上下游的芦苇汊里，所里户籍、内勤加起十来个人，显然力不从心，有一回县局几十个便装下来打击"黄赌毒"，收效甚微。瑞河场来来往往都是熟脸，陌生船只、陌生嘴脸被密切关注着，一有动静，船老板马上就能得到消息，相关人等赶紧跑路。

显然，莫树才没有得到消息。

驳子船是莫树才的，禁渔之后一直泊在滩涂边上，船尾漆着一个白圈儿，圈里的发动机早拆了。

命案发生的那天中午，莫树才在我家看着我喝鱼汤，我父亲没回家，他现在回家很不容易。东边有应酬，西边赶工程进度，我妈那天对莫树才说，吃完带点汤给你哥。莫树才提着保温桶出了门，走出几步我妈又说，多看着你哥点儿，啊？连缀起莫树才的笔录和我父亲的自白，我妈最后的叮嘱起了作用，估计莫树才理解成了保护好你哥的意思。莫树才拖着一歪一歪的身影，刚到仓库，碰上我父亲和丽丽发廊的女人出仓库。女子不断用手指梳理凌乱的头发，还摸出小镜子照脸。我父亲喝了两口鱼汤，递给女子。女子欠着嘴正准备喝，莫树才气呼呼地夺了保温桶，将汤泼在沙地上。女子瞪着眼骂，丑八怪，要什么横，小心开除你。

童所根据山西方面的要求，派人把莫树才接回瑞河场，人们发现莫树才的左腿短了一截，脸左边从颞叶到下巴，一条明亮的疤痕，像风干的泥壳子，斜拉下来，左边的鼻翼不翼而飞，留着一个光溜溜的孔，长天白日吊着或浓或淡的鼻涕，说话不利索，舌头底下像垫着砖头，打不过转，一个"我"字得"我"半天，小孩们接嘴"曲项向天歌"，背地里都叫他"丑八怪"。瑞河人顺势默认了这个叫法。乡里安排他住周转房，他却在高歪嘴小卖铺卷了床被子，去了驳子上，从此很少下来。天晴落雨，春夏秋冬，莫树才躲在驳子中，躲进雾里，时日久了，瑞河场几乎忘了莫树才。

但我妈时不时去驳子上，给莫树才送些柴米油盐，这着实让瑞河场的人感到意外。莫树才能够从山西回来，就已经是一个意外。我记得我妈有天对我父亲说，让树才上岸吧，那条腿怕是保不住这样下去。我父亲仔细盯着我妈，好半天，说好。这个画面我一直忘不掉，我妈那一刻的目光有点儿像刘胡兰。

莫树才被我父亲和童所强行拉上岸，住在我们家的偏屋。一到饭点儿，我妈喊树才吃饭。莫树才一歪一歪从石板路上过来，埋头刨两碗干饭，伸手想摸我的头，我躲开，他脸扯了一下，像哭，又趔趄着回到偏屋里。我说，嚼舌根的人说莫树才吃软饭呢。我妈瞪我，我父亲说，瞎嚼啥啊？一起长大，又是十二年同学，让他们嚼。说完把一碗汤喝得山响。

有天莫树才找到我父亲，说我我我想，帮帮帮工，不要钱，管管管饭。这样，莫树才去了我父亲的拆迁队，管仓库。仓库设在河边，和鱼街隔着百步梯，离他的驳子不远。我父亲在仓库里设了一张床，晚上得看管仓库。仓库没多少事，拆迁队收工，莫树才就锁了门，上驳子坐会儿。

我问童所，发动机不是拆了吗？

树才在仓库藏了一台旧发动机。童所望着满河谷的雾，雾大时，他摸出去下网，好黄辣丁那口鲜。

我喉咙枯涩，像被火燎过一样。莫树才去仓库后很少回家，回家总提着一串黄辣丁。他在狗尾巴草穗处绾个结，另一头从黄辣丁的腮穿出来。黄辣丁补脑，我妈和了紫苏，熬汤给我喝。

哦，他把小姐拖到河中杀了？

童所沉默了很久，像一团化不开的雾。

那是口供版本。其实，你父亲也在现场。

我父亲？我能看见有条蛇，忽明忽暗，潜行在童所心里。

雾气拖着厚重的身子，从我们的脚底漫上来。我和童所相隔不远，但彼此隔着雾，我看不太清楚他的脸。

4

莫树才和你爸，我，还有你妈，从小一起长大，又同时考入瀼渡中学，那年瑞河小学考上的就我们四个。后来又一起读高中，同来同往混了十二年，只差磕头拜把子啦。

据童所说，他们四个高考都落榜了。童所去当兵的前夜，四个人在鱼街聚了一次餐，位置就在现在的丽丽发廊。我妈当面将三个人写给她的信退了回去，并给三个男生各送了一双自己亲手扎的鞋垫。童所脱掉鞋子，说，我的是水仙。虽然雾重，但我还是看清楚了，我凑过去，童所的鞋子里铺着红底白花的鞋垫，鞋垫洗得发白，软塌了不少，水仙还隐约可以看清针脚。我记得父亲也有一双，好像是桃花的。穿着踏实不少，你老汉走桃花运哟。果不其然，是桃花的。我妈的手工鞋垫后来成为县级非物质文化遗产，自然成了瑞河场女人们争相模仿的样板。

那天我们都喝了很多。我发誓在部队里干出一番成绩。三桂带头鼓掌，一激动就喝多了。童所说他和我父亲喝醉了，是莫树才和我妈架着送回家的。童所去了部队，我父亲和莫树才去了山西挖煤。他们四人还经常通信，我父亲在信中告诉童所，莫树才除了一副鞋垫外，还多了一个镯子，三桂的。莫树才每次下井，都把镯子放进内衣口袋。童所说起这段经历时，暮色四合，我紧缩了身子，那条蛇游动时带着白色的冷气。鱼街粉色的灯光想穿透重重雾霭，终是徒劳，一切影影绰绰。

童所向我说了一个完全不一样的莫树才。

学生时代的莫树才是三人中最帅的，用童所的话说要模样有模样，要身材有身材。莫树才很小的时候，大概两岁的样子，他父亲在芦苇汊连赌三天三夜，输了钱财，输了老屋，差点输了老婆。后来一家三口上驳子生活，隔三差五有人索债。莫树才母亲在一个夜晚跳了河，不久他父亲也跟着去了。瑞河场的人看着孩子恓惶，东家一碗粥西家一钵汤，把莫树才喂到了上小学。莫树才成了瑞河小学唯一的住读生，帮老师买菜买米、提盐打油，脚板跑得飞快。童所说小学毕业时语文老师还给莫树才写了一首诗，其中几句我们天天念：百年树才，原因何在？脚下坎坷，心中有爱……细细想来，老师的诗竟然一语成谶。初中时，莫树才显示出舞台天赋，每年的元旦晚会，压轴戏《仙缘》，非莫树才与三桂莫属。这是学校蜡炬文学社根据《红楼梦》改编的戏剧，讲贾宝玉在警幻仙宫遇到绛珠仙草的故事。每年莫树才来到三生石畔，掬一捧忘川之水，嘴里念："妹妹，我得去人世走一遭。不知来生能否相见？"绛珠仙草三桂把自己身子弯成一株草，露着颀长的颈子。这时候旁白响起，"随了去吧。我把一生的泪水还给你。"我敢说，童所顿了顿，莫树才是最早拥有粉丝的，应该叫那什么，才粉，对，不都是这样子叫吗？那三桂的就叫桂粉，很贵的贵。我突然发现我对我妈保持着一种仰望的姿态。《仙缘》的热度一般会持续三四个月，"才粉"和"桂粉"们碰到莫树才或者三桂，就扑上来要签名。他们模仿着"仙缘体"，课间或者周末，"给我吃吧。我把一生的米饭还给你""妹妹，我得去厕所走一遭"，等等，对白腔十足，充斥整个校园。

5

你父亲那天让莫树才开着驳子，准备去芦苇汊。同行的还有丽丽发廊的女子。禁渔之后，男人们偷偷在驳子上煮野生黄腊丁，如果有陌生女子加持，显摆时就特别有面儿。童所说莫树才在录口供前私下有个要求，但凡涉及你父亲的内容，都不能录，录了他也不会签字，我答应了他。关于我父亲在场的细节，是我父亲自己坦白的。我大一时，有天童所把我父亲叫到他家里喝酒，喝着喝着童所就流泪了，说，可怜树才啊。那一刻我父亲心里绷着的弦"咚"的一声断了，愣怔着下不了筷子。那天是莫树才的忌日。童所说，这里是家，不是所里，就我俩，你掏心窝子说说，女子是树才杀的吗？我父亲嗫嚅着说树才不是承认了吗？童所端着杯子往地上淋了圈酒，脸色青灰，说刚娃上大学了，应该没啥顾忌了。然后转身从酒柜里摸出一瓶药，说，这四年，我靠这个睡觉，真熬不过去了兄弟。我父亲也从口袋里摸出相同的药。这药我熟悉，不止一次我去小白兔大药房帮父亲取药，氟伏沙明，每次我都得留父亲的手机号。药房的小姐姐认得我，时不时问我，你爸那么多工程，钱找多了人睡不着？我父亲因为有童所的这层关系，在瑞河场的拆迁工程中搞定了大半条街，基本上人人都喊他老板。我曾经在百步梯口的石墩子上，边做作业边看药品说明书，上面写着抗抑郁、抗焦虑。

童所说，县局法医鉴定书证明女子死前发生过抓扯。莫树才的口供说他准备拉着女子去芦苇汊，船到河中间时发生了矛盾，所以他与女子发生了抓扯，女子不小心失足而死。我父亲听得大汗淋漓。树才找女人干吗？他的残疾你最清楚。我父亲瘫在地上，脸色土灰。

童所说女子的裤兜儿里有一双鞋底，扎的是桃花。说完猛闭了嘴，像车子来个急刹。我父亲一下子哭了，抽着肩捂着脸，一下一下地哭，哭得像丢了糖果的孩子。童所说，你爸哭过两次，第一次是在山西。

我父亲和莫树才去山西挖煤，几乎没有培训就下了井。矿场是私人承包的，两班倒，无休。我父亲白班，莫树才夜班，两人只有在交接班时说得上几句话。做了不到三个月，我父亲回来了，一个人，同时带回来了一份报纸和三桂送给莫树才的手镯。报纸上白纸黑字写着"瓦斯爆炸，矿井坍塌"的报道。我父亲从未见过那种爆炸，地震式的，无处可逃的。他看着莫树才被挖出来，血肉模糊地被救护车拉走，蹲在废墟上干呕了大半天。矿场在收拾倒塌的板房时，把莫树才的蛇皮口袋给了我父亲，抖开里面的衣物，手镯滚落出来，我父亲嘶哑着哭了——那天莫树才没带手镯下井。三桂听到这个消息，差点昏厥过去，我父亲在医院熬药煮粥，服侍了三桂半个多月。她说手镯有机会带给树才，如果树才还活着，送出去的东西不再收回来。

你父亲后来又去了一趟山西。半年后莫树才还住在医院，那次矿难，下井的矿工死了多半，剩下的非伤即残。莫树才对我爸说，我不回瑞河场了。我父亲拿着莫树才的病情报告，身子抖得筛糠，蹲在医院走廊里，"嘤嘤嘤"地哭，泪水打湿了大半张纸。三桂的镯子被他攥出了汗，自始至终也没能拿出来。

莫树才基本上失去了男人的功能。后来我派人把莫树才接回来，还是你父亲给他跑的残疾证。童所说那时你父亲和三桂已经结婚，不久有了个胖小子，就是你。雾停在梯口，现在看瑞河，像盛满烟雾的容器。我问，怎么证明女子是我父亲推下水的？

不能证明。那条蛇仰起头，吐着信子，白色的寒气出口成冰。雾大，没目击者。能证明的只有你父亲。

我父亲说，那天他想和女子来个了断，所以让莫树才把船开到对岸芦苇汊，但正如莫树才的口供里说的，船到河中间时发生了矛盾。女子歇斯底里要求我父亲离婚，离开那个黄脸婆。船摇晃得厉害，浑浊的河水溅到驳子里。莫树才蹲在船尾把舵，他看见女子扑向我父亲时，随手抄起竹篙，打在女子的腿上，女子一下跪在了木板上。女子蒙了，回过神来后指着莫树才，厉声喊，你个丑八怪敢打我？女子扯起嘴角笑了几声，说真他妈绝了，她指着父亲的头，被一个丑八怪染绿啦，瑞河场哪个不晓得？然后摸出包里做鞋垫的小剪刀，刺向莫树才。我父亲惊呼"不好"，抬起一脚，女子落水，双手在水面晃了一下，不见了。愣怔了几秒钟，两个男人齐齐跳下水，折腾了半个时辰，也没有捞到落水的女子。

两人在驳子上坐到半夜。最后，我父亲跪在了莫树才面前。莫树才哭着说，你你你不该把我当当当空气。

6

夏天中午，我妈正准备眯缝一会儿，突然家里的座机铃声大作，把她吓得回不过神。她抓起电话时感觉身子虚脱，像石膏模块往下垮。电话里说，父亲从百步梯下去，径直上了滩涂边停着的驳子。他还嘀咕这么热去船上干吗呢？正要打个招呼，父亲已经摇着驳子朝瑞河中心划去。不久，船停在中间，他好像觉得船在下沉，就打了这个电话。

我妈给童所打了个电话，就往河边跑。一会儿，百步梯上响起了踢踏声，一群人跟在我妈后面涌下来，穿短裤的、背心的、拖鞋的，像瑞河中一绺一绺的黑，绵延数十米。

我妈迅速往滩涂那边跑，一个石块绊倒了她，她一头抢到地上，啃了满嘴泥。她一边跑一边吐泥土，跑到回水湾边上，驳子下沉得只见船棚子和父亲的头。她觉得嘴里的泥怎么也吐不净，一低头，哇哇地吐起来，先吐黄辣丁，再吐紫苏丝，实在没东西可吐了，感觉身子轻得要飞。她用尽力气对着午后的瑞河喊：

回来——！

瑞河像一面墙，声音硬邦邦地反弹回来，将她弹倒在地。童所什么时候跑到了她身后，吩咐着民警救人，又乱舞着双手，跟着我妈喊"回来"。

雾气起来了，像从整条瑞河生长起来一样。我妈看见父亲转过头，脸色沉静，似乎还笑了一下，他把手伸到半空，举着我妈的镯子。先是头，接着手臂，最后镯子，融化在雾里。

父亲一定听见了我妈的喊声。

童所说，瑞河场发生不止一次命案了。他顿了顿，那条蛇张开嘴，越张越大，仿佛天空那么大，然后铺天盖地吞了下来。四次。我们都被杀死了。

（本文首发于《短篇小说》）

坚若磐石

1

肖德福要了那个苹果。他对做笔录的警官说，我要那个苹果。他指了指桌子上的塑料袋。

苹果红红的，虽隔着一层塑料膜，还是能让人感到日照的强烈。苹果上隐约现着"平安"二字，另一面有被摔的伤痕，聚着丝裂的黑色纹路。

现在是三月，桃花开得欲粉未粉。从窗口望出去，嘉陵江的一段隐现在楼宇的空隙处，被一树桃花半遮着。事情虽然过了近三个月，但对肖德福的到来，我还是有些吃惊，条件反射般，吃惊中多少带有些惶恐。肖德福在办公室门口叫了一声"李校长"，那时我正写着学校的整改措施。当写到"措施三 对学生进行多方面的心理疏导"时，有躺声响起，像几条狗争一根骨头，埋首朝地，发出呼呼的震慑声。声音传过来，我低头看了一眼地板，又偏头望见门口有一团虚了边的黑影。黑影再次叫了声"李校长"。从声音上判断，是肖德福，因为逆着光，我不敢肯定。我站起来，白光退远，他像石膏模块一样凸显出来。他比去年苍老了许多，神情木讷，经年累月的河上生活，把一些黧黑的东西吹进了皱纹里，愈加深沉。我把他让进屋里。他朝门外招手，说，肖军，过来，见李校长。我看见一个小男孩，怯怯的样子，一条痂痕从耳垂的阴影中伸到下巴。我赶紧露出笑容，边倒水，边问，还好吧？

肖德福像没听清楚，好半天才反应过来，点点头，说，这是我小儿子，肖晓的弟弟。

我仿佛对"肖晓"的名字过敏，全身遭针刺了一下，开水溢出了杯沿，差点烫着了手。肖晓是在去年冬天，平安夜晚上，被一个从天而降的男人砸得面目全非，死了，同时受伤的还有几个行人。这事差不多过去三个月了。

孩子宽大的裤腿里晃着麻秆一样的小腿，没有穿袜子，脚背露着一圈黑。孩子脸红红的，把脚往茶几下藏了藏。水上生活的人家从来不穿鞋，不利索。这是肖晓说的。几个月以来，肖晓一直出现在我的口中或者书面文字里，我像祥林嫂一样念叨着她的名字，虽然这个女孩子已经去世。有时候我怀疑她是不是还活着，只是在一个我看不见的地方，活着。

从肖晓出事开始，官方媒体多次陈述事实，最初主要针对跳楼事件。跳楼的男人二十多岁，靠给人搬运东西维持生活，在重庆叫棒棒。他们手里拿着竹的、木的扁担，下散力。男人从10楼跳下来，扁担被摔到地上弹起，砸伤了几个行人。当时肖晓捧着又大又红的苹果，站在楼下。她根本没有注意楼上会有坠物，她的双眼盯着来来往往的行人，见有情侣走过，喊一声"平平安安"，将苹果送到情侣面前。有一对情侣听见肖晓的"平平安安"，就朝肖晓走过去。四米不到，"轰隆"一声，情侣以为发生了地震，待看清眼前的情景后，女孩一下瘫软在地。一个被太阳晒出"平安"二字的红苹果，咕噜咕噜滚到他们脚下。男孩事后说起当时的情景，还心有余悸，比画"四米"的四根手指还在抖。

网络上对男人的关注始终停留在跳楼的原因上。这个可以理解，二十多岁，正是人生的黄金岁月。从网络上转发的视频看，这是一栋陈旧的建筑，虽然刷了黄亮亮的外墙漆，但拉大阳台照片，不难看出斑驳陆离的内墙，像一张老人的脸，黯黑的水渍悬在阳台顶部。10楼阳台上飘着几件灰黑的衣服和一条破旧的牛仔裤。消息铺天盖地传了几天，不见男人家属收尸，倒有一个老人，天天坐在封闭的现场旁边，木偶一般，嘴唇嚅动着，像在念经，但又模糊得听不清楚。

老人就是肖德福。

本来事情很快就会过去，互联网时代，能够成为新闻的时间，恐怕不会超过二十四小时，然后会有更大的新闻，分分钟让其成为旧闻。况且物体从天而降，肯定要砸中地面上的东西，不管是人是狗，抑或一块地板，都得受到伤害，这在所有人的常识之中。

但肖德福在接受一家媒体采访时痛哭流涕，一直说娃儿马上就要高考了，自己马上就享福了。弄得采访不得不中断，等肖德福哭完，采访得以继续。肖德福说自己这个继父不合格。采访的视频被放到网上，人们像才想起前两天男人跳楼事件，特别是"高考""继父"这种敏感的词汇，像干柴上泼了汽油，噼里啪啦点燃了网络热情。人们从同情跳楼男人开始转向网络追问，主要问题在于，砸死肖晓的男人是否有赔偿责任？如果有，该怎么界定？当天晚上，有律师声明，愿意为肖晓家庭提供法律援助。有人骂律师蹭热度，律师事务所不得不出面，说事件本身并不复杂，这个不关跳楼男人家人的事，所谓"一人做事一人当"，但可以提供"其他方面"的法律援助。于是人们转向"其他方面"，肖晓就读的瀼渡中学和飘扬艺术学校，以及肖晓的家庭，均被"人肉"得七七八八。

三个月之前的事儿，简直是一场噩梦。

我从沙发上站起来，胸口有些憋闷。过去打开窗户，三月清新的空气鱼贯而入，挤得这个房间满堂堂的。我问肖德福，有事儿？

问完我就想扇自己一耳光，这段时间到处做检讨，写检查，快成了白痴。肖德福找到我，肯定有事儿，这还用问？

李校长，肖德福从怀里摸出个包裹，皱巴巴的毛巾包着。打开包裹是一沓钱，捆钱的腰条还是新的。他把钱推到我面前，说，肖晓这娃，对不起您。

我心里一凛。肖晓。

这是干吗，我像被电麻了，收起来，收起来。

估计是声音过大吓着了肖德福。肖德福一脸茫然，半天挤出点儿僵硬的笑，说，您看一笔难写个老乡哩。肖德福花白的胡须不断抖动，口水沫挂在一根胡须上，一直没被抖落。肖德福说，肖晓这孩子命不好，这是她弟弟，您看您看……肖德福的喉咙像卡着一坨痰，憋着半句话，始终吐不出来。

你喝口水。

肖德福双手捧起纸杯，孩子往他身边靠了靠，伸出手拉住肖德福的衣角，脚从茶几底下露出来，一圈黑。

他喝了水，喉结停一会儿，继续说，她妈找王婆来家里看过的。肖德福捂住嘴，忍不住地咳嗽。我在现场也听见了。说着望了望孩子，好像孩子能为他证明这句话是真的。算命的王婆说，家里旺阳，不养阴。

我和肖德福是老乡，均是瑞河乡的人。瑞河人尚巫，大情小事都有问神的习俗。王婆说的意思是他家适合养男孩儿，养不活女孩儿。我鼻子发酸，说，既然是老乡，有事儿直说。我把钱推过去。

肖德福松了口气，指着孩子说，我想清楚了，得培养军娃子。他扫了我一眼，语速快得有些突然，说，用赔肖晓的钱，供肖军读书。

2

这段日子只要一听有人找，我的头皮就发麻。王宏说肖德福找过他。我和王宏是大学同学。王宏毕业到了瀼渡中学教语文，没几年，就进了校领导班子，任教导处主任。他又是肖晓的班主任。

他老婆同意他带走孩子？王主任又做了工作？几个月紧绷绷的神经，把整张脸也整得紧绷绷的，突然开玩笑，自己都觉得别扭。

什么主任哟。王宏有点儿心不在焉。

几个月没有和王宏通电话，突然感觉有些陌生。天黑下来，电话中出现长时间的静默，天，更黑了。

我把桌上的台灯调暗，仿佛刻意避免着什么。我也知道避免不了什么，因为一切似乎是明摆着的，一切又似乎不可捉摸。沉默良久，王宏在电话那头说，有空回来喝酒，撸了一身轻。我心里一疼，没了话。挂了电话，倒在沙发上望天花板。

从我的角度理解，这意味着王宏的梦想基本破灭。大学时，我们上下铺。王宏不像我，毕业后漂在重庆黄桷坪——这是一个艺术气息浓得化不开的地方。他毅然回了瀼渡，说是反哺故土。记得当时他说这话的时候已进入夏天，离毕业还有几天，大家多多少少都有些伤感。王宏不，他交完毕业论文就开始请人喝酒，今天请导师，明天请师弟师妹。他也请我喝酒。本来喝酒是我们最稀松平常的事儿，但王宏把气氛喝得非常郑重。一瓶"诗仙太白"见底，王宏说，你猜我实习最大的喜事儿是什么？我们师范生实习基本上是回原籍学校实习，但王宏去了瀼渡中学实习，因为娟子在瀼渡中学实习，娟子是瀼渡人。我们三人是同学。我选择了考研，留在学校复习。但人生荒诞的是，后来娟子去了贵州支教，王宏去了瀼渡教书，我依然晃在重庆。我说王宏，娟子都走了。王宏说，我回瀼渡中学。

我嗤了一声，说这叫愚忠，人家说不定找个贵州哥哥。王宏说，我在瀼渡等她。

瀼渡位于长江中上游，瑞河与长江交汇之处。随山势形成三重缓坡，第一重缓坡建码头仓库、酒肆茶舍，会聚着往来商贾和引车卖浆之流，热闹非凡。第二重人们随坡建房，房屋高瘦，夹一条青石板街，街随屋转，绵延到坡的尽头。尽头一棵黄桷树拦住去路，几十级台阶虚虚实实连接第三重缓坡，缓坡上建有巍峨门楣，门楣两边书有对联一副，上联曰"千教万教教人求真"，下联曰"千学万学学做真人"。黑底横匾，绿色隶书，瀼渡中学。学校旁边依次是邮局、财政所、税务所等机构。从学校望出去，瑞河的娴静和长江的雄浑尽收眼底。瑞河再向上，过云嘴乡，就到了我的老家瑞河场，所谓"一舟过三乡，乡乡不同"，说的就是这条河，这条河上的三个乡。

娟子答应了？

王宏把眼睛眯成一条夹缝，里面的眼神就深不见底。我曾经也学着用这种拉风的眼神看人，却被人认为是残疾人。

王宏说，再猜。

见了岳父岳母？

想象力严重缺乏，全是意料之中的一些事儿。王宏把"诗仙太白"翻个底，最后一滴悬而不落，他使劲一抖手，酒滴到了桌子上。他说，校长同意接纳我啦。

哦？运气好。不愧是王才子。老板，再来瓶酒。我真替王宏高兴。王宏来自东北，用王宏的话说，那旮旯冻死先人。东北过来读大学的，基本上选择了留在重庆，就业，安家，过日子。但王宏时不时冒一句，来一场雪多好。重庆主城很多年不见下雪，雪似乎躲着下，湖北、四川、贵州都下，把重庆人急得跑贵州或者湖北看雪。王宏说，蜀道难，难于上青天，我看重庆更难。我说，你同意去？我为什么不去？那里有我喜欢的河流，那里冬天可以看点儿小雪，那里有我喜欢的人，关键是，一年后就带编制啦。

瀼渡海拔比重庆高，冬天扭扭捏捏下点儿小雪，这足以让王宏释怀。更重要的是带编制，意味着王宏从此是公家人，吃公家饭。一个本科生，要跻身吃公家饭的行列，很不容易。王宏似乎不费力气就挤了进去。后来我才知道，王宏实习这几个月，专门辅导校长家高考的儿子。这无异于刀刃上跳舞，考好了，人家感激你，考不好，哪怕是孩子的事儿，但人家心里隐着怨气。但王宏做得到位，孩子所有课程全程辅导，全程跟踪，全时段服务，孩子也争气，被一所985提前录取了。王宏回校时，瘦若猴精。

那娟子还去贵州干吗？

这是战略。王宏说，你别担心，板上钉钉。

王宏所说的战略无非是他先安顿下来，娟子支教也是有编制的，但要留在重庆就没有编制，本科生在重庆，只能在民营企业里混。王宏说只要他混到自己能说话算数，或者说能够搬动说话算数的人，就把娟子调回来。

这得多久？我望着王宏未老先衰的脸，说，娟子等得了？

娟子……我的女人。王宏借着酒劲儿擂了我一拳，仿佛完成了一件大事。只要混到校领导行列就行。王宏的舌头搅不转，含混地说我行的。

现在想想，如果没有肖晓的事件，或者我替王宏背个锅，或者事件发生之初，王宏求肖德福写个证明，他还真的能行。

几个月以来，王宏疲惫地应付着媒体的采访，疲惫地表达自己的忏悔，疲惫地写着检讨。我感同身受。虽然我和几个股东办的只是一个民办学校，但各路媒体的狂轰滥炸，各部门的突击检查，各部门发来的整改通知，股东们的发难诘问，像一群野蜂，蜇得我青肿。几乎每个夜里，我就会梦到一个红红的苹果，咕噜咕噜滚到我床下，有时我捡起来，咬一口，苹果竟流出红色的液体，惊得我从床上蹦到地上。我猜想那个跳楼的男人是不是也有和我一样的症状，才从阳台蹦到了楼下。地板冰着我的脚板，我却没有感知。有时梦着平时的一些事儿，到最后始终往肖晓身上梦。有次我梦着去送娟子，我正想为什么不是王宏送娟子，我拉着娟子的手说，我让王宏把你赎回来。娟子说不要王宏赎。肖晓不知何时靠上来，给我几个苹果，让娟子带上。我接过苹果，正要生气，我要听娟子下面的话，竟发现苹果是自己过来的，肖晓的手呢？我问肖晓。肖晓一笑，一张脸也化得不见踪影。我被吓得醒过来，汗淋淋的，睁着眼睛到天亮。我真的快崩溃了。作为学校教务主任的王宏，作为肖晓班主任的王宏，所受的惊骇不会比我少。但我不敢问。王宏说，他被撸了，还戴着一顶处分的帽子。他目前能保住上课，还带着编制，已是奇迹。

得谢谢肖德福。他找你，你尽量帮着办，我谢你。王宏说。

3

第一次见肖德福是在瑞河场。

肖德福虽然和我是老乡，但肖德福没有住在街上，我们家位于瑞河场老街正中，所以我和肖德福只是地理意义上的老乡，同一个乡。我与肖德福不是很熟，或者说已经忘记他的面目。据母亲说，瑞河场还能打鱼的那阵子，每次赶集，肖德福都会提一串黄辣丁沿街卖。他戴一顶常年不换的黄布帽子，帽子前面胶着一颗布五角星。他沿街问，老板，黄辣丁，鲜的，要不？老板们有时要，有时不要。我们家是裁缝铺，他总是问完我们家后就转过对面街，又一路问回去。母亲说，我家后面的街坊都是打鱼的。我听着有些好奇，问母亲，怎么我对这个人没有印象？

你哪里会有印象哟。你读小学，他才从外面回瑞河乡；你读初高中是在瀼渡，一个月回来一次，见不上面儿；你读大学，瑞河又不准捕鱼了，他又回了乡下，有时赶个集，兴许还碰得见，但谁在意啊。

肖德福不是瑞河人？

是秉德老汉捡回来的。

母亲说，有年瑞河发大水，秉德老汉去捞浮财，见一竹篮，随瑞河漂流而下。他捞起竹篮，发现竹篮里的男孩儿，就抱回了瑞河场。众人笑秉德老汉，是不是把女鬼当媳妇，怀的孩子落的胎？秉德老汉一直鳏居。听后秉德老汉气得喘粗气，趁村委会开会，把竹篮子掼到会议桌上。满屋子男人盯着哇哇哭的男孩儿不知所措，赶紧将喂养男孩儿的事儿提上办公会。

这样吧，哺乳期的妇人一人一个月，断奶后碰到哪家吃哪家。村主任一说，其他人没了意见。

这不是哈巴口吗？

就叫哈巴口。村主任说。

瑞河人将张口吃百家饭的人叫哈巴口。

肖德福的外号叫哈巴口？

母亲咳了一声，示意我小声，别当着肖德福的面叫，有次父亲不小心随口喊了肖德福哈巴口，肖德福没什么，倒是他闺女，捡起石头就扔你爸。

肖晓？

比亲生闺女还疼他爸，这孩子心性要强，在家当一个整劳力使。母亲叹口气，她妈得了富贵病，重活干不了，一家人勤扒苦做，还不够她塞药罐子。孩子小小的，和他爸去瀼渡码头扛包。

第二天一早，王宏赶了班船来到瑞河场。我们约好了去肖晓家。我们各自搭乘一辆摩的，约莫三十分钟，听见王宏喊，停了停了。声音刚落，路边一家房屋里出来一老头。老头一脸刀砍的皱纹，茧子裹住了手掌，像捶浆过的麻布，问，你们这是找哪个？王宏说，我是肖晓的班主任。老头明显迟疑了一会儿，对着山坳吼，肖晓肖晓，你班主任来了。声音像闪了气的腰。从山坳的绿荫里飘出来一个声音，哎，就回。爹，你给烧碗开水。脆脆的，像一截嫩黄瓜。不一会儿，老头端着两碗荷包蛋，请我和王宏吃。我们不好推辞。不久肖晓回来，挡在门口，屋子里暗下来，进来，屋子又亮起，一条硕大的辫子甩在脑后。她向王宏问了好，我向她做了自我介绍。肖晓的脸像晾在阳光下的衣服，欣喜地展开。她说，王老师，我给我爹说了，只是……我知道她顾虑的是钱的问题。在来的路上，我和王宏有过商量。

每年春季，我都会到熟悉的学校招生。瀼渡中学是我的母校，自然是重点招生对象。我们主要针对估分在二本和二本以下的学生，让他们通过一年左右的编导或者播音主持的集训，考上一本院校。播音主持、编导专业被称作艺考的速成品，当然，这是相对声乐、美术长达十几年的训练而言。但培训费用依然不菲。即便如此，每年一进入高二，城里不少学生眼看裸考无望，就走了艺考这条速成之路。学生通过训练升入一本院校，所在学校的升学率也随之上升，我们民办学校因此也声名鹊起，三赢之事，何乐不为？但由于招生竞争激烈，生源学校每送一个学生，我们的返费高达百分之三十。当时我在数送生名单时，王宏说，老同学，李老板，求个事儿。我等他说完，说，其他人情愿？我知道我们的返费应该是年级组的每个老师分配，王宏请求肖晓的返费冲抵肖晓的培训费。我说你得把工作做到家，免得惹一身骚味。王宏说，明天我们去一趟肖晓家，她父母的工作你去做，你舌头安了弹簧的。学校的工作我来做。我笑王宏，说今年分了钱，可以考虑把娟子调出贵州了吧？

我对肖德福说，肖老伯，孩子的前途是大事儿。你看肖晓，我们瑞河水养大的水灵妹子，窝在瑞河场就憋屈了。

肖德福裹了根叶子烟，衔在嘴里，湿湿的没点着。李校长，您说的都对，我也盼晓晓有出息哩。可咱是手长衣袖短盖不过腕子。这两年水涨了，禁渔，没得收入。在码头下散力，苦了孩子。话未说完，里屋响起咳嗽的声音，静了一会儿，里屋就号，女人家学那么多做甚？女人家，菜籽命。岁数到了，找个婆家过日子，学那么多，就不过日子啰。

肖晓脸红一阵白一阵，抿住嘴唇，像含着一片纸，眼里潮红。

女人懂个啥子。肖德福突然发飙，弓在地上的身子弹起来。他走到里屋门口，双手抓着门框，屋子里静得只有肖德福的胸膛的声响，像有风，刮过土墙的缝隙。他喘了很久，肖晓站起来，泪终于滴落下来，赶过去扶着肖德福，说，我不读了，不读了，这总可以了吧。

肖德福你别骂我，肖德福你个天杀的不去治病，肖德福你的肺孔孔洞洞都漏风了，肖德福我的女儿……女人一口一个肖德福，哭起来，声音拖得凄婉绵长。

我和王宏对望了一眼。我们没有想到会出现这样的场面。王宏朝我使了个眼色，我跟着王宏来到坝子。王宏问，肖晓到重庆的生活费需要多少？我默想了一阵儿，说，生活费可以自己挣。那这样，把我今年应分的钱充抵肖晓的学费，差的你添。王宏憨憨一笑，应该差不多吧。我点点头，纯课时费够了。我没有再说什么，我能说还差吗？

王宏回到屋子里，我听见一阵子号哭，是肖德福的。肖德福在骂自己无用，养不活个家。随后千恩万谢，说肖晓前世拜了哪方菩萨，今世才有这般运气。离开时肖德福硬要塞给我一篮子鸡蛋，我推说不要。肖德福就恼了，说乡里乡亲的，肖晓到重庆了少不得麻烦李校长。拿去给你父母补补，土鸡生的。

我们刚回过身，从山峁处冒出一个孩子，肖德福远远喊，军娃子，给王主任和李校长说再见。

4

肖晓出事后，我在紧急事故处理小组的指派下，回了趟瑞河场。

当时王宏正开周例会，我在校办公室等他。我从来没有如此六神无主过。肖晓出事当晚，教委、民政、工商、税务、公安等多家部门联合组成的紧急事故处理小组进驻了飘扬艺术学校。处理小组封存了所有带有肖晓笔迹类的东西，并向我询问了肖晓的详细情况。最后处理小组问，肖晓离开瀼渡中学，谁同意的？

我一时语塞。我不能说是王宏同意的，难道说是肖德福同意的？想起那张刀砍斧削似的脸，想起他喉咙里刮着西北高原上的劲风，我就有种无力感。如果真这样，肖德福同意的手续呢？冷汗顺着背脊直流。那么我该说是谁同意的呢？最后我说是瀼渡中学领导集体商量同意的。这个说法看起来站得住脚，但是否禁得住调查，不得而知。

处理小组说，现在网络舆论纠缠这事，你也知道，现在的事儿，想瞒都瞒不住。我请求道，能否让我回一趟瀼渡，一来可以安抚一下家属，二来通知学校做好安排，这可以减轻处理小组的压力。和我谈话的是个女人，五十来岁的样子，是市教委下来督查处理进度的，姓吴。吴主任说，这也是个办法。你记住，哪些话该说、哪些事该做，心里得有数。

王宏回到办公室，看我灰头土脸的样子，问，发生什么事儿啦？

我把他拉到瑞河边，瑞河水看不见，满条河都是雾。雾一动不动，但能感觉得到水在流动。我们找了一块石头坐下来，王宏说，今年估计有雪。

我盯着他的脸，简要说了肖晓的事和处理小组追问的问题。王宏的脸阴晴圆缺变幻着，突然他瘫软在地上，如一个面团。他脸上挂着两行泪。他说，肖晓去重庆，我是瞒着学校的，我在教务处方便。

什么？我站起来，你没有做学校的工作？我突然有种饿狼找不到鸡的感觉，全身空空的，像要飘起来，即便是冬天，背脊上霎时全是汗。这意味着王宏得背负肖晓离校的责任。这个责任是什么呢？王宏在我眼前成为一团黑影，像一幅水墨。我赶紧摸出一块糖，嚼起来，缓慢得差点停止的脑子才又运转起来。

那得求求你们校长，说是集体研究的结果，法不责众，不然……我艰难地选择着一个词，但觉得还是无法回避，不然你我都得进去。

王宏"啊"了一声，显然没有意识到这个结果。事情发生以后，飘扬艺术学校从保安、宿舍管理员，到班主任，到我，都接受了讯问，并周知了所有人员，在没有许可的情况下，禁止离开学校。各个岗位都没有肖晓出校的记录。班主任说圣诞节学校放假一天，吴主任没有接话，转头给办案的民警嘀咕了几声。我知道这不是理由，圣诞节不是中国的法定节假日。下午我就接到了银行的短信通知，办学保证金已被冻结。几个股东都来了电话，问为什么招生报表上不见肖晓的名字。我暗自叫苦。股东们平时不参与管理，只看报表。这会儿出了这档子事，他们也急。我说肖晓的事我承担全部责任，不关飘扬的事。不关飘扬的事？说得轻巧，所有股东的银行卡都被冻结了。我有些发慌，问会计，会计说情况属实。我问教学主管，学生和学生家长反应如何？目前还没有反应。她犹豫了一下说，不代表后期没有反应，毕竟老师们都知道了。那先稳住教师队伍，不能产生退费。培训机构都是预付费机制，很多费用已经支出，一旦产生退费，后果不堪设想。我突然觉得找不到出口，犹如一头斗牛找不到那块红布。我简单梳理了一下，给所有股东发了条短信，如果飘扬有事，我全部承担。

知道王宏没有把肖晓的离校报给学校，我一时急火攻心，说，求求校长，啊？王宏。不然我的学校就得垮，股东们非撕了我不可。

王宏还瘫在地上，神情木然，眼镜上染上了雾，乍一看像空着两只眼。我使劲眨眼，怎么这几天看东西都这么邪乎？王宏站起来，望着瑞河，除了雾，什么也看不见。唯一不同的是，雾开始缓缓移动，变着各种花样。应该有场大雪的，王宏说，雪，大雪。

晚上我回了一趟老家。我没有向母亲说起肖晓的事。我不得不把这件事告诉瀼渡中学。校长说知道了，教委已经来过电话，他们已经派一名副校长带队去了瑞河场。我顺便说，校长，拜托您。校长说，这意味着什么，你是很清楚的，特别是王主任，连我……估计后面的话敏感，校长停了话头。我伤感地垂下头，一时感觉连一根稻草都抓不着。我当然知道，如果校长这边把责任担下来，那么他的帽子瞬间会被摘掉。当然，并不是说我们不愿意承担责任。校长送我出来时说。

我站在校门口，不知往哪里去。瑞河已经亮出了腰脉，波光闪闪。有班船在喊，瑞河场瑞河场。我就回了瑞河场。母亲说，人心隔肚皮啊！你那个同学王主任，好多人说他"卖学生"，说一个人独吞了重庆学校的回扣。谣言从瀼渡场传到了瑞河场。人家泼污他，无非是惦记那个位置哟。

哦？

我马上给王宏发了条短信：为什么不让我回来做说明？

王宏回了条短信说，人家相信我同学的证言？算了。心安即可。

现在能心安吗？我有些气愤。王宏的自以为是让我受不了，无论如何得多少考虑我的感受，或者说风险。

凭什么替肖晓担这么大的责任？你得去找找肖德福。我不知道这种暗示王宏能否懂得，懂了能否去做。我的意思是他找肖德福写张证明，送孩子上重庆读书，完全是肖德福自己的主张，与学校无关之类的证明。肖德福如果写了，意味着我、王宏、学校的责任降到最低，同时也避开了肖德福找学校扯皮的风险。

王宏没回信。当晚要睡时，他发来一条短信：我来自孤儿院，你知道的。

5

有天从派出所做完笔录回来，娟子在办公室等我。

娟子裹着一身羽绒服，袖口擦得亮亮的。我看到娟子头上顶着一根白发，刺得我心里一疼。我想起那个梦境。我想，为什么不是王宏送她呢？我问，回瀼渡场啦？

王宏遭停了职。每天按时到教办写检查。

找人了不？

网络上铺天盖地，找人不起作用。我怕王宏挺不住。

贵州冷吧？我实在不想谈起这件事。这件事像一根刺，扎在所有人的心尖，拔不出来，融不进去。

大雪封山。目前有能把责任降低到最低的法子吗？娟子成熟多了，不像二十多岁的姑娘。

王宏没跟你说？

娟子摇摇头，眼神黯淡，目光聚不到一处，说，王宏什么都不说，看得我心里涩涩的。有天我说得去找肖德福，他竟一下子哭了。好不容易说一句话，说千万不要，都苦。

这是目前唯一的法子。

王宏从小在孤儿院长大，孤儿院是唯一让他怀念的地方。我无法进入他的生活，也无法理解其中的苦乐。王宏说，几十个孤儿，放学之后，糊纸盒补贴孤儿院捉襟见肘的经费，顺便赚水果糖。当天糊得多的，院长就发一颗水果糖。我认为水果糖是世界上最甜的东西。王宏说。他几乎每天都得糖，晚上睡觉时，熄了灯，他把糖剥开，伙伴们个个都直起身子，黑暗中闪动中一对对亮点，满屋子的亮点，黑暗中，糖传递着，每人舔一下，回到他的地方，还剩薄薄的一片儿。他说他把糖片儿含在嘴里，甜得想找个人分享。王宏说，我就想，要是我妈在，我让她每天吃糖。第二天，院长当着全部孩子夸王宏糊盒子快，大家要向王宏学习，不然没有糖吃。他们你看我我看你，狡黠地嗤嗤嗤笑。直到王宏有次回去看坐在轮椅上的院长，院长笑他，说王宏啊，每次吃剩下的糖是什么滋味啊？那一刻王宏特别感激他们院长，从心里暗暗发誓，每年不管多忙，都要回去看看院长，陪他说说话。李兄，说来你不相信，我在孤独无援时，就特想院长，她仿佛是我妈，后来我们真的全部喊她妈妈，她去世时我们全部回去披麻戴孝。王宏一说起他的孤儿生活，滔滔不绝，但我感受不到其中的苦难。王宏说，他喜欢下雪的日子，伙伴们也喜欢。雪要来的前几天，伙伴们准备着簸箕、麦粒、绳子，每天要看十几次天气。下雪那天，他们放假一天，不用糊盒子，他们照着每个人的样子，堆雪人，几十个雪人把一个大的雪人围在中间，中间是院长。院长将自己的帽子戴到雪人上，就更像了。

王宏每次说到这里，就喘着气笑，说他们院长其实是个孩子。

娟子说王宏这几天好了点，每天出门到瑞河边看雾，雾散了看水。刚开始娟子怕他出事，跟着，时间到了他就去教办写小字。娟子父母是瀼渡场上卖布的，接触云嘴乡和瑞河场的人多，一有机会，就替准女婿打抱不平，说，王宏卖学生，瞎眼啊。泼污人的心子长歪了，领导不同意，借十个胆子给他，他也不敢。说得唾沫乱飞，还告诉瑞河场的人说，回去碰到肖德福，传个话，别好心当成驴肝肺。

那个时候，肖德福早没在瀼渡码头扛包了。

娟子的父母说多了，人家反而背后嘀咕怀疑，但都劝说，王主任与你不亲不戚的，不如喝杯菊花茶败火哟。娟子一回来，父母就朝娟子发火，仿佛这样才能败火，说，本地的崽都死绝了。娟子气得流泪。又有媒人旁敲侧击，说娟子这么大岁数了，也该有个人家了。娟子父母深更半夜劝娟子，王宏这辈子算瞎了，这和瀼渡场一个不三不四的混混没有两样。劝到急处，父母发了狠，说，你是有爹妈的人，嫁的人家也得有根有须。娟子哭得越发汹涌。见娟子油盐不浸，母亲找了条绳子往檩子上一甩，说今天还是你妈，明天就是索命鬼，吓得娟子跪下喊妈，哭得声嘶力竭。整条街都指指戳戳，谴责娟子，说娟子当老师了还不明白大是大非，终身大事当儿戏。甚至有街坊邻居教育自己的孩子，大声说，读那么多书，不如养头猪啊。

娟子突然流泪说，这下我也成孤儿了。我赶紧说，乱说乱说，有父有母的不乱说。关心则乱，伯母伯父估计急了才说这些话的。

我不敢在瀼渡场待了，有天我在摊子上帮忙，有个女人扯完花布不走，我问她有事儿？她左右上下睃完我，说，你父母说得不错，要条子有条子，要身材有身材。下午，她就带了一个文质彬彬的眼镜来我家，我父母很热情。我当时没有在意，后来才知道她是给我说媒的，眼镜是税务所的，离异带有一女孩。媒人说这样好，这样自己不用痛，白捡一个女儿。我板着脸，没有好声气。眼镜对我父母说，如果同意，娟娟就不用去贵州，税务所招合同工，协管流动市场收费，待遇基本和正式工一样，隔几年还可以考，转正的。娟子停了片刻，我看着她背后墙上有一条裂纹，丝一样，从天花板走到娟子的领口处，消失了，藏到了娟子的后背里。娟子说，一口一个娟娟，恶心得惨。

晚上，娟子母亲问娟子的意思，娟子泪眼婆娑问，我连芥壳都不如？

这……娟子母亲说，娟啊，天生只有八角米，走遍天下满不了一升啊。趁娟子母亲不注意，娟子父亲递给娟子几百块钱，转过身说让孩子想想，睡觉。

娟子第二天一早就离开了瀼渡场。轮船启动的一瞬间，瀼渡场在雾气中若隐若现，若即若离，三重缓坡被雾气缠绕，层层交接处越发凝重。船越走越模糊，最后只剩一抹声音时，娟子有种恍惚的感觉，这是生她养她的地方吗？她似乎只是在梦中到过这个地方。但梦中的瀼渡场，下着纷纷扬扬的雪啊。

我等娟子说完，递给她一张纸巾。

我送娟子去菜园坝赶火车。为什么是我来送她？我又问自己。在站外的水果店，我选了几斤苹果，正要过秤，肖晓手中的苹果闯入我的脑际，吐着信子咬了我一口，我慌忙丢下苹果。老板疑惑地望着我，一脸生怕我倒在店里的那种神情。我重新选了几斤梨。收银员递给我口袋的时候，我特意看了一下她的手。

娟子单薄的身子快要消失在人群中时，我突然想抱她一下。我喊，娟子。娟子在检票口回过头，看着我说，哥，还有事儿？我笑笑，挥了挥手，没说话。娟子进了检票口。

6

娟子刚离开重庆，王宏的微信就到了。打开，是一篇作文。字很娟秀，流畅。作文的题目是"诗意"。我扫了一眼批语，我很熟悉，跟瀼渡中学大门口对联一样的字体。

十几个奖的汗水见证了你的才华。一场雪里藏着春天，需要自己去触摸。你不是没有诗意，是不敢追寻诗意。王老师相信你，一直相信，我在未来等你。

王宏即日

我又倒回去看起了正文。

王老师，看着这个题目，我真不知道该怎么写。因为在我的世界，没有诗意，只有坚硬的现实。

我还清楚地记得我父亲进我家时的情景——这里的父亲指我现在的父亲，我的继父肖德福。我和我弟弟本来姓罗，我不想提起我的生父，他扔下我们三人，和另一个女人走了。肖姓是几年后改过来的。在此之前，继父是做木工活儿的。他说自己是从一个遥远的地方回来的，那个地方一到冬天，漫天遍野的雪。后来我才知道他说的"回来"的含义——在他很小的时候，被捡到瑞河场，他是吃百家饭长大的。他之所以回来，具体原因不知道，他也没说，但从他断断续续拉拉杂杂的唠嗑中，我意识到了两点。其一，他回来是为了报恩。过了十来年，父亲肖德福回来了。有天村里的保管室升起了炊烟，众人皆惊，走拢一看，父亲就着一碟咸菜喝着酒，看到众人，起身让座，竟无人敢坐。父亲敲开村主任家的门。村主任手里的收音机一下哑了音儿。父亲背着锯子、刨子、斧头、墨斗、牵钻、凿子，嘟噜了半天，村主任才弄明白，父亲要给村里每家打件家具。

村主任犹豫着递给父亲几块木板，父亲咧嘴一笑，感激地看村主任一眼，搬着木板去了屋后的坝子。他搭起八字木架，砍、锯、推、刨、揉，木屑纷飞，刨花堆聚，汗水顺着父亲黑黝黝的脸膛滴下。半晌工夫，一只精巧的犀斗做了出来，把围聚的村人看得目瞪口呆。

村主任向父亲比了比大拇指，掏出几块工钱递过去。父亲赶紧摇摇手，急得满脸通红。

就这样，父亲给每家打起了家具，只吃饭不收工钱，收完工到秉德老汉家里默然坐一会儿，回保管室睡觉。

有天大早，村主任的女人拦住了父亲，女人要父亲再给她家打一口柜子。父亲摇摇头伸出一根手指头，意思是只能做一件。女人用手指了指胸面前，说从小喝我的奶长大呢。父亲张了张嘴，脸红成猪肝，低着头跟村主任女人走了。瑞河人像发现了什么秘密，心照不宣地让父亲做着两件、三件、四件家具。

轮到给秉德老汉做家具时已经是春天，熬过冬天的秉德老汉病情不见好转，整天抱着痰罐咳得山响。

父亲想给老汉做一口棺材，但老汉家没木料。刚好瑞河发春水，浩浩汤汤，父亲就到瑞河边捞浮财，他只要木头。村人围在岸边，捞一些漂浮着的瓜果、刚淹死的猪啊狗的。父亲站在离岸较远的水中，捞起上游冲下来的木料，甩到岸上。他的脚下是村人平时过河的石板桥，浑浊的河水漫过了石板桥，刚齐他的肚脐。这时河面出现了几根檩子，父亲歪歪扭扭朝前移动了几步，刚抓住一根檩子，村人吼起来：来了哟！

众人的吼声被洪水的咆哮淹没。吼声未落，一根滚木直直撞向了父亲。父亲看见飞速而来的木头时已经晚了，他健硕的双臂一舞，身子被撞离桥面。父亲命大，下游一根横着的槐树拦住了他。上岸后的他没有再做木工活，他一弹起墨线就抖，拉不直，后来乡下不需要木匠，父亲把那些工具一把火烧了。有时我连缀着父亲的故事，完全不能和眼前的父亲对照，眼前的父亲干瘦，枯萎，像夏天旱地里的玉米秧子。其二，他要在瑞河场安家。那次落水后不久，媒人就把他领到了我们家。说实话，我们家的确需要一个男人，不仅是患病的母亲需要。

但我和肖军产生了强烈的抵触。

乡下野狗多，有天很晚了不见肖军，我们找到肖军时，肖军被野狗伤了，脸上手上全是血。父亲连夜背肖军到瑞河场打疫苗，因为脸上要植皮，第二天他又把肖军送到重庆的大医院。现场要输血，父亲带的钱不够，就让医生检查自己的血型，还骗医生，说亲生父子血型应该配得上。

还好，检查下来血型吻合，肖军身上就流着父亲的血液。

我们从此改口，"叔"变成了"爸"，姓氏也跟了肖姓。我们不再是别人口中没有父亲的野孩子！我记得改口的那天，父亲竟有些腼腆，脸红了好一阵子，说，都好，都好就好。

这就是我父亲的现实，里面没有半点诗意啊。

您要问我的现实是什么？我的现实是每天放学后的一个小时里，到码头扛几十包石灰。同学们都放学吃饭，我急匆匆赶到码头，与扛水泥的父亲会合，用十分钟的时间就着咸菜啃下馒头，算是一顿晚饭。然后，我换下放在码头上的一套脏衣服，父亲开始下水泥，我开始扛石灰。扛一袋石灰五角钱，我每天可以找十几块钱，每个月的生活费基本自给自足。父亲的钱找来给我妈买药。水泥扬尘很大，父亲不习惯戴口罩。每次我离开码头回校，父亲总望着我走很远。我都不敢回头，因为满面泥灰的父亲，唯有眼白是清晰的，码头上有一群只见眼白的人。王老师，我这么说并不是诉苦，相反，如果这样，能分担家庭的重任，我心甘情愿。但是，我也问过自己，难道一辈子就这样过？您不止一次在课堂上描述过您的故乡，那个宁静的东北小镇，一进入十月，长白山的雪就会顺势而下，覆盖住整个村庄。人们猫在家里，煮茶赏雪，静度时光，那是一种什么样的状态？我父亲也说过他在一个有雪的地方待了十来年。我多希望来一场大雪啊，如果可以，让雪覆盖我吧。覆盖伤痛，覆盖贫困和苦难，让希望发芽。

我无法想象，也不敢想象。

上次您说到未来，希望我把精力放到学习上来，并说已经联系了重庆的培训学校，让我参加编导专业集训。王老师，我从内心感激您。从学写剧本，到排练，到角色定位，您都给了我莫大的帮助和支持。可以这样说，我得的这十来个奖，都是您的功劳。但也许会让您失望，我想放弃编导的集训，我不想给家庭增加负担。我不敢想象我的未来，哪怕瞄那么一眼。

说到未来，就真的没有诗意了。我的世界扬着滔天的尘土啊！

您的学生：肖晓

我看完这段文字，半天没有言语。我又该有什么言语？好像什么都已经晚了，我无精打采。风带着陈旧的气息，从所有的缝隙刮进屋子，穿进身体，又散在屋子里，凛冽。看来今年应该有场大雪。

7

处理小组找来了一家艺考机构，商量暂时接管飘扬艺考学生的问题。原则是保持相对稳定，不造成社会影响，因而师资队伍不变，教学场地不变，但严格管理秩序。

吴主任问我，为什么没有肖晓的辅导记录和入学记录？我说如果把肖晓报到学校，就得按股东会的章程办事，缴纳所有学费，并且作为学校正式学生，严禁外出。

那不是更好吗？就没有现在这档子事儿啰。

我望着窗外，有零星的雨，有一搭无一搭地落，偶尔有一滴打在玻璃上，蜿蜒流下来。我想瑞河应该下起小雪了。

有天我开班主任会，会议主题是冲刺联招考试，各个班主任及时跟踪学生学习情况，建立档案，以便教学老师查漏补缺。会后我把肖晓的班主任留下来，问她，肖晓情况怎么样？女孩刚从大学毕业，耸耸瘦削的肩，说，老是出去，我不准，她就打你校长的牌子。专业应该没有问题。

你知道出去做什么？

兼职。发传单，贴小广告，有天我看见她拿根棒棒混在劳力市场。我都不敢跟她打照面。听说他爸肺上出了问题。

等肖晓回来，叫她来我这里一趟。

肖晓是捧着一束蜡梅来我这里的。看着她汗津津的额头，我装作很生气的样子，说，到重庆学习不容易，整天外出，能学什么呢？

肖晓嘻嘻嘻笑，笑后又沉默了。然后将大辫子绕在手里，说，不会丢脸的。

我叹口气，看见她胸前别了一串蜡梅，淡黄的瓣，清香幽幽。这个城市每年都有流行的物事，似乎有一种潜在的力量在推动这种流行。去年流行在发髻处挽圈，像个灯笼甩在脑后。今年流行在胸前别一串花。肖晓见我看她，站起来，把蜡梅插在办公桌上的瓶子里，顿时满室生香。我怎么说呢？她的家庭情况我很清楚，她如果不半工半读，生活就成问题。我本来给她安排了宿舍管理员的兼职，但她嫌薪资太低，她说，得给父亲寄几个回去。我拿出十元钱，递给她。肖晓一下站起来，脸透红，像笼了个红色塑料袋，说，感谢您。她鞠了一躬，往门外走。走到门口，回转身说，冬天我回趟瑞河场，看雪，今年肯定下，可以打包票的。说完自顾自笑起来。我伸着的手好半天才缩回来。

肖晓刚来重庆时是夏天，恰巧那几天重庆的天气可以烫熟鸡蛋。肖德福敞着脚丫子，肖晓也敞着脚丫子，肖晓在前边跳着走，肖德福在后边跳着走，父女俩像耍猴戏般滑稽，引来一路人围观。肖晓到校没几天，就遭同学投诉，说肖晓长期打赤脚。我把肖晓找来，肖晓果然敞着一双大脚丫子，甩着粗辫子。她往我面前一站，说，重庆热死人啦。火炉名不虚传。

我说去把鞋穿上。

她红了脸，通红。习惯了，在河边生活，穿鞋倒不习惯。我扑哧一下笑了。在老家瑞河，个个都是敞着脚丫子，上坡、出船、到灢渡码头赶集，除非有红白喜事，讲究一下，但也是往脚上套一双鞋，不穿袜子，事情一过，一双大脚丫子行遍瑞河。校长笑什么？我说我想起了老家的一个笑话。肖晓嘟起嘴，哼了一声，您也糟践肖晓，我知道你说的是狗撵脚的故事。我哈哈哈笑起来，说知道就好知道就好。

狗撵脚是外乡人编派瑞河人的一个故事。说有一财主，年终不给长工银子，长工也不要，就在财主家磨洋工，半天才推一斗米。财主想，这不是办法啊？于是说晚上到账房结账。长工来自瑞河，不习惯穿鞋，晚上来到账房，领了银子刚出院门。突然从旁边蹿出一黄狗，像发了疯，见着长工就扑。长工吓得屁滚尿流，攥着银子就跑。哪知黄狗越追越勇。长工以为是财主放狗要银子，遂丢下银子跑，狗仍无停意。直到黄狗气绝，人也差点儿短命。长工坐下来，闻到一股骨髓香味，细细一寻，原来自己的脚板脚背全是髓汁儿，散发着浓郁的香气。想来是财主在账房地上泼了骨髓汁，黄狗被财主套着饿了好几天了。

第二天，肖晓脚上就穿上了鞋。

我叫住肖晓，问，你爸还在扛包？

没有啦，肺上全是灰，出气也不顺，让他去医院，他总说等等。我上重庆时就没法扛了。

肖晓说她上重庆费了好大的劲儿。肖德福的女人指着肖德福说，你把家里唯一的整劳动力放出去，我们只有等死啦。肖晓出门那天，她妈堵在门口，不让父女俩出门。肖晓一个劲儿抹泪，咧着嘴哭，说我不读了。肖德福青筋暴起，一时血气封喉，一口痰差点憋死了他。女人慌了，抹着肖德福的胸口。肖德福一翻身，把女人压在身子底下，朝肖晓喊，快走，折子密码是你生日。

肖晓说到这里时，喉咙发哽。我爸走平路都喘气，怎么会有那么大的力气？

我也默许了肖晓的半工半读，肖晓说她家里的盐巴钱得靠她挣。

肖晓出事后第三天，肖德福来到了重庆，同来的还有瀼渡中学的校方代表。肖德福被安排在离肖晓出事不远的宾馆住下。白天肖德福被各路媒体围堵着，我趁无人的晚上过去找他。我把准备好的话背了一遍又一遍，这些话都是王宏不愿意说的。到了却不见肖德福，问前台，都说没注意。等了一阵，已是深夜，我裹着大衣出来，在路过肖晓出事的地方停留了一下。我想起了那个敞着脚丫子的姑娘，鼻子一酸，落下泪来。待要离开，突然看见有团黑黢黢的东西蠕动了一下，在围着的事故现场的角落里。我大声咳嗽，黑色的东西站起来，原来是肖德福。

我说老肖，冷得要命，你在这儿干吗？

我陪陪晓晓。我才看清他怀里捧着的骨灰盒子。晓晓卖苹果，那得多冷。肖德福躺的声音大，仿佛胸腔里拉着风箱。我听得发堵。陪他回到宾馆，我准备的话一个字也说不出来。肖德福像在问自己，说，不见跳楼人的亲属？几天都不见？

你就晚上去等？

白天瞄着人呢。

等不到呢？我隐约觉得，对方应该没有家属。

肖德福动了动嘴唇，没发声。

我起身，走到房间门口。肖德福说，李校长，我不是他们说的那种人。

他们？我望着肖德福。

瀼渡场、瑞河场说我的那些人，你和王主任都是好人。

公告期后，事故处理小组将跳楼的男人拉去烧了，骨灰盒暂时存放在骨灰寄存处。这个城市竟然有骨灰寄存处，紧挨着殡仪馆，像行李寄存处紧挨着车站码头一样，寄存那些意外身故人的骨灰，以及灵魂，等人认领。

8

　　吴主任找到我，说都快一个月了，还没有跳楼男人亲属的消息。事故处理小组准备启动保险理赔机制。我仔细听着，生怕漏过话语中的信息。我点点头。目前我们和瀼渡中学方面达成了处理意见。一是安排肖德福到瀼渡中学工作，走后勤编制，校工。二是赔偿，按规定在二十万元左右。二选一，你和他是老乡，先去探探他的意思，主要想避免矛盾激化。至于你的情况，后面根据事态发展，另行处理。

　　说实话，听到处理意见，我真替肖德福欣慰。如果肖德福选择安排工作，意味着肖家有了吃公家饭的编制，这样他的女人可以到瀼渡场摆个摊子，加上肖德福的工资，供肖军读书，日子不会太差。

　　我到宾馆找肖德福，宾馆前台说肖德福离开有几天了。我暗自一惊，前台给了我一个地址，酒泉路78号，说是肖德福留下的。据我所知，肖德福在重庆没有其他栖身之所啊。

　　我打车来到酒泉路。司机说去那儿干吗？我想司机真多嘴。司机说进不去，得走一段。下得车来，初春的寒意还很浓，刚过去的冬天终究没有下雪。整天雾沉沉的，风吹了一夜又一夜，第二天依然雾沉沉的。风吹得树和石头干冷。酒泉路两边正在拆迁，一些水泥、砖头、瓦棚东一处西一处堆着，马路被逼成了巷道。没有路灯，马路尽头有一根高大的烟囱，烟囱上闪着光，像星星。人行其间，感觉在古老的荒原上行走。看着马路两边拆得面目全非的建筑，我想怎么找到78号呢？

　　其实找肖德福并不难。马路上流淌着泥水，估计下水管的某处被碰坏了，中间搁了一溜砖，我在砖上蹦跳前行。在一栋完好的建筑面前停下来，酒泉路78号，是一门店。门上方有一横匾，上书"福地"二字。门两边有一副斑驳的对联，上联：荣一春枯一秋草木有命。再细看下联：笑一生哭一世人间无常。不远处，挂着重庆市殡仪馆的牌子。我朝门店走去，感觉身子冷得紧绷绷的。门内堆放着花花绿绿的花圈，被一圈昏黄的灯光管着。我咳出很大的动静，周遭便漫起窸窸窣窣的声响，墙上的一扇门嘎吱一声，开了。

　　肖德福佝偻着背，钻了出来，手里攥着个鸡毛掸子。

　　等他躺一阵子，暂停的间隙，我问，怎么来了这里？

托医生找了份工，就是给肖军植皮的医生。肖德福难得地笑着，脸上所有皱纹掉头向上。

肖德福让我到里屋说话。我佝起身子，跟着他，钻过墙体的时候有种异样的感觉，身体很轻，像做梦，感觉我站在高处，盯着肖德福带我穿越到另一个世界。

里面的房间大，宽敞，屋子的三面竖着高大的木架，黑色的木架被分成方形的格子，格子上放着赭色的盒子，有些盒子有编号和名字，有些盒子没写名字，盒子被擦得明亮干净，静静地守着自己的格子。剩下的墙壁和天顶上，绘了弥勒佛、药师佛、观音、十字架上的耶稣、飞天图，黑色、黄色和蓝色将房间充盈得神秘而安静。

肖德福给搬来一个小凳，说得感谢店老板，收留他照看这些盒子。他把手画了个圈，回到胸口，又蹲起来，声音在屋子里来回跑。肖德福说他受不了媒体的包围，一听他们发问心里就发慌发堵，加上做惯了农活，整天住着宾馆，这让他不安。跳楼男人的骨灰到了这里，他就托了医生帮着介绍，刚好这里差人照看。事实上，谁会到这个乱糟糟的地方来上班呢？何况是守骨灰盒。瘆人。反正肖晓的事儿不是一时半会儿能处理得好的，找个活儿做。肖德福用鸡毛掸子擦拭着一个没有名字的盒子，反反复复，盒子已经亮得能照见人影。

我突然有一种坠落感，不知道是不是仰望的缘故，我感觉肖德福擦拭的盒子在上升。

你真要等到他的亲属？我朝他擦拭的盒子努努嘴。

肖德福不置可否，他的眼神迷茫起来，叹了口气，说，等到又能怎样呢？

我赶紧说了吴主任的意思，但我省略了吴主任。肖德福说，我哪有那个命。说完喘得不行。我说假如现在有这个机会，你要不要选择吃公家粮？

肖德福点点头，等来生吧。我站起来要走，肖德福把我送到门口，说，李校长，谢谢你来看我。

肖德福又开始蹲。我蹦蹦跳跳走出巷子，回头只看见那根高耸的烟囱，烟囱下面黑压压看不清，我对着浓墨般的黑，挥了挥手。

隔了三天，肖德福来找我。估计是在"福地"待了的缘故，肖德福走路很轻，他走进办公室时吓我一跳。我给他倒杯水，他没有喝，用手指压住喉结。我问怎么啦？他说这样能压住不咳嗽。

他说，他看到了跳楼人的亲属。

前天我正准备关门睡觉。他说他从里屋出来，差点被吓死。花圈围着一个臃肿的黑影，要不是那影子说了声"我来领盒子"，他还真以为撞了鬼。他拉亮灯，站在面前的是一个比他大十几岁的老妇人，手里拄着根竹竿。老妇人双眼像生了白内障，凹陷干瘪，模糊地盯着一个看不见的地方。看样子老妇人在花圈店站了些时候了。肖德福说他的习惯是待在里屋，一遍一遍掸那些盒子，除非外屋有动静，他才出来，然后又进里屋，掸盒子。肖德福问拿哪个盒子？老妇人调整了一下身子，将面部朝向肖德福，瘪着的嘴一张一合，说话关不住风。她说她从老家来，走了整整一个月，她的黑子给了他在重庆的地址。肖德福瞧见老妇人的棉袄到处绽着棉花，露在外的棉花和棉袄一样，乌黑瓷实，脚上的棉鞋勒着草绳，有些地方早断了，拖曳在脚跟。老妇人说，黑子老说他在重庆很好，我不信，有天我做梦，黑子站在井里，对我说，妈啊，我到井里去找爸爸。天亮我就去了村头的水井看，没看到黑子的影子，他爸爸死了十好几年了。

你怎么知道他死了？

井里没有影子。

肖德福知道乡村有一种说法，说亲人投梦，去看井水即知凶恶。你的条子呢？肖德福说的是殡仪馆给的领取骨灰盒的条子。

没条子。我被人领到黑子的住处，旁边一个老大爷说在这儿。

那你儿子……肖德福突然感觉胸口怦怦怦直跳，他说他意识到眼前的这个老妇人就是跳楼男人的母亲。他躯起一屋子的声响。

老妇人嘤嘤嘤地哭起来，边哭边说，我劝不住黑子，这孩子从小心重。他那单薄的身子骨，怎么打工？高考失利三次，都考得不说话了。老妇人凌乱地说，肖德福却听得明白。老妇人搁下竹竿，解开袢袄，摸出一个紧裹的塑料袋，一层一层展开，露出一卷毛票，净是一元两元的。她递给肖德福说，买沓纸钱，送送孩子，这孩子心重，那么高跳下来，怕都捡不起来了。老妇人又憋着嗓子哭起来，却不见眼泪。

看来老妇人不知道她儿子砸死了肖晓。肖德福想问她，张了张嘴，没说一句话。

肖德福没有接钱,从架子上抽出一沓纸,递过去。

在那个地儿待久了,也明白了人的一些活法。肖德福对我说,每天和那些盒子说话,不管对方是穷是富,是官是民,都愿意搭理咱,咱得给他把灰尘掸净,体体面面离开不是?

我不置可否。肖德福一下子哭了,老茧裹着的双手蒙住脸,呜呜呜地哭。

9

我只得找到吴主任。吴主任听到肖德福准备用赔偿肖晓的钱供肖军读书,半天没说一句话。我有些窘,本来我、肖德福、吴主任之间就没有任何关系。但当时处理完肖德福的赔偿后,吴主任说,今后有什么事儿,只管找她,能帮的会尽量帮。

肖德福终究没有选择安排工作的处理方案,他选择了赔偿。这和我摸底回来告诉事故处理小组的结果完全不一样。有天瀼渡中学一副校长找到我,副校长是校方代表成员。他说,肖德福要能承认是家长让肖晓来重庆学习的,就好了。

我看着对方的眼镜,金丝的。我说是。

肖德福现在一口咬定要四十万元,少一个子都不行。我估计这背后有高人指点。

四十万元?

本来不选择工作安排也没什么,按照保险赔偿即可。但目前肖德福要四十万元,差二十万元的缺口,这不在处理的预算之内啊。

据副校长说,当时他们都劝肖德福接受安排工作的方案,这样至少后半辈子无忧。但肖德福语气决绝,说,要钱,四十万元,四十万元现钱。

现钱?

我们说这个要求太过,无法满足时,他像张弓一样往窗台边冲,幸亏吴主任眼疾手快拦住了。我想象着肖德福躬着往窗台边奔的样子,问,为什么是四十万元,而不是三十万元或者五十万元?

副校长显然不想与我讨论肖德福的想法,摸出手机,播放了一段肖德福与他的对话。

副校长：老肖，肖老伯，如果赔偿了四十万元，你能不能写个说明？

肖德福：只要是现钱，只要是四十万元，啥说明都写。

副校长：现钱不好携带。

肖德福：现在假钱多。

副校长：说明我给您念一下。

副校长清了下嗓子，说你听好，遂念道：说明，兹有我女儿肖晓，系瀼渡中学在校学生，为了让肖晓接受更好的教育，在未经校方许可的情况下，我私自让肖晓去重庆飘扬艺术学校参加编导专业集训。后肖晓不幸身亡，事故处理小组积极与我沟通，达成了一致赔偿方案……

肖德福的躺声响起。

这是事故处理小组的意思？我问。

副校长说，如果，我是说如果，如果李校长能承担十万元，我会在说明中加入"不假外出，意外身亡"等。

王宏出了另外十万元？

为保住公职，王老师找人凑了十万元。

写说明这事儿也是王宏的主意？

副校长觉得我问多了，没有理睬。

我鼻子一酸。我的胸闷得像装了铁条子，一个被太阳晒出"平安"二字的红苹果，骨碌碌滚到我脚下，我下意识踢了一下。

你，你怎么踢我？副校长一脸诧异。

账号冻结了。

这个可以处理，只要你同意这个方案。

我为什么不同意呢？我不同意就是与事件链上的所有人为敌，包括跳楼的那个男人。我同不同意显然没有那么重要，重要的是出钱心安。于是我说，你的要求学校能继续办。

副校长松了口气，像卸下了好大一副担子，说，这个我转告，我转告，钱什么时候到？

我先跟股东通个气，争取一解冻就到。

所有钱都得以处理小组的名义给肖德福。你得写个承诺书，我好交差。

股东们巴不得这样处理，在几个小时之内就按齐了手印。这中间有个小插曲，有两个股东要求抽回资金，不想再办下去。至于赔偿的这十万元，我承诺承担全部责任在先，他们就用不着共担风险。教委通知说写好整改措施，通过了依然可以办学，十万块钱起到了作用。但股东的抽资，使办学保证金有了个缺口。我在写检查和整改措施的同时，天天跑银行或者小贷公司，我怕剩下的几个股东也抽资。

肖德福带着肖军来了，在桃花流水鳜鱼肥的季节。

吴主任说，我是说过帮忙，但这件事，这样，你回去等，我问问。

肖德福非得要送这所学校。我见吴主任说话了，赶紧补充。

这所学校不是说进就能进的，这个你应该知道。我当然知道，肖德福不知从哪里得来的消息，非得让肖军上这所学校。估计肖德福以为是上瀼渡中学，要进这所学校，一个副职领导的条子根本不管用。

第二天肖德福又来了，这次他没有进来，说怕身上晦气。我问，肖军也在那店里？肖德福点点头，说，李校长，肖军读书的事儿，你看要不要找找吴主任？

我看着他，我就知道肖德福会想到她。我庆幸提前找了吴主任，不然他拿着一沓钱，到办公室找吴主任，事情非办砸不可。我说你回去等等，我找她。

据副校长说，肖德福到银行提了四十万元现金，竟怀疑这薄薄几十沓钱没有四十万元，拆开一沓数完，才说怎么这么点儿？副校长笑他，你认为有多少？肖德福抖了抖蛇皮口袋，说，半口袋都没有。然后肖德福在取款的银行开了个卡，一沓一沓把钱从蛇皮口袋掏出来，存到卡里。剩下肖晓的骨灰盒，沉在蛇皮口袋底部。

下午吴主任就来了电话，说去找学校某某某，带孩子去面试，但能不能成，得按学校的规矩办。我记下名字和电话，打车又来到酒泉路78号，我得带肖军去学校。

肖军守在柜台上，看见我，对着里屋喊，李校长来了。

屋子四周又漫起窸窸窣窣的声响。我问肖军，晚上睡这儿？肖军点点头。你不怕？肖军摇摇头。

我临时抱佛脚，辅导了一下肖军的面试技巧。肖军一直涨红着脸。我和肖军又模拟了一遍才打车离开。

我没带肖德福，肖德福好像也没说跟着过去。

去学校的路上，我妈来了个电话，问我事情处理得怎么样了。我问什么事情？我妈说，别和妈藏着掖着，瑞河场传疯了，说你差点被抓。我说，妈，爸好吧？老样子吧。前两天看到肖德福，带着他那个小儿子，说是去了重庆。我看了看旁边的肖军，肖军似乎在背诵什么。我说，妈，我好着呢，学校也好着呢。

肖德福老婆死了。听了肖晓的事儿，一口血呛到肺里，气没上得来。母亲说，我往你卡里打了钱，这几年给你存的，加店铺抵押了点钱。我和你爸知道，人生地不熟的，没钱寸步难行。

我赶紧别过脸，朝向窗外，泪水哗哗地流。窗外的春天似乎才刚刚开始。

10

肖军顺利过了面试。招办主任问我，有个家长测试环节，您是孩子的？

我望望肖军，因为紧张，他脸上的红色还没有褪下，像窗外尚未红透的桃花。我说，我是他表哥，平时是我管他的学习。

我填写了履历表，回答了几个家庭教育的问题。另一个男人进来，将一张打分的表递给招办主任，点了点头。我这才发现屋子里各个角度都是摄像头，从我们被带进这间屋子开始，场外就有目光盯着我们的一举一动，然后根据这些举动给出评判。我正叹服学校的招生程序，招办主任说，请提供监护人的工作单位。我问，一定是体制内的单位？那倒未必，我们要求监护人一定要有五险，这样不会因为变故，影响孩子的学习。

我说，假如现在才开始交纳五险可以吗？

可以啊，但需要一年的五险证明。

孩子面试的成绩可以保留多久？

一年，一年内有效。

保留成绩需要哪些条件？

招办主任给我一个学校的银行账户，说，往账户里存入四十万元人民币，一直到明年。如果放弃，钱会退回到打款的账号。

四十万元？

分期为六十万元。两次，每次三十万元。招办主任像背书，一溜一溜的。

　　从学校出来，我问肖军对学校的印象如何。肖军低下头，说，像所大学，很大。

　　这种感觉我也有过，第一次是从瑞河场考到直辖市读大学，人一落地，脚像踩着棉花一样不踏实，路都不会走了，车水马龙、高楼大厦，以前书本上的词，一下子全跑到身边，竟无所适从。接站的师姐问我，感觉重庆怎么样？我说大，太大了。第二次是肖晓出事后，当我知道王宏是背着学校让肖晓上的重庆，瞬间我感觉身子空了，要飘起来，手抓不到哪怕一根稻草。那时，我觉得自己虚化到空气里，大，大到望不见边际。

　　我对肖德福说，明年肖军可以上这个学校。我问肖德福，贵得要命，还选择这个学校？肖德福像中了邪，咬牙切齿地说，上。

　　我让肖德福把五险挂到我学校员工名册上，但费用得自己交。这样到明年春天刚好有一年的五险记录。

　　肖德福感激得直搓手，他一激动又躺起来，屋子里全是他的声音。

　　肖军被我安排在一个离肖德福不远的普通中学借读，时间一年，就算是先预习预习，现在不是时兴超前学习吗？

　　有天肖军跑到学校找我，大概是秋天，他还穿一件夏天的衣服。他说，他父亲病倒了。

　　肖军说早上准备喝稀饭后上学，爬起来却是冷锅冷灶，推开里屋，发现肖德福蜷成一团，躺地板上打滚，咬着牙花子，无声地扭动，地板精湿。

　　我到医院时，肖德福刚好醒过来。肖德福说，身体好了些，可以离开医院了。我说老肖，养两天，得弄明白什么病。

　　肖德福把头摇得像钟摆，昨晚忘了吃药。我这个病，一吃药，就好。

　　我说你交了医保的，可以按比例报销。

　　肖军也在旁边求他爸爸检查完了再走。肖德福有些恼怒，花白胡须直抖动，但似乎还是听了肖军的话，坐回病床上。肖军去打开水，肖德福说军娃子是哭着把他背过来的。起先肖德福不过来，拒绝肖军背。肖军说你既然认我这个儿子，今天我就得背你去医院。我知道肖德福是怕花钱，哪怕是门槛钱也怕花。他想给肖军攒点儿生活费。肖德福说，不能像他姐。

131

我心里像被刺着，疼了一下。

但肖德福坚决不愿意拍片，医生拿他也没有办法，指着我和肖军说，耥成响锣啦，你们后人不劝劝？肖德福只接受输液吃药。晚上我要离开，肖德福说，李校长，咱到院子里去说说话，方便不？我就扶着肖德福来到医院的喷泉旁坐下。喷泉配有灯光，喷出彩色的珠子，不断变幻着，一颗落下，另一颗追上来，又落下。

肖德福说他十几年前离开瑞河场后，做过一次生意，也是唯一的一次。

那时肖德福是孤儿，自然无法上学，整天和一帮孩子在村子里闲荡。

十来岁时，村里腾出保管室，给肖德福落脚，画地分田，让其独立生活。

不久，瑞河场的人家发现，晾晒的花生少了一簸箕，灶头的腊肉不见了一块，未收的衣裤不翼而飞。村人跟踪调查，发现丢失的东西聚集在肖德福的炕头。

更令瑞河人尴尬的是，云嘴乡来人找村主任，说肖德福在云嘴乡行窃被抓，被抽打一顿，让村里去领人。村人感到有寒风吹得心里瓦凉瓦凉的，喂过奶的女人更是激愤，双手捂着奶子说当初不如挤给猪喝。秉德老汉垂着头，弯到了膝盖，耳根通红。

围着的村人慢慢散了，秉德老汉揣着凑来的几十块钱，赶到云嘴乡，肖德福早离开了。肖德福说这些都是后来回瑞河场才知道的。离开后，肖德福来到一个叫皇姑屯的地方拉大料，过来东北拉料的人多，两人一组，几围粗的木料，肖德福和一个河南人组合拉锯，将木料改成几公分厚的木板。这期间，肖德福拜一个东北本地的木匠师傅，学了木工活儿，才从拉大料转为木工。

瑞河场是心头的坎，不是说迈就能迈过去的。肖德福说，他想回去，回去得给秉德老汉置棺材板。那时候木工活儿越来越少，他就和师傅一起到处收袁大头（袁世凯头像的银圆），准备贩卖到广州。收的过程简单，拇指甲和食指甲掐住银圆，嘴对着银圆边一吹，放到耳边听，一缕钢质的声响慢慢变细，就收下。两人收了上百个，出广州火车站时已是夜里。两人都是第一次来广州，正四下张望该往哪里去，就有不少人凑上来低语一声"袁大头"。他们就跟了一个自称东北老乡的男人，来到一屋子里。那是我第一次坐沙发，肖德福说。男人对着大哥大说了几句话，就来了几个仪表堂堂自称是检验的人员。他们戴着白手套，把银圆放到一个天平上称，然后又将银圆放进盛满水的量杯里，看水涨的刻度，又在纸上计算什么密度。整个过程像一群科研工作者。最后男人说了银圆的价格，他和师傅心脏都差点跳了出来，给的价格是他们收购价的五倍。

男人说，现在全国的银圆都偷着往广州跑，一天一个价，你们要是卖的话，今晚就交货。

他和师傅都满意，但男人说钱要明天到财务室领取。

师傅有些迟疑，说最好是现货现钱。

男人说，广州查得紧，风险大。

男人说给你们出个条子，盖上公章，明天一早就来财务室领，说得铁板钉钉样。

肖德福师傅就默许了。他们把百多个银圆交给了对方，对方打了个条子。他们去了对方安排的宾馆里歇息。

宾馆里，肖德福说这次可以体体面面回瑞河场了。又对他师傅说这次回东北，正儿八经把张家屯的寡妇娶进门，免得别人说闲话。

天刚打亮影，两人就来到昨夜交货的地方，发现门是锁着的，等到日上三竿，也不见人影。肖德福说上当了，他师傅就慌了神，嗷嗷嗷号哭起来。这引来了治安联防队，两人被带到派出所做笔录，他们还在想不能说是银圆被骗。警察就问，带银圆被骗了吧？看来是瞒不住了。肖德福把条子递给警察，警察一看条子乐了，这是一张收条，写的今收到肖德福及罗德坤所欠人民币壹万元整，至此两讫云云。

罗德坤是我师傅，肖德福说。肖德福和罗德坤都未曾上过学。

我为什么不选工作安置啊？肖德福躺得胸口起起落落。我都不知我能活多久。

我看见喷泉珠子被一种力送到高处，落下来，像电影镜头缓缓落下来。肖德福把一沓钱压进我手里，说，一定帮我买完一年的五险。

11

风吼了一夜又一夜，有几片小雪旋到半空不见了，到处挂着冰凌子。

电视、报纸、网络都在预测今年应该有场雪，甚至有网友说，不下雪，能叫重庆吗？

下午艺考学生考前宣誓。我问，你们考完了最希望做什么？答案几乎一致：看雪。我答应，如果我们有幸碰上下雪，我带大家一起到南山，煮茶赏雪。

我曾经在喷泉前问肖德福，这辈子有还未来得及做的事儿吗？肖德福憨憨一笑，说，事儿啊，哪有做得完的。要说最大的事儿，就是肖军。肖德福突然像想起什么，说，想回趟皇姑屯，看看师傅，还有，那边那雪，埋到腿肚子。肖德福说，东北的冬天是不干活儿的，老板们猫冬喝酒，咱整天打扑克，那日子，惬意。不知是不是灯光的缘故，肖德福竟红脸了。

猛地王宏闯进了我的脑海。这一年过来，我退股资，变更股东，招生引入师资，安排课时，忙得脚不沾地，连老家都没回，前几天我妈打电话问春节回不回，我肯定地说你和爸到重庆过节吧。

我突然想起了王宏。经历了上次的事，我和王宏之间像成了陌生人，也许只是我的想法，但有一点可以肯定的是，我们不知该聊什么。

雪终于下来了，像塌方似的，从高处垮下来，堆满了重庆的大街小巷。高高低低的建筑都顶着雪帽子，大人孩子一早跑出来，疯了一样叫，毕竟很多年没下过这么大的雪了。和学生们疯玩了一天，我回到办公室，天黑下来，灯光零零碎碎落进来，没有拉灯，黑暗也遮不住什么，雪明晃晃地映着整个城市。

第二天，我拨通了王宏的电话，电话一直"嘟嘟嘟"，正准备挂掉，突然一个女孩的声音，哥，你在哪儿呢？

娟子？我在重庆。

嗯，我在东北。王宏啊，正和孤儿院的小朋友们一起，玩雪人呢。

2020 年 1 月 30 日于听风阁第一稿

2020 年 3 月 1 日于听风阁第二稿

（本文首发于《大鹏文学》，后获"龙腾杯"征文优秀奖）

猫猫咪呀

1

红布是一块肚兜儿。咪呀是我给猫取的名字，来自某部动画片，具体哪部记不太清楚。我把肚兜儿从咪呀的嘴里扯下来，拿着肚兜儿对着自己的肚子横竖比画。可以肯定的是，红肚兜儿兜过一个女人的肚子。肚兜儿散着樟脑丸的气味，两条对称折叠的痕迹。咪呀歪着脖子望着我，等我赏赐的样子。它不知道罪恶感的种子开始在我身上发酵。我盯着它，回想我和它认识的过程。最后叹口气，扔出一块熏腊肠。它纵起身子，画个弧线，稳稳接住，然后衔着腊肠，摇晃着屁股蹦上窗户，踩着圈梁，离开得无声无息。

咪呀从来不走门，它似乎和其他猫科动物一样，走偏锋，瓦檐、防盗窗、圈梁、雨棚，天生的。它第一次来的那天，米粒刚走，被窝里还漫漶着一股生黄豆粉的气息——米粒把荷尔蒙形象化了。米粒轻脚轻手拉上门，我就看见它了。拉着的窗帘布后面，黑影静穆，乍一看有点儿像佐罗匍匐。我"咪咪咪"唤了几声，窗帘后面探出毛茸茸的脑袋，眼放蓝光，盯着我，看我没什么动静，环视了一下房间，除了画架、床、桌子、衣柜，估计它也没看到更多的东西。我还以为如此寒酸，它会掉头而去，恰恰相反，它"喵"地跳到地板上，我看见它嘴里拖着一条黑布。它没有马上靠近我，而是看了看画布上的人体，又转头看看我。我点点头，意思是说是我画的。每次米粒过来，先去冲洗身子，然后安静坐下来，让我给她画画。它将黑布衔到米粒面前，放下，竟然刚好遮住了米粒的私处。我清楚地看出是一条丁字内裤。

天啦。神物。

我喊，咪呀，过来。它显然对我的称呼感到陌生，摇摇摆摆往厨房走。我喊，咪呀咪呀咪呀，从床头柜上的碗里抓起一块熏腊肠扔给它。它躲了一下，嗅嗅腊肠。我不相信它能嗅出米粒的味道。我用熏腊肠堵住米粒排山倒海的叫喊。它迟疑着，我把心提到嗓子眼，总觉得它出现得怪怪的。事实上我想多了，它衔着肉片，原路返回。我光着身子追到窗前，它已顺着圈梁一闪，不见了。我看见米粒的车，刚刚开出小区，一溜烟，滑进了喧嚣里。

我将咪呀叼来的内裤和肚兜摆到床上，显然，这是一个年轻女孩的贴身之物。现在还有女孩穿肚兜？我不敢肯定，我时不时看见穿着汉服的女孩穿过人群。在接触的极其有限的异性中，从来没有看到过肚兜这类东西。倒是丁字内裤，米粒有好几条，各种颜色的。我说黑心商家，这点布盖不住一只死耗子。米粒说你不懂。我查了一下，黛安芬的，查后我闭了嘴，这牌子贼贵。我把咪呀衔来的内裤藏到柜子的最底层。我不想让米粒看见。我不知道这种心理意味着什么。原本想丢进垃圾桶，但又怕被收垃圾的人发现，到时候什么变态、性骚扰之类的词满楼飞，想起都受不了。还有，丢东西的那家人是不是这楼的？如果是，那对方说不定这会儿就在猫眼后面盯着呢。但必须得丢，我每天做梦柜子里都有躁动的声响。汗淋淋醒来，又什么也没有。现在多了块肚兜，更要命了不是？进进出出总得望一眼柜子，那里要么藏着一个女人，要么藏着一枚炸弹。关键是，我不知道咪呀下次出现，又会叼来什么。这让我隐隐有一种期待。我发微信试探米粒，肚兜。米粒好半天才回，什么肚兜？想象中米粒摸了一下肚皮。魔怔。画赶紧完善，我过两周来取。米粒在微信中说。

我给米粒画过几幅，每次米粒对着画叹息，原来我也是肤白貌美大长腿啊，啧啧啧。黯然神伤片刻说，暴殄天物。我不知道她在说自己，还是说我。让我暴殄一辈子，我想说但没有说出口。

2

跟踪一只猫的难度，绝不亚于跟踪一个人，电影镜头里常见的压低帽檐、假装看报或者在对手经过的地方摆摊设点，暗递信号，对咪呀无用。

我回忆着咪呀和我打过的两次交道，希望能捕捉到蛛丝马迹。

很长一段时间，我一个人蜷缩在27楼，不分昼夜作画。我和所有文字中的落魄画家一样，浑身充斥着脏乱差，吃、睡、画三个动词，循环往复。我梦想着凭借一幅画震动画坛，独步天下。米粒说有梦想好，不像她。我问她的梦想是什么，她甩甩头，两个乳房左右晃荡，我读书时想考美院，高二时父亲走了，梦断了，专业、文化全废，连专科都没上。我说现在还可以。米粒的脸黯淡下来，像停着一朵蓄满雨水的云。现在的梦想是成为蒙娜丽莎。轮到我黯然了。我点燃一支烟，也给米粒点一支。我无法成为达·芬奇。米粒哈哈笑起来，这辈子没成为画家，但睡过画家。我说睡过蒙娜丽莎我还。唱个歌给你，不打扰吧？我停住画笔，凝视着她。某种意义上讲，我和米粒没有区别，她在酒吧当驻唱，我在27楼画画。真一比较，我就自卑，米粒靠唱歌养活自己，我有时候连房租都交不起。我扔下画笔，米粒上来搂住我，喊弄死你，一下把我掀在床上。对的，第一次见到咪呀之前我和米粒有过这段对话，咪呀缩在窗帘后面，目睹抑或是聆听了全过程，记得它的尾巴朝着窗子右边。在狭窄得只有五十厘米的圈梁上，咪呀不可能七腾八跳，它应该是从右边过来的。

刚想起点儿什么，手机振动了。没接，手机顽强振动。我乜一眼，赶紧抓起来，喂，东哥。鸡毛东哥，怎么半天不接电话？想事儿呢。鸡毛事儿，晚上过来，丽人"三个八"。我得找……找个东西。鸡毛东西，赶紧地，过来，哥给你介绍个人。

我对东哥说不上什么感觉。据他自己说以前写诗，海子一死，诗心跟着海子去了远方。人倒是仗义，兜里有钱就往外跳，酒篓子一个，喜欢泡吧，一碰酒杯口气特大。靠义气结识了七七八八的圈儿。时不时帮我介绍几个客户，这点儿我挺感激他，每次卖了画，也给抽点儿感激费。东哥像掐着我的脉搏，刚要吃泡面，他的援助就来了。

我在"八八八"包房找到东哥时，东哥正扶着一个女孩，正可着劲儿嚎《青藏高原》，最后一句老岔气，上不去。另一个男人坐在沙发上，左右两个女子，陪着摇色子。东哥见我，过来低声说了句"大鱼"，然后指着男人说，李老板，煤矿界的翘楚。李老板左脸有条疤痕，从眉梢经过脸膛儿直插下巴，不笑还觉得酷，一笑疤痕将全脸扯得全是褶子，瘆人。李老板伸出手，遗墨，中国最具潜力的青年油画家。男人直呼我的字，加了几个陌生的定语，估计是东哥吹的。他说抽空去看看您的大作，我想藏两幅。我当然表示欢迎，差不多我又要吃泡面了，但也当随口一说，这年头，除了钱，谁当真谁就是脑袋进水。

第二天我还没有睡醒，门被拍得山响。昨晚喝上头了，躺在床上喊谁啊？门外说，请问有画卖吗？我一听东哥的声音，边喊等等边蹬裤子，用手指梳了一把头发，打开门。东哥带着李老板进来。我说很乱，太乱。李老板说，乱才是真正的大家风格，规规矩矩画什么画。东哥在旁边对我挤眉弄眼，跟着说，大隐隐于市，谋鸿篇不拘俗礼。东哥有时候酸得让我遭不住。我过去拉开窗帘，李老板惊呼了一声"天人"，定在原地，愣愣看着米粒的人体画。我说，朋友的画。李老板转向我，说这幅画我收藏了。我望了东哥一眼，他摸出手机抹着屏幕。我说李老板，这个有人订了。李老板上前一步，眼睛几乎凑到米粒的乳房上，又扬起身子，向后拉远，拉远。我担心他脸上的疤痕被扯断。他说，我出三倍的价钱。他伸出三根指头，指甲黑浊浊的像煤炭。这个，不是钱不钱的问题。我找着词儿。东哥惊讶地看着我，脸皮下涌着激动。他进了卫生间，在里面喊，遗墨，纸搁哪儿了？我知道他单独有话。一进去东哥说，你疯啦。我说米粒的。鸡毛米粒，你来真的啦？她隔几天来拿。拿个鸡毛，隔几天你没饿死？我一下子软了。东哥说话直抵要害。

3

有天半夜东哥喊我去吃烧烤，我到的时候他正和一个女孩儿海吹，旁边空着几个啤酒瓶子。我一坐下，东哥就说怎么样，亲哥一个。女孩坏坏地笑，说东哥能量大，混的全是高级圈儿，妹子佩服。说完真亲了那张油脸。我下了两瓶啤酒，女孩说，大画家，我有个闺蜜，叫过来一起喝。我不置可否。闺蜜过来时我差不多喝高了，女孩介绍说，著名画家遗墨，指着闺蜜说米粒。米粒穿了咖色风衣，配一双红色靴子，走动起来像两截火炭前前后后移动。东哥和女孩相扶着撤退，我和米粒有一句无一句乱扯。后来米粒问，画人体需要模特，是吗？我不敢接话，装着喝高了哼哼唧唧。我没有模特，请不起，大雪天还得去公园画速写，回来再画。你看，米粒字斟字酌，我可以不，免费。当然求之不得，但我没说出来，我真喝高了，点点头，含含糊糊说春天来了再说。冬天我不敢开暖气，一个月的暖气费相当于半个月的房租。

就这样躺在床上，想米粒，想过往。上次米粒来拿画儿，给我钱，我说你就免了。米粒走后我发现枕头底下有摞钱。我无法生气，无气可生，我得活下来。每次米粒付钱取画，欣喜得像捡了个金元宝。我更没了脾气。

我告诉李老板，画作需要完善和装裱。他从皮包里抓出一摞钞票，放到桌子上，说这是定金，一定的定。东哥在一旁使劲点头。后来我问东哥，笔录时李老板说的是真的吗？东哥竟然点点头，喷着唾沫星子说煤炭老板那个不行，有钱白搭。他没有看到我背过脸去，泪水汹涌。

我得催米粒来取画。我给米粒发微信，收工。每次喊米粒来取画，我都发"收工"二字。隔了会儿，米粒回复老板组织去了海南，稍等。

东哥打电话问画的事儿，说李老板催得紧。他搪塞不过去，大体说了米粒的情况。他说，我以诗歌的名义起誓，没说你和米粒的关系，只说米粒是你请的一个模特。

我和米粒什么关系？我问自己。回想起来和米粒交往的一年多时间，真没细想什么关系，更没做关系的定位。她做免费模特，我画画，然后上床。在东哥眼里估计是情人关系，但截至目前，我不知道米粒住哪条街，不知道米粒是否喜欢冰激凌，不知道米粒有没有男朋友……反过来，米粒也从未问过我来自哪里，为什么漂在这座城市，甚至不知道我和一只猫有过交道，更不知道柜子里藏着的同是黛安芬的内裤……我显得焦灼不安，像夹在饼铛中的面团。隔了一周，我给米粒打电话，无人接听，发微信，不见回应。我不断打电话，不断发微信。米粒那头沉默得像坨铁。我望着站在画上的米粒，逐渐变得模糊。

差点儿把猫给搞忘了，要不是咪呀主动现身。当时我正想如何拒绝明天李老板来取画。屋子光线幽暗，窗帘背后"喵"一个长音，我为之一振，咪呀画着弧线跳到地板上。我查过它的品种，暹罗，短尾，脸短耳尖，脾气刚烈。披一身银灰虎纹，串种。咪呀像进了自己家里，熟稔得不需要环顾，迈一字步，目不斜视，嘴里叼着粉红丝巾，一走一顿，路过画架前故意停了几秒，像模特摆造型，特有范儿，蹦到床上，前爪取下粉红丝巾，回头望我一眼，又喵一声，算是打了招呼。我跑过去关上窗子，出门。身后响起咪呀抓门的声音。

我边问边找到农贸市场，带回几条活蹦乱跳的鲫鱼和一瓶鱼子酱。

4

米粒依然没有音信。我去了她驻唱的酒吧，酒吧老板斜着喷出一口浓烟，问，米粒，谁是？我说肤白貌美大长腿。老板呵呵呵乐不可支，像我掏了他的胳肢窝，指着酒吧的女子说哪位不是肤白貌美大长腿？难不成歪瓜裂枣出来混？酒吧的女孩们笑容幽暗，老板又笑，浑身的肥肉像小学生放学，撒着脚丫乱跑。

你们去海南了？

老板眼睛睁得老大，说到底干啥的你？

找朋友的。

查场子的我还以为。海南？没去，那地方断肠。老板说完又呵呵呵笑。对了，什么关系你们？

我说，没多大关系。

再问，老板懒得理我。神经分分的谁理？这才发现我对米粒了解太少了，比丁字内裤还少，盖不住一只死苍蝇。

没有找到米粒，我就问东哥。我问米粒呢？东哥反问我，不是你耗着吗？我说米粒不见了。鸡毛，不见了好，我们卖个好价钱。但是得有规矩，至少涉及人家的隐私。鸡毛隐私，我说遗墨，你玩真的不值当。

还是说说咪呀吧。

咪呀见我提着鱼和鱼子酱回来，竟然过来蹭我的腿，有点儿像米粒撒娇。该死，又想起了米粒。但又不得不想，明天李老板过来拿画。米粒的人体。我提着鱼在咪呀面前晃一下，咪呀蹦起来抓。我赶紧提高，咪呀前爪在空中扑了个空。我说会给你的，别急。咪呀接二连三叫，盯我一会儿，又盯鱼一会儿，反复进行确认。

我取下支架，放平画架，米粒躺下来。我听见被关在厨房的鲫鱼跳动的声响，隐隐有一丝激动。米粒躺在地上，我双腿夹住咪呀，在米粒的头发上敷上鱼子酱，然后松开双腿。咪呀一蹦扑到画上，我似乎听见米粒惊叫了一声。咪呀伸出猩红的舌头舔着那些头发，头发瞬间没了，剩下乌浊浊的一团，有些地方被舔出了画布的白色。我在米粒的额头上洒上鱼子酱，咪呀用爪子先刨了刨，然后趴在米粒的脖子上舔她的额头，明净的额头不一会儿也消失了。咪呀每舔一下，我的心就抖动一下，仿佛我拿着刀片，凌迟米粒。

屋子里弥漫着鱼子酱的气味。奢侈的气味。

我抓起一条鲫鱼，咪呀围着我转。我用细线把鲫鱼固定在画布上，头部刚好遮住米粒的右眼，尾部噼里啪啦打着米粒的左眼。鱼的挣扎激发了咪呀的征服欲，它一跃而起，双爪按住鲫鱼，嘴里呼呼呼杵着画布，发出警告的声响，然后龇牙咬住鲫鱼头使劲甩。我看见咪呀的牙齿尖利白皙，血从米粒的右眼流出来。鱼的尾部拍得更为厉害，估计这彻底激怒了咪呀。嗷的一声，咪呀抢起右爪，横空砸下，鱼尾摁进了米粒的左眼，画布裂开。咪呀一不做二不休，爪子噗噗噗划过米粒的鼻梁，划过米粒的右眼。它扯断细线，衔着鲫鱼，躲进了床底下，我听见骨骼粉碎的声响。

现在的米粒惨不忍睹，头部成了一个窟窿，但似乎更好看，乳房坚挺，腰肢摇曳，大腿修长，脚指头历历可数。

我对咪呀的表现非常满意，打开窗户，让咪呀可以进出。咪呀还会来，它不会不知道厨房的盆里还有鲫鱼。我微笑着，听着咪呀嘎嘣嘎嘣嚼着鲫鱼，或者米粒，我睡得踏实。

5

第二天还是咪呀叫醒我的。我醒过来，一时不知道在哪里，屋子里光线幽微，腥味浓郁，没有高大的画架，床前还站着一只猫，衔着一副胸罩，D杯，窗帘开一条缝，明亮的光像刀片劈在墙上。咪呀叫了一声，我醒过来，我取下咪呀口里的胸罩，塞进柜子里。然后给东哥发信息，外出办事中。然后拿着手机，靠窗盯着小区前面的路口。这个角度我有机会观察一下27楼的情况，26楼上方围着圈梁，我租的房子安装的防盗网刚好抵在圈梁上。左边一家与我齐平，看得见凸出的防盗网。右边的一家外墙凸出，与我成直角，端头，没安防盗网。突然手机响了，东哥在手机里喊，快回，"大鱼"很快就到。言语里抑制不住的兴奋。

看见东哥的车进了小区路口，我跑进厨房抓出剩下的两条鲫鱼，咪呀眼睛一亮奔过来，全然失去了优雅与体面，我大腿夹住咪呀。鲫鱼被细线固定在米粒的乳房和私处，我将鱼子酱浇在鲫鱼身上，放开咪呀。我迅速抓起桌子上的几桶泡面，出门下楼。

我在小区里坐着，想着米粒的乳房一点一点消失，直到破碎、肢解，心里不是滋味。东哥的电话来了，喊，还没回来？我说，马上到。

东哥和李老板在门前等我，我亮了亮手里的泡面，说买粮草。东哥满脸油光，说鸡毛粮草。又抓起我的泡面扔进垃圾桶，说告别泡面。李老板嘘了一声，屋内有声响，快开门。我打开门，咪呀乜了我一眼，低头弄最后一条鱼，米粒只剩下两条腿，画布被咪呀撕成布条。啊，李老板惊叫一声，我也跟着叫了一声。东哥喊打死它，抢进厨房，抓起拖把就打，一棒打在咪呀身上，声音沉闷。咪呀凄厉地"喵"一下，惊异地望我一眼，往窗台上跳，没有跳上去。我跟着喊打。李老板脱下皮鞋，嗖一下扔过去，击中第二次跳到空中的咪呀。咪呀弓一样从空中跌落，在凳子上绊了一下。我担心咪呀的腰会被折断。东哥喊抓住龟儿子。咪呀龇牙咧嘴，眼露凶光，舞动爪子，喉咙"呼呼呼"一紧一缩。我抱住奔过去的东哥，喊东哥，猫伤人，划不着。就这当口儿，咪呀跳上凳子，借助凳子翻上窗台。我看见咪呀的尾巴耷拉着。等我们赶到窗边，咪呀已不见踪影。屋子里充满腥气，令人作呕。李老板退到门口，东哥捡起李老板的皮鞋，也往后退。我看见一条去了头部的鱼挣扎了几下，落到布条下面，没了声息。

李老板捶胸顿足说，天杀的，怎么办？呃，怎么有猫的？

我坐在床上，想着咪呀一舌头一舌头将米粒舔得无影无踪，心里忧戚。

东哥说，李老板，这怪不得遗墨，怪只怪猫。天杀的命大。

我拿出李老板的定金，说，李老板，这个收好。李老板抓起定金，甩给东哥，纸钞纷纷扬扬，撒了一地。他脸红脖子粗，疤痕发亮，喊，重新画一幅，一模一样。

东哥问，遗墨，这谁家的猫？

我摇摇头。

李老板问，这下该咋办？米粒那儿如何交差？

米粒？我惊异地抬起头。

东哥脸色难看，拉着李老板说，让遗墨再画一幅，一模一样。说着出了门，进电梯的时候东哥说，查一下谁家的猫，画一模一样的画。

6

我试着联系过米粒，杳无音信。漫无边际的城市，一个人像明灭的灯火。咪呀来过一次，不过我没有看见。我从超市回家看见窗台上有条黑色的丝袜，我就知道咪呀来过。桌子上的鱼子酱没有动，说明咪呀没有进屋子。自从上次过后，我每次出门，就将窗户大开，将鱼子酱敞开放到桌子上。

咪呀一直没有出现，我有些隐隐的不安。我无心画画，躺在床上，望着窗户。夜里做梦，老梦见一个绿皮青蛙，上发条的那种，旋紧发条，青蛙就呱呱呱蹦跳。同桌又高又大，脾气暴戾，放学后将我堵在田埂上，索要绿皮青蛙，我不给，他就用布包住拳头，揍我，边揍边喊，哪天交出绿皮青蛙，哪天就不再揍你。如果告老师，他会喊人一块儿来揍。我回家将青蛙的发条剪短，旋一圈的样子，第二天给了同桌。同桌玩了一天就摔给了我，说，什么狗屁青蛙，死疙瘩。我清晰地看见，同桌的脸上有条疤痕，长长的，斜插下巴。我惊醒后汗湿全身，想，童年的事儿怎么和李老板扯上关系的呢？

最后见到那条蜈蚣一样的疤痕是在社区的派出所，东哥指着屏幕上满脸浮肿的李老板喊，化成灰我都认得。我在旁边紧张兮兮，声音哆嗦，我问民警，米粒呢？民警问，谁是米粒？东哥赶紧拉我，对民警讪笑，不好意思，我兄弟问女孩在哪里。民警说，当事人黄菊花目前情绪还不稳定，等稍微安定下来，我们会通知你们去接人。

黄菊花是谁？我小声问东哥。东哥不置可否，嘟哝一句，鸡毛。

当然这是后话。目前我提着画笔，望着桌子上的一摞钞票发呆。我努力回想米粒的样子，越努力越模糊。怎么可能这样呢？我会在不经意间想起她，路过小区门口，我看见米粒在铁门外扇动双臂；小区外面有家烤红薯店，每次问米粒喜欢吃什么，米粒铁定说烤红薯；我说米粒，我去酒吧听你唱歌。米粒说不用去酒吧，裸着身子就唱，歌声轻柔润泽，饱含湿漉漉的水汽。但现在认真想米粒，却怎么也想不真切。每画一笔，觉得都不是长在米粒身上，属于天外来笔。我越来越急，甚至认为米粒是一个虚无的存在，我和她，米粒，梦里碰见过。

东哥也急，东哥说，遗墨，李老板得罪不起。我说，东哥，要不咱躲一段时间？鸡毛，躲得过初一躲不过十五，再说，你又不是画不出来。我说我真画不出来。鸡毛，东哥抓过我手里的画笔，往画板上一甩，带在身上的手艺，不可能说没就没吧，你小子存心黑我？我还可以怼两句诗呢。说着开始朗诵海子，从《亚洲铜》到《面朝大海，春暖花开》。我仍然动不了笔。

我说，带我去找米粒。

东哥没办法，拉着我来到城北郊外。他带我登上笔架山，手在空中绕一圈，说米粒估计在里面。这个城市的北边依山，形似笔架，人称笔架山，现已打造成登山公园。公园聚集了全城的负氧离子。山下是偌大一片别墅区，中国知名的开发商都在这里开发过楼盘。别墅区围绕着一个高尔夫球场和两个人工湖。东哥说具体位置我也不知道，知道了也进不去。我问，你说米粒住这里？鸡毛，我也不相信。东哥朝我歪嘴一笑，漂亮女人都住里面。

我垂头丧气回来，浑身发软。瘫在床上，听见有细微的响动，发现窗台上蹲着一只猫，灰头土脸的样子，肚皮饿得巴住了背脊，毛发杂乱，腹部的毛发脱落，露出了白花花的肉。我愣了好半天，站着没动。我不能确认这就是咪呀。我招了招手，猫似乎看见了我，抬起头"喵"了一声，咪呀！声音我听得出是它。我端起鱼子酱跑过去，快接近的时候我又放慢脚步，试探着将鱼子酱递到它嘴边。它闻了一回，头部猛地躲开。它站起来，打了个趔趄，退后一步，朝右边走了。

它趴过的地方，飘着一块红丝绒方巾。一看就是新娘的盖头，红得刺眼。

我点出米粒的微信，发了两个字：盖头。微信显示无法发送信息。

<h1 style="text-align:center">7</h1>

姓名？

李东雷。

身份证？

我看见李老板从兜里掏出身份证递给做笔录的警察。显示屏有些反光，人像被光波折射过，不真实。我和东哥并排坐着，看着李东雷做笔录的录像。

女孩怎么去笔架山别墅的？

我喜欢她。

严肃点儿。说重点。

得从喜欢她说起，警官，不然真无从讲起。我手心开始冒汗。警察有些不耐烦，皱着眉头等下文。

李东雷说他在一个画家那儿看到了女孩的人体画，一下子就爱上了女孩。

警察敲了敲桌子，说怎么去笔架山的。别瞎扯。

李东雷说他就去酒吧找到了女孩，你们也明白，我这岁数的人几乎不谈感情，谈感情伤钱。您别笑我，离婚过后我没再婚，身边也不缺女人。这回估计动了真格，想成个家。我的家在笔架山。

警察嗤了一声，女孩这就去了笔架山？这么简单？

东哥在旁边嘀咕，鸡毛，有钱就是好，真不该给他说米粒。我瞥他一眼，他立即噤了声。

我每天都去听她的歌，听完送花，天晴下雨雷打不动。恰好那段时间女孩家里急用钱，对了，好像是父亲在工地上砸坏了腿，她闺蜜说了这事儿，我就在花里夹了张卡。后来女孩就同意跟我交往。

就这？

嗯，也不完全是。我同意买她的画。

画呢？

她要我买回她的画，我当成是考验我。女人就那点儿小心思不是？

别扯没用的，说画。

没想到画被天杀的猫撕了。

说人话。你就囚禁人家？

没有囚禁，警官你得实事求是。

年轻警察终于没忍住，猛地拍了一下桌子，桌子上的保温杯晃了晃，最终没有掉地上。做笔录的女警官跟着抖了下身子，我和东哥吓了一跳。秃头上的虱子你自己不明白？李东雷你不会说话咱就不说，那我们先说说其他，警察丢出了一个账本，看看，有你哭的时候。

刀疤开始泛红，最后洇得整张脸像套了个红色塑料袋，手里的账本轻微抖动。屏幕里的李东雷一下像丢了魂儿，失了方寸，嘴张了张，不知接哪句话，脸上的疤痕愈加发亮，像雨珠划过玻璃的痕迹。隔了好半天，李东雷才抬起头，声音细微，我说。

李东雷在我画室看完米粒的画就迷了魂。米粒每天把送给她的花丢进垃圾桶，但这并不影响李东雷对米粒的疯狂。后来米粒父亲出事儿，估计就是我天天给米粒发微信、打电话的那阵子。李东雷说自己开矿时和隔壁矿山有矛盾，起初是争执，后来发生械斗，对方老大一脚踢到他裆部，直接废了他的尘根儿，由此他也就拥有了对方矿山的绝对控股权。

废了不等于不想，我还是个男人。

警官哼哼两声说，你还算男人？变态得恶心，直接说为什么囚禁人家女孩儿？

东哥喊，变态棒子，都棺材瓤子了，还瞎搞。

米粒见李东雷没有带回自己的画，骂李东雷骗子，当晚趁李东雷不注意准备逃离别墅区，但迷了路在小区乱窜，被守在出口处的李东雷带回了别墅地下室。皮鞭、手铐、绑绳、摄像机等他买了两套，车尾箱放一套，地下室放一套。米粒被绑在地下室，他开着摄像机手脚并用折磨米粒。

汗水从头淌到脚，冰凉，我说出去透透气。派出所外面有几棵高大的梧桐，我靠着树干抽烟，手哆嗦着半天点不燃火。东哥跟出来的时候天下起了小雨，一丝一丝认真地下。他连声说，畜生啊，虐待狂，米粒现在医院精神科。警察问她城里有没有亲属，她竟然说了你，说你是她哥。

好半天，东哥才扶我进去签字。

8

我依然在27楼画画。画画间隙我向窗户那儿望望，不是非得望到什么。不远的天空停着一朵或者几朵云。盯得久了，云缓慢变化的过程我了然于胸，它们最终会变成一张模糊的脸。天地暗下来，远山、楼房、不真实的灯光都浮在暗影里，包括我和27楼的所有。我在黑暗来临前的暗影中恍惚一阵子，收回目光，继续作画。我将咪呀衔来的红丝绒方巾、围巾、胸罩、红肚兜、丁字内裤、黑丝袜依次摆在地上，摆成一个女人的形体，然后一一画到画布上。我尽可能将方巾画得羞涩，围巾画得飘逸，胸罩画得挺拔，内裤画得性感，丝袜画得修长。我之所以这么画，因为我知道画面背后站着一个被凌迟的女人，可能是这些东西的主人或者米粒，甚至可以是咪呀。

逆　光

1

直至回到瑞河场，站上三尺讲台，程宝剑还怀疑当时是不是看错了人。他对任何人都没说，也不敢说。毕竟当时灯光那么暗，自己又在逆光里，到处是花花绿绿跳动的光斑，加上乌泱泱一圈人，看不真切，又只有一杯酒的时间，让他不敢肯定自己所见。但胖女孩的话明确无误，三个字冰凉、直接，像老晃动着的那双眼睛。那双眼睛和眼前的四十九双眼睛不一样，那双眼睛犹疑、深邃、冰冷，甚至还带着某种蔑视。而这些眼睛纯净、清凉，像春日翻飞在菜花里的蝴蝶。那双眼睛自始至终没有望程宝剑一眼。正因为没看，才让程宝剑感受到了那双眼睛的故意。

程宝剑站在讲台上，讲着讲着就会往窗子边望一眼。窗边有一个空位。在程宝剑的意识中，那个空位是一个凝固的空间，别人看不见，他看得见。现在那个凝固的空间里多了一双眼睛，他总感觉自己的一举一动被那双眼睛逼视着，权衡着。他持着课本，踱到空位边将身子靠在课桌上，念"我挥一挥衣袖，不带走一片云彩"。那双眼睛又开始晃动。他使劲甩了一下脑袋，转过身，疾步回到讲台上，粉笔吱吱嘎嘎一阵，他停下来说，先自习一会儿。

孩子们发现自己的语文老师近段时间老让自习，从头到脚满身心事的样子。他们传递着询问的目光，但都没有说什么。毕竟这是父母们削尖脑袋挤进来的班级，家委会集体选择的班主任。二十世纪九十年代瑞河场的中学还没有"清北班""哈剑班""火箭班"一说，那个时候很直接，"尖子班"，进入高一下学期，选年级前五十名组建的优秀班级。程宝剑历年带尖子班，每年都给了瑞河场人民一个满意的交代，四乡八邻的学生疯着往瑞河场挤。虽然程宝剑还是一位民办教师，但这并不能阻止家长把孩子送往瑞河场的步伐。

程宝剑也确实满腹心事。他得转正，得有编制。

校长老罗说每年都给你报上去了，得自己跑勤点儿，僧多粥少。报上去的第二天，程宝剑就进了城，找到校长老罗的外甥西南。西南说，西南三省的事儿找我没问题，给我舅说，没问题，要不然可惜了他给我取的这个名儿。程宝剑递过去一个纸包，说办事得花钱。西南三十来岁，人高马大，整张脸在眉头地方有意无意打个结。据罗校长说，西南经营着一家人力派遣公司。西南推开纸包说，今后用得着。程老师，你得认识杜佳。

西南说，杜佳开了家夜总会，名字叫丽人夜总会。西南就给杜佳打电话，电话里杜佳问西南要货。西南笑着说，你当我是老母鸡啊。即便是老母鸡也有歇窝的时候吧。杜佳说，你人力派遣派个头啊，派两个人都搞不定。西南哈哈哈笑，说两天搞定。对了矮总，晚上"三个八"见。

就这样，语文老师程宝剑跟着西南去了丽人夜总会，进了"八八八"包房。语文老师程宝剑从来没有去过夜总会。那会儿夜总会还算稀奇，在人们的意识里只有两类人才进夜总会——老板和小姐。所以程宝剑感到新鲜刺激是顺理成章的。程宝剑刚要做自我介绍时，西南拉了他一把，代他向众人说，程总程总，外贸的，这是杜老板。

杜佳是个精明的矮个子，大家都叫他矮总，他哈哈应着。杜佳说，西南说过了，我先问问我舅。程宝剑感觉身上腾起一股热浪。据西南说，杜佳舅舅就是教育局侯局长。一圈人各自坐下。杜佳说，玩好耍好，不好不许走，隔会儿过来打几圈，说完朝西南摆摆手出了包房。程宝剑坐到皮沙发的转角处，人尽量往沙发里窝，那儿是一个三角形的阴影区。

男人们彬彬有礼打着招呼，相互介绍，程宝剑就着西南的话，搞外贸的。程宝剑发现，西南似乎跟每个老板都熟落。酒过三巡，包房门打开，一女子嚓嚓嚓进来，白花花的肉几乎要把比基尼撑破，左臂上文着一个性感的嘴唇，染成绿色的头发更加光怪陆离。乒乓球似的光斑，在她的皮肤上跳来蹦去。高分贝的音乐一下子低下来。绿发女子边走边向男人们摇手，男人们起哄，喊"绿"一个。绿发女子停下来，拎起一瓶啤酒，瓶嘴在口边一磕，砰的一声，瓶盖飞得老远，一仰脖，咕咚咕咚一口气下去半瓶。男人们鼓掌。绿发女子举起剩下的半瓶酒，喊，哥哥们，今朝有酒今朝醉，妹妹干啦。随着节奏，女子抖着屁股，又一阵咕咚咕咚，最后瓶子在仰起的嘴上抖了抖。一滴不剩啦。又一阵掌声，四面八方举起瓶子，齐声喊，干。程宝剑也跟着说干。绿发女子说，哥哥们，今天新鲜。话音刚落，一溜女子鱼贯而入，清一色的比基尼，真像游进来的鱼群，站在男人们面前。不断有男人指一下女孩，被指的女孩就势坐到男人身边，开始劝酒，点歌。整个包房恍如一个鱼池。程宝剑的目光一时没有搁处，散漫地在池子四周滑来滑去，滑累了，就对西南说出去透透气。刚起身，绿发女子一下子拉住他，说老板选好了出去，不然妹妹会感冒。西南说，那程总就选一个。程宝剑想无非唱唱歌喝喝酒，就把最后那个胖女孩留了下来。胖女孩像很感激，坐到他身边，问，老板唱哪首歌，我去点。

程宝剑说，北京的金山上。

男人们开始划拳猜令，声响一浪高过一浪。胖女孩说，他们都叫我骨朵儿，花骨朵儿的骨朵儿。程总，我们猜色子。程宝剑说，我不会。胖女孩说，不可能，老板们都说自己不会。语文老师程宝剑在心里尴尬一笑。刚想说什么，杜佳端着酒杯就进来了，身边多了一个穿比基尼的女子。烟雾缭绕中，杜佳和女子挨个敬酒，杜佳用唇碰碰杯子，女子则一口闷。敬到程宝剑处，程宝剑端着杯子站起来，说感谢杜总，然后将目光滑到杜总身边的女子脸上，"请"字未出口，笑就僵死在脸上了。像被电麻了，他整个身子抖了一下。他觉得女孩很眼熟，有点像王菊花。但又不敢肯定，女子化着很浓的妆。像王菊花的女孩儿被杜佳搂着腰，杜总的手随着音乐的节奏在女子的腰上游走。胖女孩见程宝剑盯着女子看，就扯过程宝剑的手，喊挠挠痒，却将手放到自己腰上。程宝剑撤回手，撇开胖女孩，迅速将酒倒进了嘴里。胖女孩嘟哝说，老板，你不满意我要被领班扣钱的。他低头坐回阴影里，像王菊花的女子望了他一眼。也不是直接望他，而是快速扫过一排吆喝的男人的脸后，停在了程宝剑的脸上。停留的时间短得来不及接应，就跳开了。但程宝剑感到了那双眼神的寒意。然后那双眼睛盯着程宝剑头顶上方旋动的彩灯，直到随杜佳去敬下一位，那双眼睛一直盯着那个地方。

虽然不是直接盯着程宝剑看，但程宝剑知道，自己的所有情态全部在那双眼睛的可控范围内。但程宝剑坐在逆光里，灯光变幻着，斜射到堂子里，自己的身影大部分被光柱挡住了，不仔细看还真看不到他。

2

下午放学，程宝剑决定回一趟老家。

老家不远，几十分钟的路程。刚从地里回来的母亲见到儿子，有些诧异。程宝剑很少在行课期间回家，高中班主任都是住校带班。她没有多问，丢下锄头就下厨房忙碌起来。程宝剑先去里屋看看病榻上的父亲，然后他坐到灶膛口，往灶坑里递柴。

去县里跑跑没？母亲问。

嗯。

那就好。

妈，铁柱叔家咋样？

旺着呢。不知菊花那孩子恁大的本事，钱一摞摞地往家里拿。递把柴。你咋问起他家？

程宝剑说我去她家看看，再回来吃饭。母亲撵出来说"早点回"时，程宝剑已经转到了屋后。王菊花家离他家不远，翻过山峁就到。

程宝剑在山峁上没有往下走，而是找了块石头坐下来。山峁上是大片大片的玉米地，一直铺排到山下，有点像玉米们集合了，攒劲儿往山上冲。玉米地尽头就是王铁柱家。房屋背后的青山像宽大的袖袍围过来。程宝剑从玉米棵子的间隙望出去，一座二道檐的小楼一览无余，黛瓦白墙，醒目提气。王铁柱在楼前的地坝里正织竹篓子，四周散着剔好的青竹篾块儿。王铁柱编织的竹席、竹篓、竹背篼闻名村里。更早一些时候，竹器活儿是王家主要的收入来源。

程宝剑对这一切非常熟悉。每年催学费，王铁柱就会赶到学校，从竹篮子里摸出几个鸡蛋，放在程宝剑的办公桌上，说一声宝剑侄啊，等赶过集后来补起。满脸沟壑，神态谦卑。程宝剑先用工资把王菊花的学费垫上，过了集，王铁柱卖了自己的竹器，王菊花就捏着汗津津的学费交到程宝剑手里。

程宝剑站起来。楼旁边是老屋基，两间摇摇欲坠的瓦房用木柱撑着，估计屋子里养着鸭，"嘎嘎嘎"的声音满院跑，山峁上也听得清晰。上次来是什么时候？程宝剑细细想了一会儿，这个院子的变化让他有些不适应。

应该是王菊花被开除的第二天晚上吧。程宝剑之所以这么肯定，是因为那天他是第一次仔细打量这个院子。以往不是没来过，土生土长的娃怎么可能没来过呢？但就是丁点儿记忆没有。当时王铁柱坐在老屋门槛上，程宝剑坐在矮凳上，王菊花她妈下厨房烧荷包蛋。天色一点点暗下去，王菊花没有回家。王铁柱含着湿湿的旱烟，没点火，半天才说娃大了，由不得爹娘。宝剑侄帮个忙，别声张，背个处分，孩子不要活人哪。

程宝剑有些懊伤。他是让人带信通知王菊花返校，整天不见人影儿，以为孩子背思想包袱，才亲自上门的。王铁柱却说，孩子一早出去了，到现在都没回来。

有两年多了。程宝剑想，当初一个日记本不知被谁放到了校长的办公桌上，整整一本日记都是写给一个男生的独白。暗暗一核笔迹，是王菊花的。学校本想大事化小小事化了，没想到谁漏了风声，不几天男生家长闹到学校，吵着说尖子班绝对不能留有这类学生，耽误自己不说，还耽误别人。学校迫于社会压力，做出了开除王菊花的处分决定。程宝剑坚决不签字，说开除尖子班的任何一个学生，自己要负连带责任，要辞去班主任。经过多方面协商，又因为在关键的高中，学校同意王菊花回校上课，但得回平行班，开除处分改为留校察看。

程宝剑记得王铁柱指着两间倾斜的土屋，说，这个日子糟心呢，孩子不读也好。

程宝剑穿过玉米林，下得山来，远远喊，来看看新房子。铁柱叔，这可是咱瑞河第一楼啰。

王铁柱见是程宝剑，黑红的脸膛愈发黑红，说，宝剑侄啊……亏得菊花娃，要不然，不知将来窝在哪个猪狗不如的地方呢。

程宝剑听话里带音，想自己目前不是窝在一个民办教师的位置上吗？就说，叔，菊花有来信吗，都两年多啦？

王铁柱放下篓子，进堂屋拿出盒香烟，抽出一根递给程宝剑，说，菊花买的。王铁柱点燃烟，没吸，让烟燃着，半晌，才说，在台资企业当主管呢。

程宝剑动了动嘴，没发声。他望着王铁柱脸上沟沟壑壑的皱纹，半天才说，哦，那得多找钱。

3

高三下晚自习接近晚上十一点，孩子们打着呵欠往宿舍走。路灯拖出的影子，交错、混杂。程宝剑总是想起在丽人夜总会人影嘈杂的一幕，想起那双透着寒意的眼睛。

假如，假如王菊花没有被开除，现在也是这些困倦影子中的一个。程宝剑不止一次这样想，每次这样想心里就泛起难以名状的滋味。

程宝剑检查完就寝情况，咂着嘴往教学楼走。学校没有多余的宿舍，用教室隔了几间，给民办教师们使用。程宝剑的宿舍与学生宿舍和教师宿舍隔着一个偌大的操场。他将自己的宿舍取名"闻声修心斋"，有学生问其意，程宝剑一脸深沉，说，白天听鼎沸人声，夜里听区区虫鸣，岂不修心？

学生开玩笑吼，哥听的不是声音，是寂寞。甚至有学生唱，找个师娘不寂寞。"寂寞"一词一时成了这个高三班的口头禅。

走廊里早熄了灯，程宝剑一耸一耸刚要开门，突然一个声音叫了声"程老师"，吓得程宝剑钥匙掉到了门口。程宝剑问，谁？

我。

你谁？

王菊花。

王……菊花？你怎么在这儿？

黑暗中沉默了一会儿，蛐蛐的叫声汹涌而来。

程老师，可否进屋里说说话？

程宝剑这才赶紧摸起地上的钥匙，捅了几遍锁孔，打开门，拉亮灯，把王菊花让进宿舍。程宝剑没有关门。

王菊花穿着宽松的亚麻裙，头发刚洗过，淡淡的香气，湿湿的，没有化妆，素素的，程宝剑一下子就认出了王菊花。

宿舍除了一把电镀椅子外，没有其他凳子。程宝剑说了一声"坐"之后，有些尴尬。王菊花倒很大方，坐到床沿上，说，程老师，还是这么艰苦朴素。

程宝剑笑笑。王菊花背着光，但眉目还能细看清楚。程宝剑想起自己在丽人夜总会的沙发上，使劲缩在逆光里的情景，于是他笑了笑。自从上次在丽人夜总会相遇后，他觉得王菊花和自己之间有什么正在消失，具体是什么，他一时说不清楚。他勉强笑笑，挨着电镀椅子坐下来。

程老师，上次你让骨朵儿，就是那个胖女孩，打听了我？王菊花垂着眼睑，继续说，不错，王菊花就是小薇，小薇就是王菊花。

程宝剑想，假如，假如王菊花没有被开除，断然说不出这些话的，至少要委婉得多。看来社会还真的是个染缸。

程宝剑点点头，说，我不相信，到现在我还不相信。

王菊花手腕上套了个小包，她拉开链子，摸出一根细小的女士烟，点燃，吐了个烟圈。烟圈晃晃悠悠，浮在空中。王菊花抽烟的动作，让程宝剑想到课本里"唯手熟尔"的句子，感觉有些憋闷。他不知道这么晚了王菊花找他有什么事。他把所有可能的事情都闪电般想了一遍，又闪电般否定了。每否定一次，心里像被自己挠了一下，一时把自己抓得血肉模糊，疼得他龇牙咧嘴。王菊花问，程老师不舒服？

程宝剑摇摇头，嘟哝着像对自己说，不可能，不可能。

程老师你要怎样才信呢？

前几天在丽人夜总会，歌唱到高潮，男人们开始动手动脚。西南发给每个女子一张房卡，K歌还未结束，胖女子就带着程宝剑去了宾馆。一进屋，胖女子就脱了衣服，吓得程宝剑闪进卫生间不敢出来。胖女子说，老板，你这样子我不但没有收入，还要被罚款的。程宝剑说，你把衣服穿上，钱照常给。胖女子犹疑不定，说哪有这么便宜的事？老板你泡夜总会为啥？程宝剑将几百块钱递给她，她说老板心好。程宝剑问，杜总身边的女子叫啥名儿？胖女孩想了一会儿，笑着说，原来老板惦记她啊，小薇啊。小薇？是啊，我们都不用自己的本名的。胖女孩说，小薇是丽人的头牌，头牌基本上被杜总养着，但最多也就两年，一满十八岁，还是要放出来。胖女子说头牌很挣的，杜总得用她去打通很多关系，头牌跟很多关系都熟。胖女子一说起头牌，唾沫横飞，像自己一辈子的梦想就是当个头牌。老板，你别瞧不起咱，咱不偷不抢，自力更生养活自己。程宝剑打断胖女孩的话，说，你知不知道小薇的真实名字？

老板，你欺负人。胖女孩往床上一躺，噘着嘴不说话。

程宝剑掏出几张十元票，塞给胖女孩，说，打听了我还有奖励。胖女孩拿着钱出去了，清晨才顶着鸡窝似的头来到宾馆，对程宝剑说，王菊花。又补充说，瑞河人。

4

一根烟抽完，小小的空间弥漫着烟雾。王菊花站起身去丢烟蒂，顺势带上了门。

屋子有些闷热，程宝剑问，菊花你回家去没有？

多谢程老师关心，你不是提前家访了吗？

程宝剑惊讶地转过头，透过烟雾潦草地望了王菊花一眼，王菊花站在逆光处，他竟有些没看清楚。他抓起面前的作业本，瞧起来，不经意笑问，菊花，有兴师问罪的意思哟？他细细想着几天前和王铁柱的对话，感觉没什么疏漏的地方，才从作业本上抬起眼睛，盯着王菊花。这个就是教室空位上的那个王菊花吗？那双眼睛清纯明亮，这双眼睛隔着烟雾，模糊，混沌。这是两个世界的眼睛。和一个学生这样艰难的对话，程宝剑还是第一次。哦，对了，她已经不是自己的学生了。那她现在是什么？程宝剑不敢往下想，也不愿往后想。他起身打开窗子，一股甜丝丝的风挤进来，烟雾像找到了出口，涌了出去。窗外是田野，黑乎乎的，蛙鸣此起彼伏。

谢谢程老师，父亲还念叨着程老师的好。你知道我爸是好面子的人，母亲又病着……王菊花说着说着竟哭泣起来。

菊花，当初不选择离开，多好……程宝剑感觉自己无话找话，一时思维混乱，智商为零。他把头扭向窗外，窗外一望无际的黑。

程宝剑听见王菊花在唤他，遂将目光从黑暗处收回来，掉过头，低低地"啊"了一声。

王菊花身上的亚麻裙褪到了腰上，裸着半截身子，将屋子晃得白亮亮的。程老师，我要你保证，不给我爸妈说。

程宝剑又赶紧掉过头，他感到一阵眩晕，更多的是屈辱。他压着嗓子吼，菊花，穿起来，你要干啥？

程老师进夜总会，是第一次？王菊花冷笑着问。程宝剑转过头，像看陌生人一样看着王菊花。他该怎样回答王菊花呢？他觉得任何回答都很无聊。他受不了这种语气，冷着面孔问，你怀疑什么？见王菊花还在冷笑着，程宝剑摔下作业本，伸手把王菊花的头扳转对着灯光，问，怀疑什么你？他逼视着王菊花，声音压得很低，像风刮过凹凸不平的沟渠。他第一次感觉委顿到了尘土。

王菊花显然被程宝剑的动作吓到了。她看见程宝剑的脸卡白，那是只有在学生考砸时才有的神情。王菊花推开程宝剑的手，说，别碰，脏了你的手。说完拾起裙子，罩住了身子。

程宝剑喘着粗气，说，我程某人以人格担保，一不会对你父母说，二不会对其他任何人说。所以，王菊花，也不要侮辱我程某。另外，程宝剑顿了顿，说，不是任何事情都得用身子去解决的。

泪水从王菊花脸上大滴大滴落下，倒把程宝剑的心里弄得湿漉漉的。他不知道该说什么，似乎说什么都不合适。王菊花问，我的日记本呢？程宝剑怔了片刻，拉开抽屉，从最里面拿出一个蓝色丝绒封面的日记本。程宝剑在心里唏嘘，这本日记本里有一个纯净的男孩儿，有一个纯净的女孩儿，不含一丝杂质，像秋季的天空，琥珀色的天空。

王菊花接过日记本，盯着封面看了半响，始终没有打开。然后站起来，朝门口走去，脸色阴郁。走到门口，她的手搭在门把手上，转过身子问，宝剑老师，听说你在跑转正？

轮到程宝剑吃惊了，看来夜总会不仅仅是个染缸。他点点头，问，你都知道些啥？问完他就后悔了。

跑勤点儿。王菊花的口吻有点像个领导，或者阅世极深的老者。走廊深处传来噔噔噔的脚步声。程宝剑愣在门口，一直听着声音消失。

5

程宝剑带上母亲准备的一篮子土鸡蛋和半口袋绿豆，找到了西南，说，让杜总转给他舅，尝个鲜。

西南嘘嘘嘘了一阵，说，给杜佳尝鲜吧。他舅有鲜可尝了。说完哈哈哈笑起来，笑得程宝剑有些莫名其妙。

那总得表示表示吧。

西南问，程老师带了多少钱？

程宝剑反问，请大家去夜总会得花多少钱？

西南双腿搁在办公桌上，没有接话，伸出双手晃了晃。旁边的女孩解释说，两个五百块。程宝剑暗自咂舌，自己每月的工资才七十多块，上趟夜总会不吃不喝得一年半啊？

程宝剑一咬牙，说，我们去丽人消费，西南借我两百块。麻烦你约约杜总。

还是在"八八八"包房，这次人数少了很多。刚坐下，绿发女子就带了三个女孩进来。程宝剑对绿发女子说，让骨朵儿来陪吧。绿发女子嘻嘻嘻笑说，程总是个有情人，可惜骨朵儿这几天不方便。说完把一个瘦瘦的女子推到程宝剑面前，悄声说，瘦是瘦，有肌肉，她把"肉"字咬出了味道。杜佳进来了，程宝剑发现杜佳一个人，说杜总要不要……话未说完，西南扯了扯程宝剑的衣服，打个哈哈，说，矮总，何以解忧？唯有杜康。走起。一杯酒倒入了口中，杜佳举起杯子示意了一下，程宝剑也一口干了杯中物。后来到宾馆房间，程宝剑问瘦女子，今天骨朵儿真不方便？瘦女子吐着烟圈说，宁可信鬼，也不要信鸨母的嘴。程宝剑问，难不成她打诳语？瘦女子冷笑一声，叹口气，说，程总，你是好人。骨朵儿上次打听小薇的真名，小薇不知怎么知道了，骨朵儿被扇出了鼻血，杜总连夜将骨朵儿撵走了。水深着呢。

程宝剑听得倒抽了口冷气。他骂了声"天杀的"，瘦女孩问你骂谁呢？程宝剑赶紧说话把子话把子，不是骂你。那小薇呢？

不在夜总会了，被人包养了。老板，多的事儿你别问了。你等着，我去冲冲。

瘦女孩洗完澡出来，屋子里没了人。几十张十元钞扔在床上。

程宝剑离开了宾馆，他走在大街上，漫无目的。夜里的大街少了喧嚣、少了尘土，迷离的灯光将城市打扮得多少有些柔媚。他就这样走着，想，走到哪里算哪里吧。这个城市唯一的熟人就是西南，西南这个时候在宾馆。对了，应该还有胖女孩骨朵儿，自己的学生王菊花。

但这些似乎与自己无关。

怎么又没关系呢？骨朵儿，那个胖女孩要是不去打听菊花的名字，也许不会挨打，更不会被撵走。但是，又能改变什么呢？对于骨朵儿，到底是留好还是走好，程宝剑显然无法说服自己。然而，现在自己愤然离开，又因为什么？为骨朵儿？为王菊花？为自己？似乎都不是。大街两边高楼上的灯火在次第熄灭，像自己心里摇曳着的追问。程宝剑突然想，如果这些楼宇瞬间透明，或者自己一下子有了透视功能，这万家灯火下的百态又是一副什么模样？

他苦笑了一下，摇摇头，不知不觉到了湖滨公园。夜里的湖滨公园亮着暧昧的光，人不多，一对一对的，占着椅子，或躺或依。好不容易找到空椅子，椅子却少了根横木，坐着硌屁股。不远处的地上，睡着个流浪汉，打着呼噜。程宝剑突然羡慕起流浪汉来，一人吃饱全家不饿，关键是在世俗之外，了无牵挂。至少现在看起来是这样的。程宝剑追逐着湖面的亮点，感觉虚无缥缈的遥远。

程宝剑躺下来，睁着眼睛直到东方发白。

6

程宝剑已经圆满带完高三，回家帮着母亲忙地里的活儿。上次在丽人夜总会，杜总说今年估计困难，塞条子的太多。程宝剑说每年都困难，今年得靠杜总争取争取。说完望着西南。西南说，就是，杜总无论如何也得帮忙照应一下。杜佳黑着一对眼圈，说，也不是没有办法，现在唯一的办法是这个。说着食指和拇指一搓。程宝剑问，得多少？西南说，杜总你就着最低行情说。杜佳伸出两个指头，这是天大的面子了。

程宝剑知道杜佳说的是两万元。他点点头，想着家里不要说两万元，就是两千元，也不可能拿得出来。心里像兜着凉水，回到瑞河场。母亲时不时问起转正的事儿，程宝剑要么搪塞过去，要么沉默以对。他是断然不敢提钱的事儿的，家里有点钱都塞了父亲的药罐子。程宝剑不止一次想去南方打工，但作为儿子，在目前的情况下，如何远行？后来乡里招民办老师，自己以第一名的成绩进了学校，连续带了几届高三。时间流水样过，但每年的转正名额像流水里的浪花，闪闪就消逝远去。原本想凭本事转正，现实让他沉默如铁。夏季正是收玉米棒子的季节，他每天一早就去了地里，噼里啪啦一阵猛掰，一篓篓散着甜味的玉米棒子倒到空地上，母亲就一挑一挑往家里搬。一个闷头掰玉米，一个闷头挑玉米，繁重的体力劳动让母子俩没有多余的时间讨论多余的话题，他们得抢在雨季之前，颗粒归仓。当村主任二娃翻上山峁，扯着嗓子叫唤程宝剑时，着实把母子二人吓了一跳。

村主任二娃黧黑着一张脸，喊，宝剑侄，乡教办让你去一趟。看见母子俩愣愣地戳在玉米地里，像是在细听自己声音的回响，又喊，乡教办让你去填表，这是村里的证明。说完扬了扬手里的纸条。

程宝剑深吸一口气，玉米地里弥漫着香甜的气息。

和程宝剑同时填表的还有瑞河小学的一个语文老师，程宝剑认识，跟一个看阴阳的师傅学活儿，乡里招民办老师时，报名当了小学老师，上课时不时冒句左青龙右白虎，十几年一直是民办老师。程宝剑点点头，叫了声王老师好。王老师抬头见是程宝剑，用手招了招他，指指身边的位置。程宝剑过去，刚坐下来，教办主任就进来了。教办主任和两位老师边握手边说，欢迎，瑞河教育欢迎你们。好像以前他们干的是与教育无关的行当。王老师严肃地回答，感谢领导的关怀，感谢。程宝剑也说感谢，说着说着感觉怪怪的，缄口填表。

填表间隙，王老师悄声问，宝剑老师，今年行情多少？

什么行情？

王老师古怪地哼了一下，说，都是行内的人，没必要遮掩了吧。

半天程宝剑才嚼透王老师的话，王老师问自己今年花了多少钱转正，这和杜佳、西南他们嘴边的行情是一个意思。

程宝剑摇摇头，问，王老师，你呢？

哎，转正就背债哟。伸出三根指头，说，零头不算，借了一身的债。不过，事情成了。

程宝剑想，难不成自己转正是西南帮着垫的钱？

7

开学不久，教委组织转正老师培训，时间两个月。转正老师白天听课，从师德师风到技能培训，每天塞得满满的。晚上写心得体会，第二天交班主任。程宝剑一个人住着一个双人间，过了两天，安排进来一个老教师。老教师背有些佝偻，面目粗糙，进来先朝程宝剑点点头，把蛇皮口袋放到床上，从里面摸出一个脐橙，递给程宝剑，说，自家产的，尝尝。

程宝剑问，老师怎么迟来了两天？

老教师咧嘴一笑，皱纹像裂纹向四面散开，说，临时通过的。

临时？

不像老弟你，第一批通过的。我属于"候补委员"。老教师嘿嘿两声问，估计没有少花吧？

不等程宝剑回答，老教师伸出右手，指了指楼下，岔开五指，压到桌子上，说，五指山压猴啦。

程宝剑听得云里雾里，停下手里的笔，顺手掰开脐橙，让给老教师一半，说，看样子老师知道得多，给我说道说道。

老教师转身关了门，问程宝剑来自哪里。程宝剑说瑞河乡。老教师自我介绍来自瀼渡乡。瑞河和瀼渡两乡相隔不远，在一条河上，中间隔着云嘴乡。老教师自来熟，说自己还有两年就到退休年龄了，转不转正已经无所谓。年年都是先进，年年都报了转正申请，年年都竹篮打水。老弟你也是转正中人，明白个中的原因。

程宝剑点点头，其实他还真有些不懂，但老教师看着他，嘴角扯着冷笑，他就点点头。老教师继续说，山中无老虎，猴子称霸王，我们都栽在猴子手里哟。程宝剑听了一会儿才明白，老教师嘴里的猴子，指的是教育局侯局长。教育招待所在教育局办公楼顶层。我给你说，老弟，该人指甲深，石板都得刨个扑棱印。

五指山压猴什么意思？

这下轮到老教师吃惊了，问，老弟，你是揣着明白装糊涂？

难道……

嗯。老教师点点头说，迟早一个字：栽！他栽了我就有救了，我的申请是后补上来的，有几个送礼的被刷了下来。说完哼着码头调子，开始铺床。

程宝剑说，我得出去一会儿，有人找就说我出去买点东西。程宝剑提起一个口袋，直奔丽人夜总会，他得去谢谢杜佳，还有西南。

口袋有些沉，是母亲准备的几块腊肉。母亲说城里人难得吃到用柏树丫枝熏的腊肉。大街小巷种了桂花树，这个季节桂香四溢。程宝剑几乎是跑到丽人夜总会的，但大门紧闭，门上贴着醒目的封条。程宝剑趴门缝上往里瞧，一团黑。他站了一会儿，蹲下来，索性坐在装腊肉的口袋上。这个地方曾经灯红酒绿，如今萧条冷落，要不是借着路灯，路人很难发现"丽人夜总会"的牌子。程宝剑坐在门槛下，牌子的阴影遮住了他，路人也难看见门口还坐着一个人。

程宝剑赶到西南住处时，西南正准备睡觉。西南很颓丧的样子，说真不好意思，没有帮上忙，都没脸见我舅。程宝剑有些纳闷，看来西南还不知道他已转正的事儿。西南突然说，别去找杜佳。

怎么回事？

西南迟疑了一下，说，杜佳跟着他舅，倒了。他舅被抓时还趴在半山居的小情妇身上。西南嘿嘿嘿笑起来，肩头一耸一耸的。

那关杜佳什么事儿？

那个骚蹄子原来跟着杜佳呢，被棺材瓢子包了去。哦，就是那个小薇，在丽人你见过的……

程宝剑脑子嗡了一下，像钢丝绷断的声响。他瞪着西南一张一合的嘴，听不见动静。那双凉凉的眼睛又浮现出来，像团雾气，迷迷蒙蒙的。他突然蹿到西南面前，脸扭曲成一团，厉声问，王菊花呢？他们把王菊花怎么样啦？

王菊花？谁是王菊花？西南感到程宝剑问得有些莫名其妙。

（本文首发于《金沙文化》）

树也是一条路

1

柱子娘被自己的念头吓一跳。她环顾院落，几十年的老样子，确定双脚还站在院坝里，就对着窗玻璃上的人影骂一句，老不死的，作死相。骂完扑哧笑一下，摇着身子在原地转了一圈。

这个腊月不冷，太阳懒懒地照，光阴一寸一寸移动。远在广东的孙子们解释说地球偏了几度，把瑞河场偏到四季如春地儿的边沿上了。柱子娘听不懂，但喜欢听，叽叽喳喳、虎头虎脑的几个胖墩儿，嘴上总挂些新鲜词。这阵子麻雀围在院墙上，也叽叽喳喳闹。墙头颓得厉害，土块纷披，狗尾巴草肯定是鸟雀带上去的，一丛一丛左右摇晃，穗子不掉，跟着时日干枯。等柱子娘去檐下坐了，麻雀飞下来，迟疑地朝柱子娘望望，才开始啄撒下的谷粒，一地的小脑袋，点点啄啄，聚精会神。柱子娘是认识它们的。刚来时还一惊一乍的，像到瑞河场吃野生黄辣丁的外地人，咋咋呼呼之后，在瑞河人淡定的眼神里安静下来。特别是花花，柱子娘把那只翅膀上有撮白毛的麻雀叫花花，当然，她也不能肯定是麻雀，她只认花花，顺口亲切。别的麻雀都在啄谷粒，花花绕着一上一下飞，像展示自己的翅膀。柱子娘嘟哝一句，谁不知道你会飞啊？眼看谷粒告罄，它还未落地，柱子娘替它急。实在看不下去了，她站起来一挥手，麻雀们像裹在风里的树叶，哄一下子飞到院墙上，惊疑不定地站着。有些受惊的雀儿，在起飞时拉下一团湿乎乎的鸟屎。她走过去，花花却安静下来，用喙捡剩下的谷粒。柱子娘从衣兜里摸出一把麦子，撒出去。惹得墙头上的麻雀蠢蠢欲动，乍起乍落。

看着花花捡完麦粒，柱子娘抱起一捧苞谷壳子，往堂屋左边的偏棚走。阒寂无声，柱子娘感到异样后停住脚步，问，自己来棚子里干啥？喂羊。羊呢？羊棚不是在右边吗？柱子娘发现自己走错了方向，骂，死鬼，又作怪，在世时作怪，埋土堆里，还作怪。骂完朝屋后望，柱子爹的坟刚刚打整过，四周的杂草被清除得干干净净，像男人剃了须刮了脸。柱子曾送他爹一把剃须刀，他爹有事没事往下巴上刮，下巴白得像小生。柱子娘就笑，白给哪个狐狸精看？柱子爹脖子一梗，嚯嚯嚯笑，说儿子送的，巴适。柱子娘也跟着笑，以前老头子长了胡须，一手拿块碎镜片，一手掐胡须，一扯一叫，一叫一跳。多了就用柱子娘剪鞋样的剪子，像搞绿化的，喊喊喳喳一阵响。这场景，每次都让柱子娘提心吊胆一回，生怕剪着了下巴。没下巴，不是鬼吗？柱子娘嘟哝一句，现今变了鬼，自己骂的。坟脊上铺了一层新土，透着深褐。坟头是青条石，从瀼渡石场运过来的。老头子死了有十好几年了吧？石条子是三年前码上去的，还新鲜着。两个棚，一个猪圈棚，在堂屋左边。一个羊栏棚，在堂屋右边。柱子爹在世时搭建的，自搭建起，她就常常走错。有一年，就是柱子爹去世的那年，老三花花还没出嫁，柱子娘给二儿子铁蛋说把猪羊合圈。花花说，好啊，我经常把猪食提到羊圈。铁蛋瞪一眼花花，说，好啥好，一辈子耗在房子上干啥？再说，爹不是说左右六畜兴旺，正堂人丁兴旺吗？两个棚直到现在没拆。可是，柱子娘问自己，为啥今天先走左边？往常也走左边，那是因为猪嗷嗷叫，她得喂食。明明手里薅着羊草，猪先声夺人，她就得先去左边。现在猪杀了，猪不嗷嗷叫了，要听嗷嗷叫得等到春上，去瀼渡码头捉个猪崽。那么，没猪嗷嗷叫，还往左边走，咋回事呢？

柱子娘开始沿着当前的时间节点往回推，推着推着被自己的念头吓了一跳。

2

她想爬树。

柱子娘推到寻找喜鹊这个地方，就有了这个念头。本来也不会有这个念头。七十多岁的老人，老女人，老得快散架了，怎么可能想起爬树？上次送儿孙们去瑞河场码头，回来爬百步梯，歇气歇了十好几回。码头有三年没去过了。她闷了一阵。每天鸡叫起床，烧水煮饭。一个人吃不了多少，煮上半锅，捞几片浆菜，凑合吃一天。接下来在院坝东头薅几把草，给羊送去。但这个季节没有草，只有夏季留存下来的苞谷壳子，太甜，羊不爱吃，她就洒些淡盐水。日子像猫咪的脚，不声不响，就过去了三年。但今天做事的顺序没按这么走。她吃完早饭，用生锈的镰刀割了坝子中的蒿草，提来干燥的垒土，垫实了从堂屋通往院门的石板路。一条小路用了她大半天。没用啰，她捶捶腰眼，对着屋后的坟堆说。昨天给老头子坟堆割草、坟脊垒土，用了一天，累得她早上醒来，腰眼还酸着。往年她会拎双小脚，去村子东头喊哈巴口帮忙。哈巴口是孤儿，吃百家饭穿百家衣长大，村里人顺口叫了哈巴口。孩子愣头愣脑，有使不完的力气。村子里有力气的人都走完了，剩下几个老弱病残守着。守什么呢？柱子娘也不清楚。碰上力气活儿，还真得喊哈巴口。上次石头娘落到池塘里，不是哈巴口，早见了马克思。柱子娘突然眼里潮润。可怜见的。哈巴口和铁蛋岁数只差月份，也是一起去的广州，人回来就傻了，应该是傻了就被送了回来。至于怎么傻的，铁蛋只说这种事多了去。厂子象征性赔了几个钱，却被几个女人逗进云嘴乡的母猪街，他竟逛上了瘾，说是还耍了个女的，没几个月，赔的钱就用完了。人回到村里，天一亮在村东头的墙根下晒太阳，翻虱子，等活儿。哪家喊去，先吃个滚圆，再下死力干活儿。但这两天的事儿柱子娘想自己做。只有自己做，心里才安稳。柱子娘看着自己的成果，一座干净的坟，一条垫实的路，笑就漾在嘴角。今天是腊月二十三，小年，灶王爷去天庭奏事的日子，大早柱子娘就把白糖罐放在了灶上。小年一过，大年一梭就到。柱子娘笑着仰起头，一只喜鹊"喳"一声，掠过头顶，飞入榕树，没了踪影。

柱子娘看到了树。柱子娘想，喜鹊也在夸我哩。这样想，她还没有爬树的念头。柱子娘颠了一下右脚，有些麻。她走过自己垫的石板，心里从未有过的踏实。她取下院门门闩，打开，院门左边一树杏花，此时正飞飞扬扬，肆意妄为的样子。她记得这还是柱子得儿子那年，种在院门左边的。杏树已经从一根苗长到了两握粗，枝丫生出墙外，遮了半截院墙。院墙外是村子里的其他人家，一条宽宽的石板路穿过高瘦的房屋，伸到山峦脚下，一转不见。山峦倒看得出些许绿影儿。她猛地想起快立春了，常有"立春热过劲，转冷雪纷纷"的说法，意思是年后还得有场寒。田坎边的折耳根应该胖胖的了。全家喜欢吃折耳根，特别是老头子，他吃折耳根放醋，放油辣子，据说这样可以降血糖。要在以往这个时节，村子里的大人小孩，早提着筦，四散在田野里，寻着胖嘟嘟的折耳根，偶尔抬起头望一眼村子上空的炊烟。但现在村子死寂，哪里还有人采挖折耳根？她计算着日子，过不了多久，折耳根就会布筋，吃不得了。她突然感到折耳根在这个腊月也很寂寞，遂叹口气，望向榕树，她想找见那只喜鹊，只有喜鹊还闹喳喳。榕树在院门的右边，树冠如云。树干上的根须早蹿到院墙外，根系裸露盘曲，像突然遇到生人，惊慌失措，蜿蜒无序。榕树是老头子栽的，新婚不久，老头子去瀼渡石场放炮，每天她过得提心吊胆，生怕出事。老头子说，给你种棵树，害怕就爬到树上，可以望见码头，我就坐了班船回来。瀼渡到瑞河码头隔一小时就有班船，中途停靠云嘴乡。但她把老头子的话当风吹过，没认过真，也没爬过树。栽时只有指头粗细，插在院门右边就没有管过。她问这也能活？老头子说树强着呢。头上又传来了喳喳的叫声。她走到榕树下，仰起头，眯缝着眼，朝树丛里看，绿汪汪的一团。她扶住树，甩着右脚，想，爬上树看看？

她被自己的念头吓住了。

3

喂完羊，柱子娘坐在堂屋门槛上，看着榕树。麻雀像得到什么指令，齐声飞起，裹进密叶中。七嘴八舌的声音像炒豆，不见雀鸟的身影。这棵树因为有这群鸟，热闹非凡。这个小院因为有这棵树，熙熙攘攘。因为这个小院，坟里的老头子也不寂寞。

三年前，腊月三十，大儿子柱子和媳妇，幺儿子铁蛋和媳妇，女儿花花和女婿，全都从广东回来，带了各自的娃娃，聚到她跟前。花花是柱子打电话叫过来的。花花一听柱子说时间长了妈想她和娃娃了，咱们大家见见面吧，她很爽快就答应了。当柱子追加一句，让妹夫也一搭过来。她犹豫了，说这边也是腊月三十团年，两口子都离开，老公公得有多大的意见？柱子打断她，说，你心里要是有我这个大哥，你就叫上他，话说到明处，也在理上。柱子的意思很明白，团年就在娘这边团，以往老是初一。初一是走亲戚，三十是自个家。这有分别。

铁蛋两口子利索，因为他们的娃留在妈这里，柱子说有事回来商量，铁蛋没犹豫就从丈母娘家回来了，回来正好看看娃。

大小加起来一共十口人，全部钻到了堂屋，顿时又挤又热闹。三兄妹的娃，平时各在一方，这下子凑一搭，比蜂窝里还热闹。柱子娘嫌吵，把他们赶到院子里，由他们扔炮仗，耍窜天猴。七个大人留在堂屋里。

堂屋放了一张大木桌子，桌子太高，柱子爹把四条腿给锯短了。上面苦一条丝绒单子，它居然给人感觉就是一个大型茶几。柱子爹在世时做的木杌子还是新的。每人屁股下压个杌子，团团围住了大桌子。柱子娘找出几个搪瓷缸子给大家倒茶。花花一把抢过来，说，娘把我们当客啦。花花将茶叶一把一把抓出来，扔进水里，水一泡，一股霉味儿扑鼻。

这茶叶，还是花花嫁人那会儿，她婆家送的开口茶。当时柱子娘说，我们一家子下苦人，喝个啥茶叶，白糟蹋了，不如十几块钱卖给喝茶的。柱子爹不同意，说，放下，有个待人接物的家什。

孩子们在院子里扔炮仗，时不时"咻——砰"一响，把堂屋里的人震一抖。

今天招大家过来，我是想把妈接过去。柱子开门见山。

广东？铁蛋和花花几乎是齐声问。

嗯。柱子说，村里人都没了，妈一个人我不放心。

不是还有十来个老的吗？铁蛋说。

铁蛋你也心宽，孩子让妈照看，不出事儿皆大欢喜，出了事儿咋办？告妈？

铁蛋知道柱子的意思。前不久，村子里王家婆照看两个外孙，中午孩子溜下塘滚澡，淹死了。后来女婿起诉岳母负照看责任。七十多岁的老人，想不开，也跳了塘，两天后才被人发现，捞起来人肿得面目全非。

"咻——砰。"柱子将门抓开一条缝，吼，远点扔。

柱子继续说，你们都知道，亮亮读的民工子弟学校，你们的两个孩子过去就可以续着上。把妈接过去，我们三个合起来在学校旁边租个房子，孩子们放学了有个看管。你我有时轮夜班，也不用担心。

租房又得花钱。铁蛋媳妇咕哝。柱子望了铁蛋一眼，铁蛋垂着头。花花两口子望着屋檩子，檩子上挂一溜黄亮亮的腊肉。

花花，檩子上有金元宝？

哥，我直说，我也想把孩子接过去，现在他爷爷带着，脏话连天。但你知道，我在厂子里是文员，没有夜班。

就是，让花花帮着照看不就得了。铁蛋说，然后看了一眼柱子娘，说，过年我们再回来看妈。

柱子眉头拧成一团麻。他应该想到这种结果的。铁蛋两口子要在县城买房，孩子托娘照看，两口子打着不花钱的主意，但孩子与父母的生疏日益明显。花花公婆常年齁咳，药不断，为此三天两头两口子拌嘴。正是钱掰成两半使的时候。自己也不松活，儿子亮亮在广州上学，住读，也是花钱的主。亮亮周末回家，关键是周末他们不一定在家，加班啊，儿子就去网吧混一天。

这让两口子大伤脑筋。

"咻——砰砰。"

最后还是柱子娘说，我哪儿也不去，也不给你们添堵。我一个人惯了，再说，还要照看你们爸。他生时没过上好日子，在土堆里得陪陪。我哪儿也不去，孩子你们接到身边，放心，也免得久了生分。莫担心我，饿了有得吃，病了让哈巴口背到瑞河场看看。我就一个要求，给你们爸砌个坟头，青条石的。你们去看那坟，那哪是坟？散泱泱的一堆土。

子女们没有反对，按照平摊的原则出了钱，让瀼渡的石场送来了石头。

那次她把儿女和孙子们送到码头，直到船响笛，她一下子觉得自己跟这码头差不多，空了，剩几条短尾巴狗乱追一气。她爬百步梯，气就往下坠，身子托不住，就坐下来，看船，慢慢化在雾里。

回到院子，她认识了这群麻雀，每天按时给麻雀吃食，麻雀从来没有离开过这个院子、这棵树。柱子说孩子上大学了回来看奶奶，应该上了半年大一了吧。孙子出息了，柱子娘想起就笑。在电话里听花花说亮亮都有女朋友了，靓女哟，妈。她当时没听懂，现在想起咧开嘴笑，露出颏得像院墙一样的牙，牙龈像墙根下的石条子。她望了一眼堂屋檩子上吊着的腊肉，肉用柏树丫枝熏过，黄亮亮的，除给了哈巴口一个腿子，另外三个腿子，带给了三户亲家。剩下的全都在，肠肝肚肺都还腌着。孩子们都喜欢吃柏树丫枝熏的腊肉。

她的目光慢慢往上移动，移到树的分岔处，目光在空中画一条水平线，刚好越过院门外的那些屋顶。

从树上看，地上会是什么样子？真能看见码头？看见瑞河？她问自己。

她搬起小木楼梯，走向榕树。

4

她真爬树了。

楼梯搁在榕树身上时，她静默了一会儿，有点像蓄势。她向四周扫视了一圈，总觉得四周都是眼睛。她按住胸口，那地方怦怦跳。碰上陌生人的可能性不大，村子好久没来人了，好像世界忘了还有这个村子。原来的十几个老人，照看着十几个娃娃，而今随子女进城的进城，搬迁的搬迁，去世的去世，掰起指头数得过来的几个老人，身子都不好，加一个哈巴口，拢共八人。老人们笑说，谁也不许先走，刚好一桌，走了缺个角。但这命上的事儿，归阎王管，王家婆不是先走了吗？

那有什么好怕的呢？好多年没有这种感觉了，细细回想起来，令她心跳的时刻不多。最近的一次，应该是三年前送孩子们上船后，回来，轻推院门的刹那。一院子的麻雀啄着她晾晒的糯米，毫无顾忌，叽叽喳喳的声响满院子跑。她从来没见过这么多的麻雀。她疑虑地望一眼屋后老头子的坟堆，新砌的坟头气宇轩昂。又搞什么鬼？生活中的一小点儿变化，她总疑心与老头子有关。见有人进来，不屑走路的麻雀们双脚跳着散开，转动脑袋望着门口的她，像打量一个不速之客。那一刻，她心跳得厉害，她不知道是走进去还是退出来。她害怕麻雀不再来这个院子，她选择了按着胸口，像没有看见它们一样，退到院门外。结果是麻雀对她晾晒的糯米照单全收，当然，麻雀也选择了栖息在榕树里。

想着自己的正确抉择，柱子娘笑了，像糖丝化在空气里。她开始爬楼梯。她按了按楼梯，瓷实稳当。楼梯是老头子做的，扎实着呢。她每踏上一阶，歇一会儿。她没有往下看，目光盯着树分岔的地方。两股树干一横一竖，横的微微上翘，竖的稍稍斜插，像一把椅子。她想，先爬到椅子那地方。

她爬了三四阶，身子就超过院墙了。从这里看出去，可以看见李家的院子，但远，看得模糊。见得李家大娘在院子里转悠，柱子娘敛了笑。李家大娘身子骨硬朗，只是两只眼患有白内障，说是什么看起来都一片白影儿。瞎转悠啥呢？柱子娘继续往上爬，爬着爬着她停了下来，有个人进了李家大娘的院子，看不清楚。柱子娘有些急了，她得知道谁进了李家大娘的院子。她猛想起孙子的望远镜，虽然是玩具，但望远的功能还具备。孙子在家时，让她望过院门口的杏子树，远看一团绿，在望远镜里就现出了拇指大的果子，像一滴绿汁儿，欲坠未坠。她记起玩具都收拾在床头的竹筐里的。

爬到了树的分岔处。爬得慢，所以并不累，她坐下来，感到从未有过的惬意。头顶斜上方就是鸟窝，密密麻麻的。两只喜鹊在斜枝间跳动，"喳喳喳"相互议论着她的出现。麻雀们慌了，围着自己的窝，在枝丫间跳过来跳过去。柱子娘向它们挥挥手，耸耸肩，学着电视里外国人的样子，"多有打扰"，说完咧嘴一笑。

村庄安静有安静的好处，比如此刻，没有人知道，一个老人，竟在一棵树上。柱子娘有些自豪，捏捏自己的腿，拍拍，很满意的样子。有时候她觉得自己是一粒沙，在一个浩瀚无边的村子里生活了无数年。这么想来，倒不怪世人忘却了这里。

突然，她听见嘈杂的声音。侧头向下一看，见哈巴口急匆匆地跑，衣服被风鼓起，露出破了洞的红毛衣。鞋子趿拉着，一下一下打着脚跟，一副红色的对子分别抓在两只手里，随风拖曳在身后。她屏声静气，怕被发现，发现后肯定认为她脑子有毛病。别小看村子里的几个人，真要是发生点啥，分分钟就会传到广东。广东有多远，她没有具体概念。她只知道那地方钱多，全国的人尖着脑袋往那地儿挤，挤不进去的就傻掉了，比如哈巴口。哈巴口没有仰头看树，他才没有时间看树呢。老头子说什么来着？树也是一条路呢。那是老头子栽下树后，说，你别不信，树也是一条路呢。今天她有些信了，那么多鸟儿的路，还有自己的路。老头子的坟比她的视线要低，坟头正对着这棵树。她挺佩服老头子的，死了这么久，话里的道理，她现在才懂。

她转过头，把眼前的树枝推开，她真看见码头了，还有瑞河，影影绰绰的。

明天还来。她对老头子说，提醒我带望远镜。她望着哈巴口远得像一只蚂蚁后，呵呵呵笑了，惊得喜鹊"喳"的一声，直射云霄。

5

柱子娘失眠了，这还是第一次。

屋里屋外墨一样静。她睡在堂屋，眼睛盯着檩子。实际上她什么也看不见。自从杀猪后，她就在堂屋搭了个铺。她怕有人偷腊肉。在她的记忆里，村子里的腊肉老是丢。当然，那是很多人挤在一个村子里的时候。近几年估计小偷嫌麻烦，不见踪影。但柱子娘习惯了，熏完肉，就把床铺搭在堂屋。堂屋里满满的腊肉香气。偶尔有窸窸窣窣的声响，她抓起枕边的竹竿，敲得啪啪啪响，耗子还没碰着肉，就吓得抱头逃窜。只是今天敲完竹竿，她还没睡着。白天爬树的事儿让她睡不着。

她一闭眼，就有个影子在眼前晃悠。她又得在黑暗里睁开眼，一步一步回忆白天爬树的经过。她明白眼前晃动的影子是李家大娘。李家大娘到底叫什么，她忘了。她连自己叫什么也想了很久。嫁给柱子爹就随了叫"铁锤家的"。老头子死了，就随大儿子叫"柱子娘"，自己叫什么，猛地一想，还真有些答不上来。有次她实在想不起了，就翻出一张结婚照看，三寸黑白照，边缘被剪成半圆形花纹，业已泛黄。铁锤站在她身后，一脸严肃。旁边有一行字，卢铁锤黄桂英结婚纪念，她才想起自己叫黄桂英。

黄桂英啊，柱子娘心里一阵欢喜，自己给自己说，你终于爬了树啦。村子第一个吧？她问自己。耗子又开始在檩子上窸窸窣窣，她竟然没有敲竹竿。

6

一大早，柱子娘找着了收拾玩具的竹筐，找到了望远镜。她用毛巾擦了又擦，放到眼前朝院子里望，那些麻雀仿佛伸手可捉。

一上午她都觉得身子轻轻的，煮饭、喂羊、开院门，思路清晰，步履轻松。她在等中午到来，那时候老人们都要眯会儿，她才可以无所顾忌地爬树。

今天两只喜鹊不在，麻雀们还在院墙那边。她像一个串错门的邻居，打量着每一个巢穴。树干上到处白花花的鸟粪，她却不感到腌臜，相反，她感到亲切。她架起望远镜，李家大娘的堂屋墙上挂着一把锄头，刃口还亮着片光。李家大娘在院门口转，有些心神不宁。柱子娘还没有这么端详过一个人的脸，镜头中的脸爬满了核桃纹，有点像冬天爬山虎伸出的茎须。她在等儿子回来吗？有次李家大娘说今年儿子得回来，回来带她去割白内障，她就这么一个儿子。正这么想着，李家大娘把大门打开了，出现在镜头里的竟是张老头。柱子娘哆嗦了一下。张老头不是去城里女儿那里了吗？几时回的村子？回了村子为什么不来看看我？柱子娘的问号都把自己搞糊涂了。李家大娘竟挽了张老汉的手臂，进了堂屋。堂屋门口垂着帘子，一左一右摆动。

老头子过世后，张老汉让媒人踏过她的门槛，被她一瓢水泼了出来。老不正经。其实那时她才五十多岁。她放下望远镜，痴痴看着老头子的坟头。

李家大娘和张老汉的事儿，她是略有耳闻的。但张老汉的女儿放出话来，城里老太太多了去了，有房有退休金，老头子要是敢娶一个睁眼瞎，别怪我不认。李家大娘的儿子听闻，就说他妈，几十年都熬过来了，一个棺材瓢子有什么好的？

柱子娘叹口气，她不知道该为两个同龄人高兴还是悲伤，反正心里堵得不行。不大一会儿，李家大娘家房顶上飘起了薄烟，风朝榕树这边吹。煎鸡蛋。柱子娘嘀咕一声。

这让柱子娘想起自己，自己和铁锤刚好上那会儿，铁锤天天爬树。那时候柱子娘还住瑞河场对面的三里沟。娘家的院前是一棵香樟。爸妈不同意她和铁锤好，理由简单，喂养个女儿不容易，要嫁得嫁个有吃有穿的人家。铁锤家是河对面村子里有名的贫困户，家里来个人竟拿不出条像样的板凳，春二三月，各人捧着一海碗野菜糊糊，蹲在院坝里，呼啦呼啦喝得山响。铁锤也倔，三脚踢不出个响屁，嘴上不会喊爹喊妈，只知道下苦力，一来就抢着挑水挖地。后来爹竟把水桶和锄头藏了起来。打那以后，铁锤就开始爬院门前的香樟，用一块碎镜片照桂英。桂英一见到跳动的光斑，心也跟着跳动，借口出去买线、挖菜，和铁锤去瑞河边，瑞河边半人深的苇子，密密匝匝。

柱子娘掉转望远镜，从树叶的罅隙呆望着瑞河。此时河面寂寂，流水默默，驳子船三个月前就已经在码头东边的回水湾泊着，纹丝不动。冬天的瑞河一下子少了丰腴，宽阔的滩涂仿佛是一夜之间露出来的，一排一排的网将滩涂隔成一个迷离的世界，偶有低飞的鸟撞到网上，挣扎一天，断了气，也跟着网垂着，夕阳下像一朵枯荷。这个季节只有从瀼渡码头到瑞河场的班船，班船一到，码头热闹一阵儿，过后，剩几条流浪狗，相互追逐。

她看着从班船上下来的人，有认识的，有不认识的，有胖得爬几步歇口气的，有瘦得健步如飞的。附近十几个村子就只有一个码头。以前码头很热闹，码头两边还有竹席围起来的面馆、茶馆、桌球室、录像厅、理发店。随着村子里的人越来越少，班船的次数也少了，商铺仿佛在一夜之间消失了。

望远镜一拿开，瑞河一下子像掉进了深渊。柱子娘觉得自己活了很多年。

7

腊月三十那天，柱子打来电话。柱子在电话里问，娘，在干吗？她竟脱口而出，树上呢。说完才意识到说漏了嘴，赶紧圆一下，树上很多麻雀呢。

柱子在电话里说，娘，给您拜个年。今年我们都没买到票。您无事了出去打打堆儿，人群里凑下热闹过年。

柱子娘哽了一下，她本想说凑堆堆都凑不到，最后只说你们忙，忙过了再回来。直到柱子挂了电话，老人机还在手里，嘟嘟嘟响。

柱子娘每天不爬一回树像欠着什么。正月十六下了场雨，雨的声响把柱子娘弄醒了。屋子漏雨，桶、木盆甚至锅都用上了，一夜叮叮当当，滴滴答答。

第二天她爬树费了好大的劲儿，树干湿滑，刚爬到分岔的地方，楼梯缓缓倒了下去。她没感到吃惊，而说老鬼，又捉弄人不是？自顾自笑。

李家大娘的儿子也没回来过年。她和张老汉的事儿，只有柱子娘知道。她得替李家大娘保密。她感觉偷了李家大娘什么，欠着一笔未还的账。她再也没有往李家大娘院子里望，她只望码头上的班船，班船上下来的人。

她得等哈巴口从树下过，让他把楼梯竖起来。她一低头，发现院墙外的树根上系着根红布条子，墙上贴着一张红纸。她将望远镜架起来，望，原来是小儿收惊符，符语她从小就能背，"小儿夜哭，请君念读。若或不哭，谢君万福"。这不应该是本村的，本村没有小儿。瑞河场人喜欢将小儿收惊符贴得四乡八村都是。

柱子娘有些累了，眯缝起眼睛，恍惚觉得树躺了下来，变成了路，自己沿着路往前走。走着走着，她肋下就长出了带羽毛的翅膀，翅膀像气泡越来越大，大得整个树阴都装不下。

她感觉整个身子轻盈起来，像氢气球缓缓上升，喜鹊鼓动着气流，她轻易就站上了云端。她能看到很多地方，甚至能看到广州，花花、铁蛋、柱子迎上来接她。她坐在船头，伸出手，手尽量伸长，也够不到儿女们的手。她还看见张老汉依着李家大娘的肩头，李家大娘的眼里含着亮晶晶的水波。麻雀扇着翅膀，追着喜鹊嬉闹，她也扇动着翅膀，俨然一只大鸟，在飞。

过了半天，喜鹊说累了，想回家吃饭。柱子娘的翅膀太大，央求喜鹊带她回去，喜鹊没有睬她，一下子飞得老远，她猛追上去，却感到眼前一黑……

8

柱子娘醒过来时，发觉自己正躺在镇卫生院的病床上，脚上绑着石膏。她想动，却疼得她龇牙咧嘴。病床前围着一圈村子里的人。

给柱子他们打了电话。张老汉说，答应了很快回来。

孩子们真回来了，围着柱子娘问长问短。柱子娘笑着，想，可惜哟，没有在树上看着孩子们下船。

柱子问，妈啊，你去树上干啥？

树上可以看得见码头呢。

干枯枯一个码头，有啥好看的吗？

听见班船响笛，心慌。柱子娘说。

（本文首发于《金沙文化》）

天上人间

1

细爸扛着一截楠竹棒棒去重庆的那天，我跟细妈，还有紫米去送。紫米被细妈架在脖子上。细爸跟送他的细妈说，这瑞河绝人，重庆还绝棒棒迈？语气有点像冰冻天觅食的麻雀，提着一只脚犹疑不决。细妈望着浩浩汤汤的一河水，河水绿得发黑，雾气在河中聚散。她像发现了瑞河起雾的秘密，待了好久，然后"切"了一声，说挣不了钱，下广东，天还无绝人之路呢。班船来了，"突突突"像得了肺热咳，三两个人从船上下来。班船熄了火，码头安静下来，几条短尾巴狗在沙滩上乱追。细爸说，晚上把好门。还有，少跟乜眼那天杀的来往……细爸还在说什么，细妈喊，紫米，给爸说再见。紫米舔着冰糕棍，脆脆地说再见，我也跟着说再见。细爸要捏我的脸蛋，我躲开了。他那手像粗砂纸，碰着刺人。细妈突然笑起来，两个奶子乱颤，你看，连莽墩都嫌你。

我们原路返回，刚爬到百步梯黄桷树的位置，身后横空响了三声汽笛。我和细妈回过头，班船开动，"突突突"，化在雾气里。从这个位置看瑞河，瑞河像长了花斑癣的老人，显得腌臜，散着一股臭味，鱼街早已破败不堪，七零八落裸着砖头、碎瓦、木块、广告招牌。细妈把紫米从肩上移下来，说自己爬，爬完有冰棍。

现在想起来，细爸去重庆当棒棒，其实另有目的，但他并不能确定此行的结果，所以离开瑞河场那天，细爸的犹疑不决能够让人理解。直到他在大半年后兴冲冲地回来，又无比沮丧地带着紫米和我，坐班船，上火车，在一个叫菜园坝的地方下了车。他把我们带到候车厅的台阶上，扬起右手，说，这，就是重庆。四周都是房子，房子趴在房子上，往天上长，LED屏幕正播着一期访谈节目，主持人说今年的房价创历史以来新高。细爸嘟哝一句，住吧，住死你。面对一个庞然大物，紫米和我一样，一时手足无措。

我和紫米一碰面总要说起那年冬天。我们都记不得是几岁时候的事儿了，估计重庆大得让我们找不着边，从而冲淡了我们其他的记忆。反正记得紫米不大工夫就在细爸的怀里睡了，我拉着细爸的衣襟，转了好几次公交，转得脑子一团糨糊，总算到了一个叫黄桷坪的地方。细爸带我们去他的住处，老远我就看见细爸的楠竹棒。这是瑞河场土生土长的竹子，棒棒一头系着拇指粗的绳子，绳子油黑瓷实，反光，搁在门口，那一刻我像落了地。从下火车到黄桷坪，我真感觉踩在棉花上，晕晕乎乎，直到看见这根棒棒，整个身子才像抓着了什么，才有了着落。细爸住的是一个偏偏屋，用石棉瓦搭建在三层主楼墙上。主楼也歪歪斜斜，像缺口气就会塌下来的样子，墙上圈着"拆"字。偏偏屋逼仄，被隔成里外两间，另外一个棒棒住在里面，一到半夜就咳嗽。细爸就骂一句，又想堂客（咳）了个天杀的。门是临时靠在石棉墙上的，铁丝穿孔拴着，晚上用小方凳抵在门板后面，算是闭门睡觉。细爸说晚上不吃稀饭，上厕所麻烦。厕所在巷道口，离住处有上百米。我和紫米来后，细爸买了个便盆，紫米一惊醒就会尿尿。紫米还是半夜惊醒，醒来就哭，然后迷糊着抽噎，蜷着身子抽。我曾陪着细妈，打着手电，将乜眼写的"小儿夜哭，请君念读。若或不哭，谢君万福"的红纸条，贴满了瑞河场的旮旮角角，紫米的症状并没有减轻，相反，紫米哭泣的花样越来越多。据瑞河场跳神的花婆说，瑞河变臭，有东西上了身子，得找大师禳治。我问过紫米知道自己半夜鬼哭狼嚎的事不？紫米摇摇头，她连自己哭都不知道，看来那些泪水还真不是她的。

细爸在离开瑞河场大半年后，选择冬天回来接紫米。细爸说大冬天没业务，他在重庆认识了梅仙人，于是带紫米上重庆禳治禳治。本来细妈也要一块儿来，但细爸回来那天没看到细妈，就给我一把糖问细妈在哪里。我接过糖没有说。细爸说，莽墩，说了细爸带你去重庆，那旮旯比广州大。我望了一眼堂屋墙上的画报，我爸妈从广州寄衣服回来用它做包裹，被我贴在墙上，那些玻璃大厦褪了色，画面黯淡。我说你去乜眼相馆找。

细爸从蛇皮口袋里掏出一双皮鞋穿上，在袜子外套上一件掉了色的西装，抱着我去乜眼相馆找细妈。我敢说细爸是第一个在瑞河场穿皮鞋和西装的人。老远我看见紫米坐在相馆门槛上，我从细爸怀里滑下来，绕着去了相馆的后门。细爸大声喊紫米时，我就看见细妈从后门出来了，脸红得好看，像颗水蜜桃。细妈见我先是一愣，然后将大白兔奶糖搡到我手里，惊慌着抱起我，径直回了家。那晚细爸细妈压着嗓子吵架，先是关于乜眼的，后是关于紫米的。我听细妈说姑娘家菜籽命，肥瘦一把，治什么治，接着一直响着"乒乒乓乓"的声音，枯燥单调，听着听着我就睡了。第二天，细爸带着我和紫米离开了瑞河场。细妈没起床送，嘶哑着嗓子说，肖德贵，有本事别回来。我回头看细妈，屋子里黑黢黢的，只能看见更深的黑。

我和紫米说起给她治病的事儿，紫米摇头说记不得了。紫米吐口烟，她抽女士烟。紫米总是这样子开头——我对不起我爸。哥，你看我说得对不？我不置可否，我知道紫米并不是真的要我确认什么。现在我大学毕业，紫米没读大学，我们是同一个城市的打工人。紫米管着一条流水线，课长。我则通过人才引进政策进了规划设计院。紫米初中未毕业就头也不回地去了一个让人找不到的地方。因此很长一段时间对紫米而言是空白，我不能确认一段空白不是？直到她想明白后回到瑞河场，细爸早死了。

2

细爸去重庆当棒棒，大部分经验源于一部叫《山城棒棒军》的电视连续剧。他认为凭自己的力气可以找到大把的钞票，可以改变自己的命运，像电视剧里的老坎、蛮牛、毛子，至少可以改变目前的窘境。

自从库区移民开始，渔政部门通告严禁捕鱼。长期以船为家的细爸细妈搬到了岸上，暂住进了村里临时修建的调剂房。瑞河场鱼街一线属于外迁移民，其余就地安置。上岸的村里人连缀南下，我爸妈将我寄养在细爸家，跟着一河水激动地往南跑。没隔几年，村里大部分人在城里买房置业，接走老人小孩，村子显得更加寥落。瑞河上游修建了水泥厂，细爸细妈刚开始在水泥厂扛包，累死累活讨不了几个钱。细妈闪了腰，使不上劲儿，从水泥厂出来，每天带着我和紫米打发日子。慢慢地，细爸家成了瑞河场数一数二的贫困户。有天瑞河场来了一群美院的师生，一下船就摆开画架，对着瑞河画。恰恰碰上细爸下班，灰头土脸只见眼白，不像活物。他刚下到水里，清洗尘土，就有学生惊叹起来。细爸全身的疙瘩肉看得美院的师生发呆。当天晚上，自称领队的王教授找到细爸，说能否让学生们画画他。细爸说，我得上班，我婆娘闲，要不画她？王教授看了眼细妈，面露难色，说上班的钱我们补。见细爸不搭话，王教授说，双倍。细妈在桌子底下蹬了细爸一脚。细爸说，小瞧瑞河人了不是，尽管画，啥钱不钱的。遂问王教授，猴崽子们画画能讨生活？王教授问了细爸每个月的收入，摇摇头，说在重庆当棒棒，要比扛水泥包强几倍哟。然后王教授从画筒中抽出一幅画，画面是街边几个或站或坐等活儿的棒棒。王教授说，你看，他们都在重庆买了房子呢。这回轮到细爸吃惊了，半天才问这画能卖多少钱。王教授摇摇头，说这个不贵，几万元。我看见细爸脸上的阴影被拉得老长，半天无法复原。后来的几天，一群师生围着细爸画，细爸总觉得他们是在画钞票，眼前晃着老人头的影子。一有空，细爸就缠着王教授问这问那，有天竟抱着紫米问王教授，你看这娃儿可以学画画不？王教授歇笔逗着紫米，摸着紫米挺直的鼻梁说，紫米，我把你画到画儿里。紫米嗲声嗲气说要得。紫米绘画的天赋在初三时迸发出来，并得到王教授的肯定，这是后话。细爸没有要钱，师生们都说细爸淳朴。细爸索性熬了一锅紫苏黄辣丁，给师生们送行。王教授留了自己的联系方式，说到重庆了找他，酒管够。细妈对细爸的大方嗤之以鼻，骂细爸，穿爷爷的内裤——装大，好多天没有理睬细爸。细爸到重庆不住朝天门，而住黄桷坪，多少应该与这段过往有关。朝天门是重庆最早最繁华的商埠码头，拍《山城棒棒军》那阵库区还未蓄水，所以棒棒们在朝天门三码头下力找钱的镜头多。加上朝天门批发市场的加持，活儿不用等，一茬接一茬，即便细爸去的时候码头繁华不在，但朝天门批发市场还在，活儿依然多。不像细爸在黄桷坪，每天把我和紫米带到路口吃完早饭，把我们交给巷口的麻子皮匠，就到斜对面的美术学院。十好几个棒棒围在装裱店门口，杵着棒棒等活儿，场面像一场行为艺术。我一眼就能找到细爸那根，整洁干净。细爸用热水擦棒棒，有点儿像战士擦枪或者男人擦汗身子，细爸说这样子经事。重庆的冬天，风从河上来，劲道。棒棒们围着一个涂料桶，涂料桶里噼啪烧着木块，都是附近工地拆下来的木门、木窗、木板，他们在火焰的光波里，几经折射，变成薄片，不真实，像在水里。他们伸出双手，立掌，烘烤，迅速收回来捂住脸，在脸上反复抹，一张张脸抹得像苹果。细爸抹完就去美院大门口，缭乱望一气，骂一句天杀的，又返回涂料桶，烤火。

"棒棒"，喊声一响，棒棒们像群受惊的麻雀，散开，朝声源方向奔跑，一时踢踏杂响，乌泱泱个个跑得一脸菜色。细爸接活儿很少还价，对方说几块就是几块，提起画架一路疾走。细爸说气力使了气力在，有得赚就行。这样子细爸人缘就特别好，时间长了有学生点名让细爸扛活儿。没有活儿的棒棒们散了气，拖拖沓沓又转回涂料桶边，有的将涂料桶背到旮旯里甩起了扑克。

3

紫米的病情好得快，这出乎我和细爸的意料。梅仙人是麻子鞋匠的一个远房亲戚。麻子鞋匠带着我们七拐八弯去找梅仙人。细爸一路念叨，说麻哥，紫米病症好了，有出息了，当干女孝敬你。麻子鞋匠嘴一咧，那说定了。记忆中麻子鞋匠伸手拍了三下门。声控灯亮了几秒又灭了。我在高考结束后焦灼不安的那段日子里，总想起麻子鞋匠拍过的三下门，仿佛是在洞开一个世界，或者一个人的命运在拍三下门之后就会豁然开朗。我知道我被一张录取通知书折磨得有点儿魔怔。谁为我拍这三下，或者说哪所大学听见了我拍了三下？心里没谱。开门的老人被麻子鞋匠称为仙人，我多少有些失望。紫米耷拉着脑袋，蜷在细爸怀里，似睡非睡。梅仙人是一个女的，甚至比细妈还老，体态臃肿，昏黄灯光下晃着巨大的影子。屋子里烟雾缭绕，熏得我昏昏欲睡。我醒过来时紫米在哭，细爸和紫米全身都是香灰。有一绺暗红流下紫米的额头。我说起这些，紫米甩甩脑袋说很模糊。她说当时她像睡着了样，脑子里漫天星星，那些缥缈高大的殿宇被星座围绕起来，恍若白昼，突然晴天霹雳，将她劈得灰飞烟灭，就什么也不知道。醒过来时看见一个臃肿不堪的老太婆撒着香灰，念念有词，吓得她尿了裤裆，接着就哭了。

麻子鞋匠的生意在一早一晚，早上顾客将鞋子放到摊子上，下班后顺道取走。麻子鞋匠兼管巷口的公厕，来个人就起身去卖包纸啥的，等人一走，放水冲厕所。上厕所的人多了，麻子鞋匠就指派我和紫米去看厕所里有没有人，回来就给我俩一颗水果糖。紫米舔一口给我舔，我舔一口给紫米舔，直到糖被舔成锋利的薄片，最后化在紫米的嘴里。

好多年没吃过水果糖啦。紫米说。初三寒假时紫米去过一趟重庆，还是在黄桷坪，麻子鞋匠还在。紫米说不见变老，满脸麻子被褪了色的帽子遮着，手好像一直皲裂着血口子，家什也不见更新，唯一的变化是厕所改为了自动冲水，麻子鞋匠就单纯补鞋了。过了这么多年，他还能认出紫米。细爸带着紫米往他面前一站，他赶紧从兜里掏糖，可惜没掏出来，局促得麻子鞋匠反复搓手，好半天才问紫米，还邪哭不半夜？

拿到录取通知书不到一个月，我来到重庆黄桷坪，那时美院早已搬到了新区，老校区还剩几个专业，学校在放暑假，周边到处是工地，支棱着塔吊。麻子鞋匠真能记，嘴一咧，说，莽墩，坐。他用袖套擦了擦木凳，哎，可惜了你细爸。麻子鞋匠已经老得不成样子了，这与紫米寒假来这里仅仅相差半年。这次麻子鞋匠没有摸糖，而是交给我一张照片，大四寸，过了塑。我仔细看了看照片，一个男人站在黑布前面，一丝不挂，保尔·柯察金似的脸上无忧无喜，双眼看着一个看不见的地方，身上的疙瘩肉和黑布隆起的褶皱，被油画颜料打上高光，雀雀儿垂头丧气挂在裆间。我一下子泪流满面。你别说，你细爸耐看。麻子鞋匠抹了下脸，我真担心他的手把脸割伤。鱼滚子一个，也算出了名。人家王教授专门照了这相片，放我这儿，让我转交肖德贵家人呢。

4

紫米初三快放寒假时接到细爸的电话，要她上一趟重庆。细爸在电话里说，练兵千日，用兵一时，这次的机会得拽住，放了就废了。她在食堂找到我，问我能不能陪她。我摇摇头，那个时候正是高三，要补课。我一上初中就开始住读，只有寒暑假回瑞河场看看细妈。细妈与细爸几乎一年见一次面，我和细妈一样，一年见一次细爸。细爸总在腊月二十九回瑞河场。我读小学时细爸回瑞河场，楠竹棒棒随身走，棒棒一头挑着一个蛇皮口袋，蛇皮口袋鼓鼓囊囊，一家人的新衣服，火锅底料，玩具，紫米需要的颜料、画笔、磅纸……蛇皮口袋像在变魔术。我上初中后细爸回来，再也没带过棒棒，也没蛇皮口袋。相反，细爸穿着锃亮的皮鞋，鞋帮子补过，不细看看不出来。我知道这是麻子鞋匠的手艺。细爸拖着一个行李箱，大概是淘的美院学生的，行李箱面上画着一幅山水，题着"珍惜生命，远离爱"七个字。果不其然，箱子里装的全是画笔和颜料。猴崽子们一毕业，随手就丢，笔啊纸的。细爸说心疼，就捡了回来，给紫米。紫米从小跟我们的美术老师学画画，每次比赛都是一等奖，不论大小。紫米成了我们学校小有名气的画家，人称"肖画"。紫米撇撇嘴，还笑话哟，关屁事儿。我记得细爸回瑞河场最夸张的一次拖了四箱颜料、画笔、纸之类。一下船左右提两箱。爬百步梯歇了四回气。我们去百步梯接他，他随手给我和紫米一个大大的红包。他给村子里几个老人也包了红包，老人们直念肖德贵的好。我感觉细爸有点像荣归故里。但细妈一句话就浇灭了细爸这根火苗，你个卖屁眼的，什么时候把我从调剂房倒腾出去？细爸敞开西服扇风。我们冷得打哆嗦。细爸斜了细妈一眼，骂，骚包货。从细爸下船那一刻到正月初十细爸再上重庆，细爸细妈都处在冷战之中，这让我费解。紫米和我差不多也去了学校，我们都在瀼渡中学住读，紫米每月回一趟家。紫米见我不陪她上重庆有点儿急，哥，我是去考免培班的，你不在我有点儿怯。说实话，对于美术，什么都不懂的我，去了也帮不上紫米的忙。肖紫米，画画哥只信你，去了回来给我说点儿新鲜事。我狂给紫米灌鸡汤。

据说美院有个少年班，有点像中国科学技术大学少年班，从初三寒假开始挑选，暑假开始训练，少年班学生吃喝拉撒，三年全部免费。紫米考了回来没有说考试情况，也没说细爸的情况，问急了她就哭，断断续续说麻子鞋匠不管公厕了，说麻子鞋匠管她叫女儿。我说免培班的考试怎样？鸡毛免培班，紫米突然吼。细爸呢？鸡毛细爸。紫米几乎歇斯底里。不到一个月，紫米变得我有些不太认识。我感觉有种东西在一点一点结冰，具体是什么，我也说不清楚。有段时间紫米情绪特别低落，我连问都不敢问。那一年过年细爸没有回家，我爸我妈从广州回来了，把紫米和细妈接到家团年。

初三下学期，紫米的成绩一落千丈。有天我经过学校的告示栏，有一张开除公告。我晃过去了又折转回来，我看见了肖紫米的名字。名字后面罗列了抽烟、打架、谈恋爱等"罪名"。我愣怔了好半天，去紫米班上找她。我们高三在另一栋教学楼，和其他年级隔着一个足球场，即便在同一个学校，平时我们也很少遇见。我来到紫米班上，问一个女同学肖紫米在哪儿。女同学指了指靠窗的一个课桌。课桌上凌乱放着书本，书本上蒙了一层灰。她早走了。女同学说。

5

细爸是瑞河场有名的鱼滚子。鱼街红火的那几年，细爸也算是瑞河场的红人。村支书、村主任外，就他显摆。哪家鲜鱼馆需要野生黄辣丁，就得求细爸。细爸识水性，手指插入水中片刻，放鼻子底下闻闻，便知有无黄辣丁，只要他出船，定可满载而归。一个鲜鱼馆的兴衰，细爸可以做一半的主。整条鱼街都喊他肖老板。肖老板有了钱就跑云嘴的母猪街，从母猪街领回了细妈。云嘴乡与瑞河场是邻乡，云嘴在下游，瑞河场鱼街红火时云嘴的母猪街也声名鹊起。人们吃了瑞河场的黄辣丁，就摸到云嘴母猪街的某张床上，逍遥云雨。细爸经常去鞋摊摆肖老板的故事，摆完猛喝一口酒，发会儿愣，回偏偏屋睡觉。

肖德贵这鱼滚子，啧啧啧，全世界都认识他啦。麻子鞋匠带我去极乐堂的路上，不断感慨。王教授的油画《棒棒老肖》获国际金奖，大小媒体都在播发这条消息和细爸裸露的身体。细爸死也不会想到，他的画像会在十几年后进入大学美术教材，那些疙瘩肉凸显的色块和线条，会被当作美，老师讲解、学子探究。

我问过紫米，如果时间回流，你还会离家出走吗？

紫米一口烟呛在喉咙里，使劲咳嗽，咳得满脸是泪。紫米摇着头，泣不成声。

初三寒假，紫米带着自己的获奖证书来到美院。我那时信心满满。她说细爸让紫米自己去，说主考是王教授。细爸就扛着棒棒在美院门口烤火，等活儿。考试是一首诗，然后根据自己的理解画幅色彩。紫米记得自己选的水彩。王教授认为紫米完成度很高，让紫米回家等好消息。

极乐堂不远，公交车终点站下就是。门店上方有一横匾，上书"福地"二字。门两边有一副斑驳的对联，上联：荣一春枯一秋草木有命。再细看下联：笑一生哭一世人间无常。不远处，挂着重庆市殡仪馆的牌子。我朝门店走去，感觉身子冷得紧绷绷的。店堂堆放着花花绿绿的花圈，被一圈昏黄的灯光管着。我咳出很大的动静，周遭便漫起窸窸窣窣的声响，墙上的门"嘎吱"一声，开了。

守店的是个老人，佝偻着背，钻了出来，手里攥着个鸡毛掸子。

等他蛐一阵子，暂停的间隙，我问，肖德贵在这里？麻子鞋匠对我说，给他卡片。我掏出领取卡，上面有个编号。

老人让我到里屋说话。我佝起身子，跟着他，钻过墙体的时候有种异样的感觉，身体很轻，像做梦，感觉我站在高处，盯着老人带我穿越到另一个世界。

里面的房间大，宽敞，屋子的三面竖着高大的木架，黑色的木架被分成方形的格子，格子上放着赭色的盒子，有些盒子有编号和名字，有些盒子没写名字只有编号。盒子被擦得明亮干净，静静地守着自己的格子。剩下的墙壁和天顶上，绘了弥勒佛、药师佛、观音、十字架上的耶稣、飞天图，黑色、黄色和蓝色将房间充盈得神秘而安静。

老人给我搬来一个小凳，说得感谢店老板，收留他照看这些盒子。他画了个圈，手回到胸口，又蛐起来，声音在屋子里来回跑。老人用鸡毛掸子擦拭着一个盒子，反反复复，盒子已经亮得能照见人影。

我突然有一种坠落感，不知道是不是仰望的缘故，我感觉老人擦拭的盒子在上升。老人说他以前也是棒棒，这个棒棒也是苦命人，有事无事他陪着说说话。我捧起盒子，很轻。老人从屋角拿出一个布袋子，这是上面交过来的遗物，你对着清点一下。

6

麻子鞋匠听说紫米离家出走过，很惊讶，然后说，难怪难怪。

麻子鞋匠说有天紫米到摊子上看他，坐了半天没走，眼睛一直盯着美院大门。他就笑紫米，发什么呆，来这里读书快啦。紫米说，鞋匠叔，我想去美院里面看看。他说这个容易，保安都熟。于是他带着紫米去了美院大门，把紫米送进门就回到摊子上。大约过了两个小时，紫米出来了，过马路时他叫了声紫米，紫米像在做梦一样步子飘曳。他站起来跑过去要拉紫米，手还没有伸到就被甩了一下，紫米脸色苍白就离开了。恰好有人来拿鞋，他就去了摊子上。第二天碰到肖德贵，说紫米回瑞河场了。

其实你细爸大体猜到了紫米回去的原因。那天美院教具室通知肖德贵油画系有人体写真，他和另一个女的在画室摆设的桌子两边坐好。没画多久，细爸感觉画室后门玻璃上有个模糊的头。因为室内暖气很足，细爸又是用余光瞄，他没有想到紫米此刻进了美院。早上出来，他告诉紫米今天要给涂料店下货。估计就是那时紫米看到了细爸。那也没什么啊！麻子鞋匠说，老肖，不是我说你，做模特这么多年，家里人不知道？

做裸模，你是说我细爸？

麻子鞋匠奇怪地望了我一眼，说，我也想做，没人要。麻子鞋匠又说，你细爸一身腱子肉，嘿嘿，卖相十足。

细爸做模特有近十个年头了。王教授从国外回来碰上他，就让他做模特。那时做棒棒很难挣钱，够喝稀饭。刚开始细爸做得断断续续，后来才专做裸模，裸模的价格多好几倍，加上细爸的人缘好，在美院混得风生水起。不少学生凑钱请细爸当模特。随着以细爸为原型的画作不断获奖，更多的师生请细爸当模特，美院也聘细爸为常驻裸模，学生请细爸当模特就需要预约。有段时间，美院油画系要创作一系列"亚当与夏娃"的题材，细爸竟说通了贵州一个女棒棒，加入了裸模的行列。细爸每天不管多晚，肯定提着一瓶小酒，找麻子鞋匠喝几口，说说美院的猴崽子们又画了多少钞票，叨叨紫米考美院的事儿。紫米去美院的那个下午，细爸刚好与女模摆造型。

其实，如果时间回流，我倒愿意我爸继续做模特。紫米说，假如与那个女的有什么，我也不反对。毕竟十几年来，爸妈都过着两头守寡的生活。

7

细爸当年春节没有回瑞河场，他带着几个棒棒在美术馆布置美展。美术馆在元宵节要搞一场"巴山蜀水"美术展。把关考免培班的几个评委，他早烂熟于心。美展结束那天，是一场义卖。他对照着评委的名字，购买了几幅画作，花掉了他十几年的积蓄。然后他将画作拍了照，发给王教授，说女儿非常喜欢大师们的画，买回去临摹学习。王教授回复说用心良苦啊。

大概在四月份，细爸收到了美院免培班的录取通知书，王教授亲手交给细爸的。细爸摁住自己发抖的手说，肖紫米考试的那幅画，可以给我不？王教授笑笑，说，那不行，不过可以扫描复印。细爸就将画作复印了一份，找人裱了，挂在床头的墙上。

你细爸那个春天像打了鸡血，走路带风，但每天还是到鞋摊上喝酒。麻子鞋匠说。我黯然神伤，细细回想那个四月，好像我去初三班找紫米，一个女同学说紫米早走了。我、细妈、紫米的老师，都不知道紫米去了哪里。后来学校报了案，肖紫米的名字最后一次出现，是在去广州的火车票上，其他一概不知。

但细爸不知，他的想法是再找几个月钱，租个好一点儿的地方，暑假紫米来重庆培训有个看得过去的落脚处。麻子鞋匠围着美院帮着找房子，问价格，看朝向，他把紫米当干女儿。

有天麻子鞋匠来美院找细爸，细爸见他慌里慌张的样子就问啥事。麻子鞋匠拉着他说，铺盖卷抢出来了。话说得哆嗦。细爸赶紧回来，在巷口就看见一台推土机，自己住的地方早被推倒，三层主楼也被推掉一半，剩下一半悬在半空，像豁着的半张嘴。四周拉着警戒线。警戒线外围着一圈人。细爸嗷嗷叫着紫米紫米，疯一般往里冲。几个人一下子将他按倒在地，麻子鞋匠赶紧说他女儿的录取通知书埋里面了。有人说有专门的人清理，隔几天通知领取。细爸脸贴地还在说什么，麻子鞋匠说没听清楚当时，细爸的嘴里像堵着泡沫。

我在极乐堂核对着细爸的遗物，一些衣物鞋袜外，还有几幅裹着的画，一个皮包，皮包里有几百元现金、身份证、离婚证书、一个存折本，存折的名字是紫米。我一一在清单栏打钩，眼泪大滴大滴落在对钩上。

录取通知书呢？我问麻子鞋匠。

8

细爸埋后不久，紫米回到瑞河场，我给紫米交接遗物。我留下了细爸扫描的画作，虽然是紫米画的。我整理了挂在我的房间，每天太阳出来，第一缕阳光就会打到画上。

画是麻子鞋匠交给我的，还有紫米的录取通知书。

街道排危办几天前就通知了违建的主人和细爸这些租客。主人说没得事，每次都是雷声大雨点小，到时打点一下过关。没想到细爸还未找到房子，推土机就开来了。麻子鞋匠一见推土机，赶紧跑到偏偏屋，抱起棉絮铺盖往外扔。楼上的租客也往外扔，一时天女散花。没等扔完，麻子鞋匠被人架了出来，遂去美院找细爸。麻子鞋匠拉住了准备拼命的细爸，憋着嗓眼儿说从长计议。他把细爸拖到公厕的楼梯间，说别吃眼前亏，趁无人的时候去拿，晚上。当天晚上，细爸和麻子鞋匠刚接近废墟，就有电筒光从巷口射过来，有人吼，找死啊。两人装作捡垃圾的，匆忙离开。细爸说，等到半夜，我就不信天杀的不睡觉。

等到凌晨，天下起了雨。初夏时的雨又急又大。细爸很兴奋，扯着麻子鞋匠的手说天助我也。两人带了铁钩，绕到房屋后面，跨过警戒线，进入了废墟。

细爸让麻子鞋匠在外面放哨，自己凭着记忆摸到偏偏屋的位置。麻子鞋匠说，肖德贵把紫米的录取通知书压在床脚的砖下，用塑料袋包着。细爸进去了有十几分钟，又出来了，黑暗中感觉细爸的身子发抖。细爸说摸到那只床腿了，床上压着砖头瓦块，他让麻子鞋匠进去抬高一点儿，他就可以取出砖下面的录取通知书。

麻子鞋匠进去帮忙，一团漆黑，远处的灯光过来，被推土机和剩下的半边楼房挡住。取录取通知书很顺利，他们返回到马路上，浑身湿透。细爸笑着说，藏砖底下他们怎么找？麻哥，回去喝烧酒，等紫米来了让她给你画幅肖像。绕到巷口，细爸站住了，人像施了定根法。不对，麻哥，紫米的画。说完从怀里摸出塑料袋，交给麻子鞋匠，掉头又回到废墟里。

麻子鞋匠怕细爸被发现，也跟了过去，站在雨里放哨。夜深人静，偶尔有一柱车灯扫过，光里全是白亮亮齐刷刷的雨线。麻子鞋匠听见喊他的声音，细爸让把铁棍递过去。麻子鞋匠让细爸小心点儿，剩下的半边房屋在黑暗中显得龇牙咧嘴。麻子鞋匠听见细爸"嗨"了一声，像在使力撬什么东西。他心里紧了紧，刚要喊细爸出来，剩下的半边房屋像积劳成疾的病人，叹了口气，瘫倒下来。麻子鞋匠以为看花了眼，揉揉眼，听见稀里哗啦的巨响，细爸的身影似乎闪了一下，画框飞了出来，人被埋在了废墟里。

我时不时凝望着这幅画，画面被雨水洇过，有发黄的印迹。画面中繁星点缀，殿宇明亮巍峨，星座像圣光环绕，有三个跪着朝圣的人，只画了剪影，被星光拉出影子投到地上，乍一看像六个人。最短的剪影一看就是紫米，鼻梁挺直，刘海依稀，眉骨凸显。画的左上角题着的字被雨水洇模糊了。我到底还是问了紫米，画上写的什么字。紫米说，天上人间。

（本文首发于《短篇小说》）

归

1

从旅店出来，已是下午。农场的司机小马说只能送我们到这儿了，估计前面的路都被雪堵了。小马对我说，柳工，不好意思。对了，柳工，多年都没有回，今年怎么还回了？回就赶上风雪。小马在我所工作的农场当司机，大车小车都归他摆弄。人好，话痨。他负责把每年从农场回家的人送到这家名为"家属"的旅店，店老板根据人数多少，报给市里的汽车站，汽车站来车，把人拉走，到市里后再各奔东西。我们吃完一碗疙瘩汤，店老板说，哥哥们，老天凑合妹子的生意，看来要在"家属"过年啦。我问，咋啦？店老板拉开门口的布帘，一股冷气横灌进来。众人嘘嘘嘘喊，放下来放下来，冷着骨头了。我背起背包，紧了紧棉衣，环住下巴处的帽襻，上路。

店老板撵出来，缩着脖子觑着眼问，大哥，一个人，真走？

我点点头。她递给我一把火钩，说，顺手的都被拿完了，这个，雪阻了还可以探探。到市里丢在车站调度室就行，他们会带给我。

我接过来，还算称手，这里的人家用这个捅煤炭炉子，两尺来长。我说，谢谢。

雪大了就回来，二十多里路呢。店老板晃晃衣袖。

雪并不大，稀稀拉拉落，路边的草冻得硬邦邦的，欲白未白。我算了一下，赶到市里，应该得用五六个小时，还可以赶上二十二点的过路火车，睡一觉，腊月三十早上八点抵达重庆，和在重庆的杨子会合，开车回瑞河场差不多上午十点多，吃上团年饭是板上钉钉的事儿。

我心里笑了一下。母亲在腊月二十五就来电话问我，今年回不回？我说回，腊月三十天团年饭准时开吃。母亲在电话那头抽泣起来，说，这么多年了，我怕都认不出你了。宏儿我都没认出来。对了，你一定得准时到，杨子带人回来。

宏儿是我儿子，生于农场，长于农场。还是宏儿满月时，父母辗转来到农场，见过宏儿的样子。我笑了，说，妈，您儿子没变。

风刮得有些离谱，吼吼响，像一群发情的母马来回跑，嘶鸣声此起彼伏，落在耳膜上让人容易产生幻觉，有点看安塞腰鼓的感觉。雪未落到地，就被一群马带到远处，像远处有一片青草地。然后跟着跑回来，失望地落在公路沿边的草上。公路还没被雪覆盖，雪只是给青黑的路镶了个银边。我庆幸提前让妻子儿子回了瑞河场，不然拖家带口的，还真得在家属旅店过年。

今年是必须得回去的。杨子是我妹，妹妹今年带刚谈的男朋友回去，你说我能不回去？

这样想着杨子害羞的样子，我又咧开嘴笑。但这次感觉笑容僵硬，险些收不回来，像流水突遇寒流，顿失滔滔。刚要爬坡，一抬头，我看见前面晃着一个身影。

2

这段路有一段缓坡，尽头一段盘山的公路通向山口，黑云压住山口，不见轮廓，天霎时暗下来，天地一体。我打开手电，风拉扯着雪在电筒光里划拉着白线。那个身影在电筒光里闪了一下，我看见一个背包在前方二三十米处移动，背包顶部盖了雪。我把电筒光移到我脚下，雪花追着光跑到脚的不远处乱舞。我的眼睛却盯着远处一耸一耸的背包，看不见脑袋，只有两只脚一前一后，背包像长在腿上面。我用右手紧紧攥着火钩子。

据小马讲，这段路很诡异。你在旅店看起雪不大，但临近山口，雪很快就会淹没小腿肚子。你走着走着，路边一个雪白的草垛子会移到路中间，差点撞上了，才发现是个拦车的人。你要是让拦车的人上车，你的霉运就开始了。小马抽一下流到嘴边的鼻涕，说他的同伙就在山口等你呢。

他们要做什么？有人问。还能做什么？小马将拇指和食指一搓，钱，没有走不了路。

那不成打家劫舍了？小马古怪地看了问话人一眼，说荒山野岭的，又大雪封山，最易出事儿。我望望四周，我是想看看荒山野岭和大雪封山的样子，但什么也没有看到。电筒光扫了扫四周，光圈中只有来也匆匆去也匆匆的雪花，夹杂着雪粒子，偶尔打到眼睑上，生痛。我放慢脚步，奇了怪了，前面的人影也放慢了脚步。雪，使劲划拉着。我不敢走近，始终保持着二三十米的距离。一本拳击杂志上说，两个拳手之间五米为安全距离。

我为自己反应过度有点好笑。但火钩子已被手攥出了汗。

这在外人看起来肯定是一个古怪的场景。两个陌生的旅人，始终保持着二三十米的距离，我快他快，我慢他慢，我像他拖着的影子，在风雪中形成一个整体向前移动。

我停下来，故意的。我拉开裤链，装作到路边撒尿，眼却乜着前面那个影子。天啊，他也停了下来。我把电筒光打过去，只一瞬间，他就转过身子，一颗乱蓬蓬的头嵌在背包中，脸围得严严实实。他掉转头，停在原地。

我迅疾在脑海中合成他的形象：男人，矮，壮，因为戴着棉帽口罩，看不出年龄。头发稀乱，衣裤是蓝色的卡其布，背包高耸。我比较了一下，我比他高半个脑袋，但不够壮实，目前他应该没有看清我的脸，我的脸在电筒光后面，与黑暗在一起。我努力瞪大了眼，装凶神恶煞的样子给自己看，到位不到位，只有黑暗能看见。我从他一闪的眼神上，基本上确认他在等我。他们的同伙又在哪儿呢？我朝山口的地方望了一眼，其实什么都看不见。我大声咳了一声，自言自语喊，走，快到了。

那个背包迟疑了一下，像听到了我的话，又开始前行，我们之间依旧保持二三十米的距离。

四周都是黑色，浓得有些化不开。雪花像从光圈的边缘跑进来，瞬间又跑到黑暗中去。再进来的雪花是不是先前的，无法猜测。本想雪夜应该晃着雪光，不至于这么黑，难道我经验上出了问题？空空一声，我发现前面的人影停住了，我在胡思乱想中多前进了五米。想来他已经停了一会儿，难道他是在提醒我？我退回吗？绝对不行。我照了他一下，他也站到路边拉尿。哗啦啦的声响被风吹得七零八落，我似乎闻到了一股臊味儿，火气重。我停在原地。我觉得尴尬，在黑暗中有点窒息。我将火钩伸到电筒光下，火钩钩尖闪着锋利的光芒。我想他是看清楚了的，一个狗抖水似的动作，又开始行路，拉没拉裤链，我没有看见。

我得意了一小会儿。等他走到二三十米的距离，我才开始移动。

走出了十几里地，正准备爬山，一道亮光齐刷刷从身后射过来，电筒光瞬间被吞没在强烈的光柱中。我的影子突然长而壮，延伸至前面，头部刚好在男人的脚下。影子有些卡通，头部加长方形的背包，加两条变形的腿，有点海绵宝宝拉长的感觉。但光柱没走多远，停在了密集的雪中，整个光柱更加魔幻，是雪消融了光，还是光消融了雪，无从知晓。有轰鸣声从地皮传过来。汽车！

这个时候来辆汽车，犹有天助。我拉下口罩，站到马路中间，晃动着电筒光。汽车的吼叫夹带着风雪的呼啸，刹在离我五六米的地方。汽车并没有熄火，像一头喘息的熊，停在我面前。我穿过雪幕，朝汽车走去。

搭个车，师傅。

我看不清司机的面目，司机好半天没有答应我。我的话被风吹散了。我往左前方望了一眼，几十米开外，那个男人也站在光柱里，晃动双手，像是在抓那些乱窜的雪花。

这是一辆双排座四轮货车，农场叫货拉子。雪粒子打在铁壳上，噼里啪啦响。车窗被摇开一条缝，司机瓮声瓮气问，到火车站还是汽车站？我大声说，就到市里，亲戚家在市里。司机让我从右边上车，他指着副驾驶位置，把包放前边。车楼子里暖和多了，我把铁钩子放到后排。

前面那人，你的同伴？

我使劲摇摇头。

3

司机没有看我，估计我拦车时已经细细看过了。暖气开得足，我坐在后排，只能看他一个侧面，挺鼻梁，嘴抿得紧紧的，微蹙着眉，三四十岁的年纪，身上有种荒漠的气息。他从后视镜里瞄了我一眼，我迎着笑笑，笑过后我才想起我蒙着口罩。我问这么晚了还要回市里？声音竟有些谄媚。司机回答，嗯，等着团年呢。我正要扯下口罩，他突然问，要不要搭他？说着朝前方努努嘴。那个男人还站在公路中间，挥舞着手。我刚想说话，车已经刹住。车窗被摇下，刀刃一样的冷空气进入车楼子，司机嘶嘶嘶抽冷气，把车窗摇起，朝左边挥挥。男人裹着一身风雪上了车，坐到我的左边。司机还没有说把背包放副驾驶，他已经把背包送过去了，压在我的背包上。

我盯了他一眼，正好他也看了我一眼。他的眉梢处有条疤痕，使得右边眉毛看起来在尾部分了岔，大部分脸被捂着，眼睛凹进去，看不怎么清楚。我迅速调整了眼神，我想让我的眼神凌厉一点儿。司机问，到火车站还是汽车站？他回答得疙疙瘩瘩的，麻烦大哥，把我送到我哥他们小区。说着报出了一个小区名字。司机说，离火车站不远，好嘞。司机的声音依然瓮，像上了一层糨糊。车楼子有一股子柴油和旧皮革混合的味道，现在又多了一股汗味。我把火钩子横在膝上，闭目养神。

我是被汽车颠醒的。汽车反反复复在爬一道坎，司机嘟哝了句"奶娘"，左右移动脑袋朝后视镜里看。醒了哈，醒了下去垫垫车。男人笔笔直直地坐着，右手抓着前面的座椅肩。司机给了我和男人一人一根拳头粗的圆木棒，说我一给油，你们把木棒塞轮子下垫一下，注意，斜插着垫。

我和男人各自下了车。男人下车的时候望了自己的背包一眼，又看看司机，说了句我拿个手帕裹着，不伤手。说着将背包提过来，掏了个包揣进怀里。我暗自发笑，金贵哟。我看见司机嘴角也扯了一下。

这段公路是一块石板，石板上本来凿了拳头宽的石槽，但现在被冻得光不溜秋，轮胎高速旋转，磨出青烟，一股子胶臭味儿散在空气里。司机伸出脑袋喊"一二三插"，我们就把木棒喂到轮胎底下，努力支着木棒。但我没有这方面的经验，木棒总是打滑，轮胎一转，木棒就滑到一边。司机喊，瘦高个儿，平时怎么收拾的婆娘？他说的我。还好，我的脸隐在黑暗中，他们都看不见我臊红的样子。突然，男人朝我走过来，抓过我的木棒，从怀里扯出一把砍刀。我退了两步，电筒光射到他脸上，我看清了他的眼睛，眼睑皮吊斜着从眼窝子里出来，细小的疤痕绕过眉骨，进入了右边的眉梢。我厉声问，干吗？他显然一愣，然后蹲下，砍着木棒，木屑飞起来。一会儿工夫，木棒的一头削得尖尖的。他把木棒递给我，我看见有水汽从他的脸上蒸腾出来。

车子终于翻过了山口。车楼子里有些热，我想扯下口罩，见男人戴着口罩，我放下了手。突然，男人的手机"叮叮叮"响起来。他朝我看看，又看了看后视镜，挂了电话。我闭上眼，男人的电话又响起来。我从觑着的眼缝中看见男人将电话音量调到最低，屏幕的蓝光把他映得有些滑稽，只有两只眼，显示出是人。然后他大声喊，哥啊，快了，还有十来里地。好，不用等我，你们先吃。司机瞟了瞟后视镜，问，赶团年饭啊？男人摆摆头，又点点头。司机说热就脱了。男人说不热不热。

奶娘。这么大的雪啊。司机说，要不是熟悉这段路，不敢走。我和男人分别嗯了一下。"唔唔唔"，我的电话是振动音，我一看是我妈。我扫了男人和司机一眼，对着电话喊，舅啊，快了快了，过山口了。今晚准时到。说完挂了电话。

司机说，幸福啊。奶娘。有哥有舅。我得给我婆娘打个电话，解解馋。我笑了，说，马上就到市里啦，老婆孩子热炕头啦。我最怕司机打电话，聊天。

哎，最后一趟车啰。奶娘。

再开时把嫂子带上。我说。

司机一直侧着脸，猛看上去像整张脸被斧头劈了半边。

要不这样，咱各讲各的故事，提点儿神。雪夜开车，怕困。司机提议。也是，一路除了雪，就是风，除了风，就是雪。车楼子里静了一会儿，只剩雪粒子发疯一样打着顶棚，发动机像一头牛，哼哧哼哧在使劲。

司机说，我先说个故事。去年腊月我去湖南拉货，也是腊月二十九夜里赶回市里。车到野山关，一个女人在路边拦车。我想深更半夜，一个女人拦车，准不是什么好事，这地方出过女人拦车，丈夫在不远处撒铁钉的事儿，图的就是钱财。再说车到难行处，女人也帮不上什么忙，于是呼就开了过去。就在拐弯的地方，我从后视镜里看见女人蹲了下去。我停了下来，迟疑了好久，退到女人拦车的地方。你们猜怎么着？

男人前倾身子，我问，怎么着？

司机卖了个关子，嘿嘿一笑，说，女人生了个男孩儿。奶娘。男孩儿现在是我干儿子呢。

男人说，你胆子忒大了去，要是我，以为撞鬼。

三百六十五天有三百天在外面跑，什么鬼没撞过？什么江湖没闯过？

司机继续说，那次过大庸，人家带刀刀枪枪扒炭灰子，我停了车跟他们干。说完打开顶灯，捞起衣袖，一条暗红狰狞的疤痕蜿蜒在臂膀上。车颠簸了一下，车楼子里有些冷。

男人问，生孩子的女人有男人没？

嘿，该你讲了，还问。奶娘。

男人要求停车，说要撒尿。

4

男人好半天才上车来。司机说拉稀啊。男人看看我，说，那年我进了局子。

你问为什么进局子？让我想想，时间久了记得有些颠三倒四。对了，玩迷药玩栽了。迷药注进橘子给人吃，你说那些年人都没有防人之心，吃了橘子走三步，身子就晃。我上去扶住，把稀软的人靠在旮旯处，摸尽了人家的钱财。哎，活该进去，尽干些伤天害理的事儿了。

那天一起进去的是个大汉，后来才知道是抢劫罪进来的，据说专拣挎包的独行女人捏，走上去扇两耳光，骂一句"不回家瞎逛啥"。女人一时蒙圈，包被抓起跑了很远才明白遇到了抢劫，再喊连人的身影都不见了。有次碰到便衣女警察，大学生模样，天啊，跆拳道黑段。大汉像摆他人家常，总感叹这句话。我敢说这监狱里都是人才，有撬锁的，有制假的，有倒卖石油的，我属于使药的。我和大汉一前一后进的同一个监室，我们监室的大哥是倒卖石油的，当天就要收我们的人头费。我老老实实交了，大汉却没交，晚上被人蒙着被子一顿打啊，鼻青脸肿不说，还被按在角落里灌尿。我看得肠肝肚肺都吐出来了，实在看不下去，替他交了费，老大才放过了他。我们就成了刀口舔血的朋友。

您别笑，监狱这个地方也有朋友的，不然老被人欺负。不想被人欺负，要么有钱，按时进贡；要么有人，喽啰一大帮。

有天我们拉完线圈，就是电脑里面的线圈，大汉对我说想立功不？我笑笑，认为大汉开玩笑。大汉把我撇到边上，说，我今晚松他的皮子。他眼神很毒，盯着老大。关键时刻你要喊狱警。说完给我张照片，说，出去了找她。

您没说错，大汉不是第一次进去，那麻溜劲儿。

那晚下雨，瓢泼大雨，雨在路灯光中像把刷子。我都不敢睡着，眯缝着眼。半夜大汉一翻身，压在了老大身上。我看见老大动弹了一会儿，好像叫了几声，或许没有叫，雨声太大，比今晚的雪粒子还有劲。

我抖了抖，手去摇车窗把手，发现玻璃是关着的。我看见司机黑沉着一张脸，车灯的反光晃在鼻尖上。我握紧了铁钩子，我为自己在车来之前没有靠近男人而庆幸，真的不知道这个男人会有什么举动。我想起了他怀里还揣着一把砍刀。我往窗子边挪挪。

司机问，死啦？

男人说，死了。大汉使劲朝我招手，我摇摇头。大汉捏着嗓子说，难不成这畜生是你杀的？借着灯光，我看到他眼里有血丝。

我大喊起来，杀人啦。我又扑向门口，把嘴贴着瞭望口大喊，杀人啦。

大汉当晚被铐走了，他用几股铜丝勒死了老大。我立功了，没多久，我出来了。

我去找了照片上的人，一个女人。我发现，世界上的大事儿，似乎都与女人有关。女人看了看她的照片，问，他死啦？我点点头。那不久，就传出了他被枪决的消息。

女人当晚要我留下。怎么可能？我有恋人，要是没进去，都结婚了。我回家后才知道，我的恋人跟人家结了婚。我再回去找女人，我没有去处。女人问，你把我当什么呢？那天我心情很不好，回了句，你想是什么就是什么。女人问，你拿什么保证能痛改前非？你拿什么留在这里？我扯起菜刀就剁了小指。

车子像个醉汉，偏了一下。我浑身一颤，像摸着了红炭，拇指掐掐小指，还在。

男人扯下棉手套，左手果然只有四根指头，反光中黑乎乎的，小指的地方蠕动着一个肉瘤。他将手伸到司机的脸边，想让司机看清楚。

车楼子里安静下来，我听见胸里咚咚咚响，混杂的味道让人难受。

男人拉过背包，摸出几个橘子，给我一个，司机一个，自己掰开一个，车楼子里漫着橘皮的香气，盖过了汽油味、皮革味和汗臭味。

司机把玩了一会儿橘子，笑着说，没有迷药吧？

男人愣怔了一下，摇着手说，没有没有。我在后视镜中和司机对望了一眼，我趁男人戴棉手套时，偷偷把橘子扔到了靠背后面。司机摇下车窗，去扳反光镜，从我的角度看见，一个橘子滑落了下去，司机迅速摇起了车窗。

女人跟你哪？奶娘。没等男人回答，司机又说，糟践人家娘们哟。

男人没作声，笔直地杵着。车楼子里黑，看不清样子，看得出来，他一直没睡，就这样笔直地杵着。车楼子里好长时间没有声响，雪粒子打在顶棚上炒豆子般响成一片。不知道司机是怎么看路的，我看出去是一片茫茫的雪野往车轮下面钻。

我清了下嗓子，声音不大，男人和司机都看了我一眼。我说，我给大伙摆个龙门阵。摆完我就要到了哟。我瞄了眼男人和司机，男人还笔直杵着，司机双眼盯着前方，像两个鸽子蛋。我说我母亲去世得早，我从小跟着父亲一起打鱼。打鱼的间隙，喜欢在码头的黄桷树上看河水。河水会说话啊？司机问。

河边有个理发店，理发店里有个女的，像我照片上的妈。为此我还置办了一副望远镜，就为有事无事看一眼那女人。

你不是恋上人家了吧？奶娘，又是女人，得劲儿。

我继续说，那个理发店不理发，白天关门插锁，夜晚旋转着粉色的光。

司机呵呵呵笑，男人在黑暗处跟着发出呵呵的声响。有个夏天中午，我爬到黄桷树上乘凉，阳光一大块一大块移动，蝉声钢丝一样从浓荫里缠绕出来。我从望远镜里看见了那个女人。女人半裸着身子，有一只手拿着沓钱，一张一张朝女人脸上甩。女人的嘴一张一合，像数着飘落的钱。我移动望远镜，想看清手后面的人，可惜窗子遮了半边。

可惜可惜，司机叹口气，我想问你，看清了又能咋样？

第二天我就看清了，是我们电管站站长。我开始跟踪他，有天夜里他又去了发廊，我从水中潜到屋子后面，爬梯子摸进了屋子。

车子停了下来，司机转过头，我记得他这是第一次转头。我看清一张短促的脸，鼻子挺在中央像硬撑着什么。他撑着方向盘，说，快到了，你摆完。奶娘，都是有故事的人儿。

我在口罩里笑了一下，说，我摸进屋子，挑了站长的脚筋。旁边的男人挪了挪，头转向车窗。

5

  我提前下了车，这儿离火车站不远。路灯下一层薄雪覆盖。我说，感谢两位大哥，我到亲戚家了。春节快乐。他们挥挥手，男人眉头蹙成了一个疙瘩。我挥挥铁钩子，朝一个小区的大门走去。

  约莫过了十分钟，听不到发动机的声音了，我才转过身，朝火车站走。

  火车站灯火明亮，人影稀少，谁还在腊月二十九晚上奔波？但火车站候车室很暖和，我摘下口罩，拿着铁钩子朝调度室走去。刚到调度室门口，撞在了一个人身上。他刚从调度室出来。刚想说几句，对方惊呼一声，大哥，你也赶车？我看是刚刚同车的矮个子男人，左边脸上有一绺一绺疤痕，我问，你来这儿干吗？

  我还砍刀，在家属旅店拿的。

  调度室的地上码着一堆铁器，菜刀、砍刀、铁锹、镰刀。我丢下铁钩子，哐当，声音在大厅来回跑。男人举起左手，眯缝着眼，有点陶醉的语气，工地上砸的。

  对了，兄弟，你真使过迷药？

  矮个子男人呵呵呵笑起来，有一刻我竟担心他笑背气。大哥，你真挑过脚筋？

  我一怔，哈哈哈笑起来。男人笑得更起劲，左脸的皮被笑扯住，像哭。我们提着背包走向检票口，排队时我突然看见不远处一张短促的脸，脸上嵌着陡峭的鼻梁。我猛转过头，问蹲着身子整理鞋带儿的男人。

  你也是回重庆？

  嗯，重庆。

（本文首发于《金沙文化》）

蚁楼花语

1

张龙新抽空去了趟蚁楼。所谓抽空，就是在三朵不用输液、不用打针、不做检查的晚上，他用温水抹干净三朵的身子，将被子盖好，之后，他去了蚁楼。

张龙新对蚁楼这个名字有些反感，反过来不就是蝼蚁吗？把人往低处瞅。休闲区的电视中正播一档访谈节目，主持人说到房价节节攀升，张龙新嘟哝一句，涨涨涨，住死你。三朵的主治医师说，住院有压力的话，旁边去租房子，每天按时过来输液、打针、做检查，记住按时。张龙新有些犯愁，三朵每天要做这样那样的检查，全靠背。进出各个科室，时不时会碰上在旁边扶一把的人。刚开始张龙新以为是医院的义工，看着又不像，待他们张开手掌，手掌上有两个字"租房"，才明白他们游走在医院，拉人租房。但张龙新不敢轻易相信，就问主治医师，旁边那么多日租房月租房，具体哪点儿便宜？主治医师提了提压在鼻梁上的眼镜，说，据说叫蚁楼，要讲价哟。

按主治医师说的，张龙新出医院大门向右拐，第一个岔路口朝里，路一下子黑了，容得下两人通过的小巷，没有路灯。怕撞上人，张龙新一路跺着脚走路，大声咳嗽。偶尔一脚踩到砖块上，脚磕得发麻。空气湿润，有股旧棉絮的味道。大概走到巷子尽头，咳一声就亮了一盏灯，吓他一激灵。他对着几十平方米的一块空地，应该是工地的一部分，这个他熟悉。空地上碾压的土辙还翻着，犁出的沟里蓄着水。对面耸着两层楼。待要仔细看时，灯一下子灭了。张龙新准备再咳一声，却听到一声尖叫，细而锐利，有点像钢针扎在喉管里。灯霎时亮了。借着光他看见有人坐在栏杆上，屁股悬着，抽烟，看样子抽得用劲，烟雾缭绕，如同鬼魅。因为逆着光，看着一团黑影，分不清是男是女，他"哎"了一声，请问蚁楼是这儿吗？

黑影没有答话，好半天伸出手在空中招了招。张龙新朝耸着的土块上跳，脚一下陷在淤泥里。黑影嘿嘿嘿笑起来，张龙新心里爬满了蚂蟥。

有人打着手电朝张龙新这边照过来，喊顺着光走。电筒光引着他来到楼门前。楼门的楼梯间临时设了个登记处，六十来岁的男人拉亮电灯，晃着水桶粗的身子，在里面转不开身。一排钥匙挂在墙上，"L"形货柜上有部电话，柜子当面摆着牙膏、牙刷、肥皂、洗脸帕、脸盆、便盆等日用品，另一边摆着泡面、老干妈等即食品，最底层是药品，竟然还卖保险套。张龙新扫一眼楼梯间里面，搁一张简易的床，用布帘遮着一半。男人问，租房？张龙新点点头。什么时候要？叫我六指，他们都这么叫。说完伸出右手，小指后面长着一根肉瘤，光滑。六指将一张价格表递给张龙新，说，其实没得选，只剩朝南带阳台的一楼了，人昨天拉走了。别嫌晦气，杀菌、消毒、喷狗血，全做了。六指停顿了一会儿，朝南的房租贵，如果要，可以便宜点儿。

张龙新指了指楼上，问谁在叫。六指说，你说杨米啊……只要是人，病久了都会魔怔。要房先交定金，明天过来就没了。

张龙新摸出一百元，递给六指。

2

谁他妈取这个名字，没得屁眼。张龙新有点尴尬，站在门口进也不是退也不是。杨米边铺被子边骂。张龙新在开着的门上敲几下。杨米回过头，脸白得像瓷。估计看不清楚张龙新的面目，弯着腰转过头好久才问有事儿？张龙新看着自己虚了边儿的黑影轻飘飘的，嵌在光里，铺展到杨米脚前。我是楼下的，姓张，他们叫我豁飘，嘿嘿，土话，就是瘦。杨米慢慢直起腰杆，张龙新像看着一个鸡蛋慢慢升起，鸡蛋的下巴部分有颗肉痣。张龙新想起民间"一痣之嘴，油汤油水"的说法，暗想命中富贵不一定运中富贵啊。这样想着就叹了口气。杨米问，有事儿？谢谢您，进出动静小点儿，我媳妇一惊醒就汗淋淋喊鬼。杨米撇了撇嘴，跺了下脚，刚好踩到张龙新的头。杨米走到门口，朝外翘了翘下巴。张龙新退到走廊上。杨米把门关上时说，那得有心理准备。好像还说了句什么金包卵，张龙新没听清楚，被门卡断在屋子里面了。

巷子积了一夜的水，有人搁了一溜火砖。张龙新背着三朵，一块火砖一块火砖跳，像玩跳房子游戏。跳到巷口，他的额上已冒出麻麻汗。站定，他回过头，蚁楼像没有摄完整的照片，巷道像单筒镜头，把蚁楼拉得很远。蚁楼不是楼，至少不算楼。蚁楼是烂尾工程，房子修到二楼，停了，有人租过来，用防水布将楼顶包了，远看像个炸药包。楼房被隔成十平方米左右的单间，简单装修，租给住不起院的病人。病人去医院，得出巷道到正街，绕到医院大门。鸡毛城市。张龙新想起杨米咒骂时义愤填膺的样子，暗自一笑补上一句。三朵在背上睡得正香。这个时候的街道热闹起来，医院这个地方，来来往往的不是病人家属，就是探望病人的朋友。所以与公园、沙滩的热闹不可同日而语，与"病"字相连的多是一张张沉闷的脸。等张龙新背着三朵出来，天完全放晴了。医院对面有个公园，红得失真的三角梅还揪着秋天的尾巴不放。张龙新对这个南方城市不感冒，四季囫囵。要在瑞河老家，这个时候早穿棉袄戴围脖，等待一场大雪的来临。公园临街是一溜门面，打头的是花圈店，依次排着水果铺、血站、花店、粥坊……张龙新问三朵，要不，我们去公园晒晒？以前张龙新也提过这种建议，每次背着三朵走到大门口，三朵就说回病房，语气坚决，不容分说。刚开始张龙新很疑惑，照说三朵是最喜欢花花草草的，平时张龙新在工地，工地上没有休息日，三朵只要不加班，就会去工地看他。收拾得干干净净的三朵，每次都站在围挡外对着塔吊里的张龙新喊，张龙新只能从三朵的姿势辨别喊的什么，工地上轰隆隆的声响让他听不清楚。张龙新朝三朵摇摇手，他觉得自己是最幸福的男人。三朵带着要么采来的野花，要么从哪个庆典的花篮上捡来的百合，插在工棚的酒瓶子里，工友们都说香。总之，三朵喜欢花，张龙新说三朵，咱养盆花要得不？三朵就摇头，说别让花遭罪，没时间疼没时间爱的，关键是养在哪儿呢？张龙新想想也是，工棚里十几个糙老爷们，汗臭、狐臭、脚臭挤一块儿，辱没了花儿。三朵在流水线上，连轴转，哪有工夫照顾花呢。自打三朵病后，每次看到花都恹恹的。像花一样，活泼泼的一个人一天天枯萎，看得张龙新背过身流泪。后来张龙新发现，三朵是忌讳花圈店。去公园得经过花圈店，硕大的花圈层层叠叠堆放在店门口，即便扎得缤纷闹热，但给人望而却步的寒意。没想到三朵在背上点了点头，轻声说去。张龙新用纱巾围住三朵的头部，背着三朵过了马路。

公园里有不少人在晒太阳，多是医院过来的病人，坐在轮椅上，家属推着，绕着公园的人工湖转圈儿。张龙新来公园是临时起意，只能背着三朵绕湖边走边歇，边歇边走。刚到荷塘边的椅子上歇下来，三朵就说，你看楼上姓杨的。张龙新就看见杨米急匆匆地跑过去了，后面跟着个男的，一脸咬牙切齿的狠劲儿。

张龙新对杨米没有好感，他沉着脸未搭话。三朵就逗他，说，猜猜那男的是姓杨的什么人？张龙新瞥了三朵一眼，没有心情。三朵噘嘴，靠到座椅上发呆。上次张龙新给三朵说，给楼上打了招呼的，对方人好着呢，但还是去买了耳塞，待三朵睡着时塞住她的耳朵。每隔几天，杨米就会叫一次，声音凄厉，整个蚁楼如听鬼嚎。蚁楼的人来自全国各地，操着不同口音嘀咕"造孽"，纷纷向六指反映，让他说说杨米。六指打着哈哈，点着头，长叹一声。张龙新住得近，杨米的动静他感受得最直接。杨米出门声响大，门"哐"的一声，楼上楼下都抖一下，每回张龙新感觉心脏被揪了一把，三朵也会醒过来，取下耳塞问地震啦？要是忘了给三朵堵耳塞，三朵听到声响后就会全身抽搐，大声喊鬼，直到把自己喊睡着为止。后来张龙新摸到了杨米出门的规律，就尽可能在那个时间段去医院，再在医院磨蹭一会儿。见张龙新不搭腔，三朵说声头疼也闭了嘴。

3

张龙新背着三朵回到蚁楼，看见杨米上了二楼，他逗留在六指那儿选牙膏，等杨米上楼关门。六指说，小老弟啊，杨米假凶样的，其实是个苦疙瘩。六指用左手揉搓着右手的肉瘤，说杨米是本地人呢。

六指说杨米来了有半年了，本可以回家住，但后妈不待见，老头又是炮耳朵，做不了主。每个月过来看看杨米，给几个私房钱。难哟。

什么病她？

六指望了望张龙新，迟疑片刻才说，她在等换脊髓。

张龙新打了个冷噤。某种意义上而言，换脊髓只是延缓死亡的时间而已。几个月在医院里进进出出，张龙新听说了一些前所未闻的病症，才觉得人真的不堪一击。在潜意识里，人，人类，不是一直很强大吗？

没几天，张龙新见到了杨米的爸爸。那天张龙新背着三朵刚要出巷子去医院，对面过来个干瘦老头。老头正在巷道中跳火砖，一只脚落上去，身子旋即摇晃几下，披风像挂在衣架上凌乱张开，样子滑稽。天杀的没得屁眼。老头边跳边骂。张龙新一下子就知道他是杨米的爸爸。于是就站在巷口等他跳完。从医院回来，老头还未离开，围着一圈人，老头蹲在院坝地上哭，反反复复说一句话，跟我回去。杨米靠在二楼喊，烦不烦，啊？老头站起来，颈子青筋毕露，住这种地方，你不嫌丢人我还嫌。跟我回去。

回去？回去怕是我死得比她早。

你是在逼死老子。

院坝里围着的人越来越多，张龙新背着三朵回到房间，掩上门，怔怔望着三朵。门关不住老头的哭诉声，三朵睡得很安详，像个婴儿。三朵大部分时间在睡觉，是因为在输液时给了大剂量的安定，三朵发病时就会感觉天旋地转。刚听到杨米爸爸说这种地方，心里又爬满了蚂蟥，但转念想想，这还真不是人待的地方。杨米说"死"字时，张龙新觉得一刀捅到了胸口上。他突然明白三朵为什么忌讳花圈店了。三朵的潜意识里也藏着一个"死"字。记得三朵刚查出病的那阵儿，张龙新在电话里跟她父母通话借钱，岳父岳母竟说嫁出去的女，泼出去的水，好歹都是张家的人，病得张家医治。张龙新气急了说那只有等死，当时说完"死"字，自己哇的一声哭了。刚刚去输液时，医生告诉他，得赶紧续费。他慌了，惴惴不安回来。他不知道这种日子何时是个尽头。他要回工地上去，这样子坐吃山空，多少钱都塞不了病魔这个窟窿。回工地三朵怎么办？至少得有个人背进背出，输液打针。正想着找个人，张龙新听到敲门声，很轻，响了三下就停了。他打开门，见杨米爸爸站在门口。老头急促地搓着手，说，我是楼上杨米爸爸，想找你……张龙新做了个手势，示意他停停。张龙新把门关上，扶着老头的肩走到楼道尽头，说，别客气，有事儿只管说。

杨米的德性惯坏了，有不周的地方多原谅，毕竟病……提到病字时老头哭得一塌糊涂。从老头的话里张龙新明白了杨米的处境，老头的妻子去得早，杨米高中毕业被安排进了本市一家企业。女儿工作后老头在跳广场舞时认识了现在的妻子，也就是杨米的后妈。用杨米的话说，老头是几十年没见过女人，是个母的就往家里带。女人嫁过来那阵子和杨米还凑合。杨米耍了个社会上的男友，大她十几岁，老头气得差点儿要和杨米断绝关系。后妈像是抓住了什么话头子，背着老头酸杨米，当初说你老头见不得母的，现在我看有些人见不得公的。拿腔拿调。反反复复，嫌隙越来越大，后来发展到三个人互相看不顺眼，杨米一气之下就搬去了企业的宿舍。

这是我的电话，杨米有什么的话，麻烦告诉一声。老头递给张龙新一张纸片，如果，我是说如果，有机会，帮我劝劝杨米。

4

张龙新刚进院坝，就看到杨米拿着望远镜对着他望。杨米挪开望远镜，指着张龙新喊，我看见你了，你去……张龙新惊得连连摇手，又是作揖又是蒙耳朵的。

张龙新去了二楼，杨米依着栏杆，摸着下巴上的痣探究地看着他。他拿过杨米的望远镜，从这里看出去，大街对面的店铺如在眼前，连花圈店上的"奠"字都看得清清楚楚。他垂下头叹口气说，没办法，得挺过这些日子。

卖血就能挺吗？

血站里好多蚁楼的人。张龙新有些冒虚汗，小声点儿，得续药费，得交房租，得吃饭。听得杨米一愣一愣的。看见张龙新直冒汗，杨米进屋冲了杯葡萄糖递给他。张龙新笑笑说这个得喝，补充几滴血。杨米听得红了眼圈儿。

三朵嚷着要回老家，在背上喊张龙新我不治了。六指摇着头说，有些人享得了一福享不了二福。三朵趁张龙新拿药或者缴费之际，扯了输液管子，药流一地。护士看见锐声喊，不要命了你。三朵惨然一笑，说命早没了。护士让张龙新抱住三朵，再次扎针输液。三朵睡着了，张龙新背过身子望着窗外，鼻子发酸。窗外的蜡梅开始冒骨朵儿，想来不久就会一树花香了吧。以前不管多冷，双手冻得通红，三朵总会采几枝蜡梅，送到工棚里。张龙新是懂的，这是夫妻二人才懂的花语。夏天还好，三朵一来，工友们都起哄，借口看录像、逛商场出去。冬天冷，工友们全都蜷在被窝里翻手机，身子背着张龙新两口子。张龙新牵了三朵的手，来到公园，公园以铁树闻名，两人就在铁树巨大的阴影里亲热一会儿，草草收场。完了两人都有点儿罪恶感，低着头走在马路上，作案犯事的样子。张龙新说得感谢那些铁树。三朵说要是城里有套房该有多好，哪怕厕所那么大。说到兴奋处，张龙新就让三朵说存折上的数字，掐着指头算离首付的差距。现在想起来那些夜晚有说不出的美妙，又似乎隔得相当遥远。三朵再也不愿意去医院了，赖在床上不动，急得张龙新差点儿给三朵下跪。三朵窝在被子里流泪，她说感谢张龙新陪伴，非要张龙新答应另娶一个。张龙新说，三朵你烧魔怔了，治好了我们一起回瑞河呢。三朵惨然一笑，说她心里敞亮着，这个病医不好，拖下去两人都得拖垮啊。

医生不是说三分医治七分心态吗？再说，这里治不好，咱们还可以上北京呢。

两人争执得急，忽听得门外窸窸窣窣的声响。张龙新疑惑着打开门，看见杨米抱着一束蜡梅，在门外哭得稀里哗啦的。杨米进得屋子，将蜡梅插到啤酒瓶里，对三朵说，姐，去治嘛。蚁楼的人都夸张哥呢。三朵问，是不是都咒我，说我不懂事儿？杨米摇摇头，又点点头。待杨米走后，三朵说，张龙新，答应我，春节带我回瑞河。张龙新松了口气。

冬天说到就到，朔风刚劲，三朵的病情不见好转。去医院，得在三朵的身上搭条毛毯。每次累得张龙新大汗淋漓。有天刚从医院回来，杨米竟让张龙新和三朵去她那儿坐坐。刚坐下，进来一个男子，金丝眼镜，开口就说，杨米，你也够绝的，你老爸不担心你啊？杨米避开话题，说，张哥，这个是我同学高律师，听我说了你的情况，高律师想问你一些问题。张龙新两口子被搞得莫名其妙，望着高律师。高律师说，据杨米说你爱人是在工厂晕倒的？张龙新点点头，说，在宿舍。

做什么工种？

假发。

有防尘措施吗？

戴口罩。

有五险一金吗？

三朵摇摇头，说私人厂子。

高律师边问边在纸上记录，最后对杨米说，这个情况可以打官司，首先应该属于工伤，只是工伤等级认定的时间较长。杨米显得很兴奋，说，我都算工伤，难不成三朵不算？张龙新显得有些语无伦次，那……是个好事，谢杨米……得多少钱？三朵说，只怕是官司打完，人没了。边说边流泪。

杨米说，张哥，这个是法律援助，义务的，基本上不花钱。是不是，高眼镜？

5

那段时间三朵的心情好，配合着治疗，主动和医生护士搭话。张龙新准备开年了请个人，进出背一下三朵，自己还是回工地。不管多少，得有个进项，除去开支，张龙新算了，总还剩几个子儿。

腊月的南方变得温和起来，看起来阳光满满，偶尔来一股风，张龙新还是打了个寒噤。鸡毛城市。张龙新嘟哝一句，老远看见蚁楼前的巷口堵着一圈人。张龙新感到心脏"咚"了一声，迅疾朝蚁楼奔跑。

张龙新一早去了以前的工地，想找工头说年后自己入工的事儿。没想到工地已经完工，建筑队进了另一个工地，新工地离蚁楼很近。一看时间该送三朵去输液打针，合计过段时间来找，匆忙赶了回来。

张龙新挤进人群，看见杨米在楼上指着一个男人骂一撮毛你不是人。男人站在院坝里，右边腮帮子上长颗瘊子，瘊子中间长出一根黑毛。这张脸有点儿眼熟，张龙新没有细想。杨米在楼上朝他招手，张龙新路过六指的店时拨了个电话，上了二楼。

一撮毛也上了二楼，怀里捧着一盆花。一撮毛打量着张龙新，对杨米说，米儿，这是你喜欢的凌霄花，我特地买了一盆，冬天一过就会开花。

狼心狗肺的东西，还知道凌霄花？你用花骗过多少女孩子？

张龙新伸开手说，大哥，杨米有病，别为难她。

为难？你懂个狗屎。她难吗？几十万的赔偿，匀两个给哥……

杨米夺过花盆，摔到院坝里，"哗啦"一声，凌霄花倒伏，土散了一地，瓷盆稀碎。

一撮毛开始动手动脚，张龙新尽量护着杨米。一撮毛吼，给老子让开，顺手给了张龙新一肘，撞到鼻梁骨，血流了张龙新满脸满身。这时下面的人群一阵骚动，杨米爸爸带着警察进来，一撮毛和张龙新都被带走了，围观的人群异样地看着张龙新。张龙新对警察说，我要背三朵去医院。警察说，先去做个笔录。杨米爸爸喊，小老弟，你尽管去，这里交给我。

下午，张龙新回来了。三朵看着张龙新鼻梁上缠着的纱布，默默流泪。张龙新说，火车票抢到了，卧铺。三朵问，那男的还回来骚扰杨米不？张龙新说，这个说不定，一撮毛是个粉友，在派出所瘾发了，眼泪鼻涕挂着流。戒毒所来接走了。

张龙新去街对面买了根麻绳和一小口袋水泥，来到院坝，将水泥调和好，然后像考古专家一块一块核对着破痕，硬是将瓷盆修复完毕，将土垫实，把凌霄花栽到中间，再压上一层湿土，到巷口捡几颗鹅卵石铺到上面，瓷盆外面再缠上一层密实的草绳，草绳外糊上水泥浆。他尽可能将每一处都抹得光滑，浇透定根水。把凌霄花放到自己门口扯几天露水，竟然活了，除掉了几片叶子外，根茎还一样绿得深沉。三朵说，你真上心。张龙新红了脸，说，多个纪念，你不是喜欢花吗？不要钱的不捡傻蛋一个。三朵轻声笑了一下。张龙新说，三朵你终于笑了。张龙新将凌霄花移到阳台上，索性捡了几块竹篾片，将花圈起来，架子抵到天花板。张龙新说，我查了，凌霄花会开成一壁墙，不搭架子就软塌了。

临春节前，三朵的病情越来越不稳定，时不时发高烧，半夜惊醒喊"救我"。张龙新跟主治医生商量，春节期间把药带回家，找镇上的医生按医嘱输液打针。主治医生坚决不同意，说这样危险的事儿自己不会做。张龙新哀求，那我办出院，给开一段时间的药可以吗？

6

等张龙新和三朵再次来到蚁楼，已是初夏。租房未退，原本是春节过了就回来，但老父亲拉着去看一个老中医，折腾了几个月，药渣倒了一箩筐，病情不见好转。于是老父亲将黄牯牛卖了，说砸锅卖铁先救人。张龙新再把自家的土地流转了，缓解一下手头之急。蚁楼的人差不多是新面孔了，六指说，龙新老弟，我以为你不来了，三朵咋样？张龙新点点头说，好点了。六哥，这两天我来把房租结了。顺手从尼龙袋里抽出一袋熏腊肠，递给六指，自家熏的，尝尝。六指说不急的不急的。六指还想说什么，看着三朵，又打住了话头。张龙新打开门，三朵在背上惊叫了一声。两口子都停在了门口，凌霄花顺着竹篾架子攀爬成了一根绿柱，叶片比公园里看到的还大还绿，堵住了半个阳台。藤蔓像一股洪水，冲出竹篾架，努力向上伸展。三朵拂开绿叶，阳台上空垂下来一串花朵，像几点阳光在跳动。屋子里映着薄薄的一层绿意，随阳光流转。三朵欢呼起来。

他们以为凌霄花早死了。

张龙新给三朵抹完身子，服侍三朵躺下，敲门声响了。张龙新拉开一条缝，见是杨米爸爸，就压着嗓子说，哎呀，杨米爸爸，我正寻思送袋熏腊肠上去呢。老头轻声说，杨米想见你和三朵呢。

等三朵睡醒，张龙新背着三朵去了二楼。迈进门槛，他们就呆住了。阳台上一片花海，一束束凌霄花吹着喇叭，红的，粉的，紫的，旋律在阳光里摇曳。阳台上用麻绳织了一张网，藤蔓顺着经纬四面开花，杨米坐在花海中，仰脸赏花，花影落到脸上，漾开一抹红晕。

老头捧过来一把糖果，说，得谢谢你们小两口儿。张龙新将熏腊肠放到桌子上，说，尝尝。桌子旁边立着一张折叠的钢丝床。老头说春节陪杨米过的，一陪就到了现在。几个月不见，张龙新觉得老头背佝得厉害，声音像透过五六次水，轻飘飘散气，人也瘦成一张皮。杨米躺在阳台的沙滩椅上，微微动了动，慢悠悠地说，张哥你们随便坐。说完就喘气，像是赶了很远的山路。张龙新将三朵安放到床上平躺。杨米病情有些不稳。张龙新说是啊，杨米年前还活泛泛的。杨米说，老头，别说不稳，就是恶化。屋子里一时安静下来，三朵眼圈红了。张哥，姐，高眼镜说已经提起诉讼了。三朵含着泪连声说谢谢，张龙新跟着点头。杨米笑了一下，像极了一朵花开的样子，下辈子也嫁个张哥这样子的男人。然后望着花，说，多好。张龙新脸上像罩着红色的塑料口袋，三朵流泪了，妹子，不要下辈子，这辈子能遇到。老头打断杨米的话，他说下周要去北京，那边的骨髓库有了配伍。还好，杨米同意过去。全靠你的花。杨米说，我这身子骨，怕是到不了北京就咽了气。三朵"呸呸呸"了三口，说，妹子，话别乱说，头上三尺有神灵哟。

　　三朵让张龙新扶自己起来，说得好好看看花。杨米爸爸说，你看，她没少下功夫。张龙新看见输液管子一头缠在凌霄花的主茎上，一头连着一个大可乐瓶。输液管调节器挂在沙滩椅旁边。张龙新看见一滴一滴水珠追赶着，顺着主茎往下流。杨米像偷了什么被当场抓住，嗫嚅道，不见你回来，花快枯了，就想了这法子……三朵一时哭得稀里哗啦收不住，倒让杨米有些手足无措。

　　杨米去了北京，房子未退，钥匙给了张龙新，杨米说脱胎换骨了得赶紧回来。每天三朵输完液，张龙新就将她背到二楼，赏花，三朵就想与花有关的人和事儿，想起送花的那个男人，在出租屋里摆满了花，爱花的女孩以为从此有了依归。在查出一场病后，男人一把扯了凌霄花，头也不回走了。女孩感到了比病还痛的痛之后，来了蚁楼。想着想着，三朵睡着了，脸上留着泪痕。

　　张龙新每次给凌霄花浇水，能感觉得到头顶上热烈的花语。他想，杨米回来时，花意应该正浓吧。

（本文首发于《金沙文化》）

跋：有多少遇见可以轮回

叶 子

《一条河能流多远》是我的第一部短篇小说集，十几篇短篇小说都是2018—2021年间的作品，大部分发表过。我记得第一篇短篇小说是《一条河能流多远》。文章写出来后给恩师王往先生过目，当天晚上他就给予了肯定。今天看来，这种肯定多么珍贵啊！犹如小时候的爱迪生，凭借初生牛犊不怕虎的大无畏精神，凭借想象制作了一个很丑的板凳，却得到其父亲的赞赏。我想，如果当时没有得到赞美，这个世界能否产生一个发明大王，那得两说。在此之前的很长一段时间，我创作止于小小说、散文、诗歌，从来不敢涉足短篇小说、中篇小说、长篇小说，甚至没有想过。因为有了先生的鼓励，我小心翼翼试探前行。说老实话，那时的我，对短篇小说创作一点儿认知都没有。

还好，在跋涉途中，不断有师长给予指点，递来火烛；不断有友朋指出弊误，去浊扬清；不断有经典在前引路，探幽发微。

感恩遇见，感恩一路照耀着的光，温暖而绵长。

这是一部写给故乡的集子。我的故乡在重庆市万州区瑞河场，随着行政区划的调整，故乡的名字像炊烟，无声无息消失在雄鸡版图上。还好，对故乡的记忆还在，于是用笔记下记忆中故乡的人和事。这是故乡给我的恩典。

但是，细心的朋友会发现，笔下的故乡和生活过的故乡差别有点儿大。是的，每个人面对故乡时，或多或少都有放大的可能，添加某些元素

207

的必要。这属于技术性质的添加，不会损伤故乡的气质和我对故乡的一往情深。正因为如此，我笔下的故乡有很多重复的交代，这是短篇系列的掣肘，你必须反复交代，在每篇中都有涉及才行。

临出版前，我还是仔细看了看我笔下的文字和故乡。通常情况下，我很少回过头去看发表过的作品，借口是发表了就交给读者吧。其实我内心明白，很少有读者关注这些文字，或者说读这些文字的读者群已经固化。那么问题就只有一个：我在逃避什么？翻看的过程中，一直有一个问题萦绕，我竟然写过如此糟糕的文字？

我无法回答，虚汗涔涔而下。

好在恩师文友们及时鼓励。《小说选刊》"中骏杯"获得者王往副主席，畅销书作家、重庆文学院张兵副院长，欣然为本书作序；发表过本书作品的责任编辑欣闻将辑录成书，都表达了祝贺。我要感谢资助本书出版的重庆市委宣传部，不遗余力狠抓精神文化建设；更要感谢重庆市作家协会，将更多关注的目光、关怀的温暖，送给籍籍无名的基层作者，值得铭记；还要感谢我的家人、朋友，我教的那些学生朋友，常常一篇作品构想才出来，我就讲给他们听，然后收集反馈信息，可以说，他们是作品的第一作者。

感谢为出版工作付出努力的成都圣立文化和阳光出版社的编辑老师们，提出了很多宝贵的建议和意见。目前，我的中篇小说创作已经开始，希望我们再次天涯相逢。

叶 子
壬寅秋于重庆听风阁